致青春 116

三分野

（下）

耳東兔子　著

高寶書版集團

目錄
CONTENTS

第十三章　交鋒

向園把林卿卿架空了，她把所有的案子都分到尤智他們手裡，林卿卿每天比李永標還閒，這個月的薪水卻照常不誤地發到她手裡，而且還是整個技術部門除了向園之外最多的人，向園以前當組長的時候，有時候薪水比尤智他們幾個不帶案子的時候少點，所以組長不一定薪水高，大家爭破頭也要當組長是因為有薪水係數，年終獎金比普通員工會多一倍左右。

但林卿卿這不幹活還拿錢的狀態，日子一長，閒話就多了。

「林卿卿是傍上什麼大款了吧啊？」

「還真的是關係戶啊？我以前還覺得她挺單純的。」

「天天不幹活還是錢拿，太爽了吧，向園他們也太可憐了，累死累活拿到的錢還沒她多。」

「……」

林卿卿第二次找上向園。

那時，向園跟陳書在天臺抽菸，林卿卿推開天臺的門，朝她們走過來，向園跟陳書互視一眼，然後慢悠悠地轉過身，拿背抵著欄杆。陳書不說話，在一旁沉默地抽著菸，向園則是把手抄進口袋裡，淡然一笑看向對面永遠穿著呢絨大衣帶著黑框眼鏡，看起來純真又無害的林卿卿。

林卿卿很冷靜地問向園：「要怎麼樣妳才會批。」

向園笑了下，舒服地倚在欄杆上，跟陳書要了根菸，一點也不著急地點燃，吸了口才看向她：「是我高估妳了？我以為妳還能再撐幾天。」

林卿卿表情未變，她本來就不太笑，卻也看不出任何慌張，自始至終都冷然地看著向園：「我只是想辭職而已。」

向園吸了口菸，煙霧彌散，眼神嘲了一下，心不在焉地說：「想走啊？可以。」

一旁一直沒發話的陳書聽見她這雲淡風輕的口氣，抽菸的手一頓，下意識轉頭看她一眼，沒料到她這麼好說話。

向園從口袋裡掏出一張名片遞給林卿卿，「聯絡上面這個人，他會告訴妳怎麼做。」

林卿卿伸手接過。

向園又無所謂地笑笑，「我不強迫妳，妳可以拒絕的，辭職信就半年後再批了，畢竟公司的合約標準是半年內提交辭呈。」

「那徐燕時！」

「徐燕時能做的事，不代表妳能做。因為他行得正，坐得直，從來不做虧心事，為公司盡心盡力，妳做了什麼？黎沁是不是過河拆橋不願意幫妳了？不然妳也不會再來找我不是嗎？」

林卿卿心下大駭，臉色刷白。

天臺上風大，黑色長髮被風颳到臉上貼著，透過縫隙，她看見向園吞雲吐霧間，身段、臉蛋，都是女人中女人。

可這做事手段，卻凌厲得讓她第一次心生怯意。

她好像太低估她了，可又覺得，她的舉手投足間都有徐燕時的影子。

她低頭，心如同被挖空了一般，猝不及防往下墜，此刻真是亡羊補牢為時已晚。

起初以為向園只是個富二代，看她什麼也不懂，覺得應該是沒什麼腦子，誰知道後來跟著徐燕時，學會了程式設計，看懂了各種報表，一路飛升。甚至比徐燕時升得還快，說實話，她心裡當然不服氣。但後來才知道，向園身上那股自信和聰明是她學不來，也永遠都無法超越的。

這個女生除了外表好像哪裡都看起來挺普通的，但是一深交，發現她哪裡都比一般人強，學東西快，又調皮，跟男生也玩得開，她一開始其實很喜歡她，相比跟應茵茵那種渾身上下都透著一股不知道從哪來的優越感，向園是有教養的。

欣賞歸欣賞，但在職場上，誰不想往上爬，更何況是她這麼一個沒背景沒條件的人。在這個魚龍混雜的大染缸裡，她唯一能做的便是抓住自己眼前的每一個機會，所以黎沁找上她並且承諾給她副組長職位的時候，她幾乎沒有猶豫。

這樣的事，她不是沒有做過。

早在大學的時候，她就懂得這個世界上等價交換、能量守恆的定律。

所以這對她來說沒什麼難度。

甚至在李馳被向園開除的時候，她心中也毫無波瀾，這個世界就是這樣，弱者就應該被淘汰。

➤

距離年關放假還有五天，公司裡人心渙散，大家都沒什麼心思上班了，全翹著二郎腿在等放假。

黎沁這幾天覺得兒子有點奇怪，晚飯也不吃，一問，小孩心不在焉地拆著變形金剛說：「這幾天都有姐姐來帶我吃飯啊，不是媽媽妳讓她來的嗎？」

黎沁心頭一跳，「什麼姐姐？媽媽什麼時候讓姐姐來帶你吃飯了？」

小孩奶聲奶氣地娓娓道來：「一個很漂亮的姐姐，說話也很溫柔，昨天帶我去吃肯德基，今天下午我們去吃了必勝客，她說明天要帶我去喜羊羊牛排！」

黎沁心裡頓時一陣咯噔，太陽穴跳得直抽疼，她過去把電視關了，然後一把奪過小孩手裡的玩具，丟到一旁，捏著兒子的肩，一本正經地一字一句問道：「小軒，你告訴媽媽，來接你的姐姐長什麼樣，叫什麼名字？」

小孩哪記得，要是姐姐不來找他，他也認不出人家，見媽媽這麼嚴肅，小嘴一撇，挺委屈：「我不知道，她沒說名字，但是說了是媽媽讓人來接的……」

一問三不知，黎沁頓時火冒三丈，音量刹時拔高：「我不是讓你不要隨便跟陌生人出去嗎？」

小孩一聽，愣了三秒，忽然眼睛一閉，開始哇哇大哭。

黎沁又心疼地看著自己兒子，生這孩子她受了不少罪，每每想到當初自己受的罪，就恨不得把世界上最好的東西都捧到他面前，所以她對兒子格外溺愛。要說她這人，唯一的弱點就是兒子了。

第二天，黎沁找人看著小軒。但兒子口中那個每天帶他去吃好吃的姐姐並沒有出現。後面一連幾天，那個神祕女人都沒有出現。

黎沁抓心撓肝，方寸大亂。

她如芒刺在背，坐立難安，鎖上辦公室的門，猶豫再三還是決定打電話給楊平山，她穩了穩心緒，聲音卻還是止不住地發抖，「平山，我們可能被人盯上了……」

上海，靜安。

臨近年關，城市車輛漸少，樹枝上密密麻麻地掛上燈籠，外灘紅彤彤一片，年味還挺足。新專案簽完，徐燕時公司的同事都走得差不多了，剩下徐燕時、林凱瑞和畢雲濤幾個在幫公司守門。

這晚，在陳峰家裡最後一頓年前散夥飯。

陳峰老婆專門研究日本料理，桌上擺滿了各式各樣的生魚片，林凱瑞弄了片鮭魚蘸著芥末塞進嘴裡，表情猙獰地看著徐燕時：「你什麼時候走？」

徐燕時不太喜歡吃日本料理，只記得向園很喜歡吃，被芥末嗆出眼淚還跟個傻子似的樂個不停。

他幫她擦乾淨眼淚鼻涕，很不理解地靠回椅子上說：「這麼嗆，還吃？」

她當時說，「芥末是一種很好疏解情緒的東西，比如你想哭，哭不出來的時候，就可以吃這個，這樣別人就不會覺得你是因為難過才哭的。」

後來他知道她跟黎沁的事情。

徐燕時抿了口酒說，「不知道，等她放假。」

林凱瑞嘖嘖兩聲，「兩個人真是沒意思，什麼事情都要徵求對方意見。」

陳峰呸他，酒杯撞了下徐燕時的，「別理他，他是吃不到葡萄說葡萄酸。」

徐燕時笑，毫不留情地附和，「也是。」

酒桌上氣氛酣暢，輕鬆和諧。話語間雖然不給彼此留面子，但這種鬧哄哄又完全不計較，了然一樂的氣氛實屬難得。

別說在維林那幾年，這近十年，都沒這麼輕鬆釋然過了。

陳峰說：「你技術總監的位子不找了？想等小葉回來？」

林凱瑞啐了聲，「放屁，年後再找，我等個屁。」

陳峰跟徐燕時又默契的乾了一杯。

徐燕時乾完，陳峰妻子上了點水果，她笑著看向徐燕時，「小徐有女朋友了？」

徐燕時點頭，「是的嫂子。」

陳峰妻子惋惜狀地看著陳峰：「不然就把我妹妹介紹給他了。」

林凱瑞不服了，猛拍桌子，「嫂子，這就是妳的不對了，怎麼不介紹給我啊？」

陳峰妻子一笑，「得了吧，介紹給你我怕你帶她去夜店。小徐這樣的才可靠。」

一夥人說說笑笑，酒局散了。

回去的路上，畢雲濤開車，林凱瑞和徐燕時坐後座，睡得迷迷糊糊的林凱瑞忽然看著窗外的夜色，冷不防冒出一句：「對了，你女朋友那件事處理得怎麼樣了？還需不需要我找老王他們商量商量？」

徐燕時沒跟林凱瑞說過林卿卿跟向園的事情。

只不過那天恰巧吃飯的時候聽見林凱瑞提起來最近又有個人從維林辭職，在到處投簡歷，上海ＩＴ圈就是個樹脈，林凱瑞則是站在情報網的頂端，底下動一動，他幾乎都知道。各家招人也都會互相通個氣。

林凱瑞這人手段多，徐燕時還沒發話，自己已經自作主張給林卿卿擺了這麼一道。所謂的下家，不過是個幌子。林卿卿要是真的從西安辭職，就徹底成為無業遊民了。

「我最看不慣背叛者，」他如是說道，「不管感情還是工作！」

徐燕時則是望著窗外浮沉閃爍的星火，一言不發。

➤

黎沁這幾天仍是提心吊膽，心裡像是懸著個水桶，七上八下的晃蕩。

楊平山那邊最近也遇到了麻煩，沒多餘的閒心管她跟兒子的事，頗為不耐煩地安慰了兩句就匆忙掛了電話。

黎沁頭疼地靠在椅子上，不停地揉太陽穴，心裡像是空了一塊，沒有安全感。緊接著，幾秒後，她想起什麼，驀然睜開眼，打開電腦，調出向園的檔案照片，用手機拍下來，晚上回到家，把照片遞給小軒辨認：「是這個姐姐嗎？」

小軒仔細辨認，搖了搖頭，篤定地說：「不是她。」

黎沁心頭的大石頭放下了些，鬆了口氣——

「那就好。」

那就好，那就好！

第二天晚上，黎沁把公司的女員工檔案全部備份，拿給兒子一一辨認。

小軒一張張滑過去，茫然地搖頭，「媽媽，我記不得了！」

黎沁耐心地柔聲哄他：「你再看看，有沒有眼熟的？或者長得相似的？」

小孩看得眼花繚亂，心也浮了，死活不肯再看。

黎沁作罷。

但願是她想多了，黎沁看著低頭沉迷變形金剛的兒子如是安慰自己。

一連三天，那個神祕女人都沒有再出現。

黎沁惴惴不安，又打了個電話給楊平山。

楊平山正在陪自己的小兒子玩泥巴，電話那頭小孩一聲聲清脆嘹亮的『爸爸、爸爸』，讓黎沁下意識瞧了自己沉默的兒子一眼，心生不甘。她第一次忍不住跟他要了名分：「平山，我們不能這麼拖著了。」

楊平山比司徒明天年輕一些，不到六十，當年算是司徒明天的得力手下。他城府深，知人善用，用人不疑，東和集團能有今天確實也有他不可磨滅的功勞。黎沁仰他鼻息而活，從來聽話懂事。

今日一反常態，楊平山知道她沉不住氣了，眼神示意保姆把兒子帶走。

『妳最近是怎麼了？』

「我過年就回北京跟他離婚，我不想再這麼拖著了，對小軒，對你跟我都不好。」

楊平山嘆了口氣：『黎沁，妳圖我什麼，我一個快六十的老頭了，膝下還有兩個兒子，各方面都不能滿足妳，我說了，小軒我會養，其他的條件妳儘管提，離婚這種話，不要再說了。』

「你是什麼意思？你不打算認小軒了？」黎沁的聲音驀然尖銳。

楊平山頭疼不已，眉頭褶子頓起，他揉了揉說：『我怎麼認？現在公司什麼情況妳不知道？老爺子用趙錢分了我手上的案子，我能看不出來他什麼意思，我手裡的幾個醫療案都被趙錢分走了，那都是公司明年的重點專案，老爺子擺明了現在不信任我，我一天天應酬忙得不行，妳別在這裡亂，小軒的事情以後再說。』

黎沁神經敏感，趙錢？

她忽然想到，「你說會不會是趙錢派人盯著小軒？如果是趙錢的話，帶小軒去吃飯的女人會不會是應茵茵？」

顯然，楊平山覺得是黎沁神經過敏了。

『妳不要想多了，說不定人家只是覺得小軒可愛，帶他去吃個飯。』

楊平山懶得去想，工作上的事情已經夠煩了，黎沁能掀起什麼風浪，頂多是女人間的勾心鬥角，『妳自己想想最近有沒有得罪過什麼人吧，趙錢這人雖然精詐，但也不會把主意打到女人小孩頭上。實在不行，妳把小軒接回來，我送他出國。』

萬一要是事情揭發，也是個麻煩，還不如乾脆送出去，他早就建議過，黎沁不肯。

「出國出國，你怎麼不把你兒子送出國，那麼點大的小孩，放在國外他怎麼生活你想過嗎？」

『那妳想怎麼樣？』楊平山不耐煩。

黎沁一頓，三秒後，狠著勁說：「誰敢打我兒子主意，我會讓她生不如死。」

楊平山勸了句：『別太過。』就把電話掛了。

技術部最近風平浪靜。

施天佑自從不喝太太靜心口服液之後，鬍子長得比之前濃密，他懶得剃，下巴頦上密密叢叢長了一小搓鬍鬚，簡直跟之前捏著蘭花指在各個部門間飛奔的模樣判若兩人。

尤智最近跟他的網戀女友打得火熱。

陳書現在隔三差五往技術部跑，高冷嗆她嗆得比誰都狠，然而陳書完全不放在眼裡，照常進出，不知道跟向園商量什麼。

連同薛逸程，三人經常在會議室開小會。

除了高冷，看起來有點不太順心的樣子，大家都非常和諧和舒心。

所有人都逗他。

「咦，高冷，書姐最近和薛組長走得有點近哦。」

「咦，高冷，我那天中午看見書姐和薛組長去吃飯。」

「薛組長又在書姐動態上留言了。」

「從來不回留言的書姐居然回了。」

「啪！」

高冷踹了凳子一腳，走了。

一旁的林卿卿默不作聲地抬頭瞧著他氣沖沖離開的背影，嘲諷一笑，傻子。

不太順心的還有應茵茵。

這女生最近不知道是不是被霉神附體，下班的時候發現車子輪胎被人放了氣，向園跟陳書下班經過，見她火急火燎地站在路邊打電話，向園過去幫她檢查一下輪胎，「妳最近是不是得罪人了？」

「怎麼了？我沒得罪人啊。」應茵茵不解。

向園拍拍手，看著陳書篤定地說：「四個輪胎都被人刺了鋼針。」

應茵茵欲哭無淚：「不是吧，誰這麼缺德啊？」

向園：「最近還有什麼奇怪的事情發生嗎？」

「沒有吧，」應茵茵瞇著眼，仔細回憶，「就昨天吃飯的時候吃出圖釘，喝奶茶的時候喝出鋼絲球，座椅好像忽然壞了，摔了個狗吃屎，我現在屁股還疼呢，對，腳有點扭到了。」

向園：「怎麼扭到的？」

應茵茵：「就下樓的時候滑了一下，又好像被人推了一下，但是當時四周沒人啊，我沒多想可能是我自己最近有點迷糊，應該是不小心才踩空樓梯摔下去的。」

「那妳還開車。」

「左腳嘛，最近年底還有兩個單子沒談下來，反正也不影響開車，」應茵茵鄭重其事地看著向園，像是想起了一件大事，表情尤其的嚴肅，「前面那些事都不算奇怪吧，不過後面這件事有點奇怪，特別奇怪。」

「什麼事？」

「最近公司樓下來了個帥哥保全。」

向園跟陳書一驚，「新來的？」

「對，很帥。」

兩人自動忽略很帥這兩個字，「挑重點說，奇怪在哪？行為怪異？」

應茵茵搖搖頭，陷入思考：「我要加他好友，他居然拒、絕、了。」

「……」

「……」

向園和陳書齊齊翻了個白眼。

兩人一言不發，一個開始低頭找車鑰匙，一個開始低頭找菸。

向園開車，陳書順勢鑽進車裡，緊接著後座門被人打開，應茵茵以迅雷不及掩耳之勢鑽進後座，笑咪咪地看著她們，「向園，妳送送我唄，客戶在等我呢。」

向園無奈，看著後視鏡，「去哪，大小姐？」

應茵茵高興地說：「嗚鑼樓。」

陳書敞著車窗，抽著菸，順勢接了一嘴，「我也在那邊下了，省得妳再繞路，麻煩。」

向園笑，不正經地接了句：「送妳到哪都不麻煩。」

陳書噗哧，被她逗笑，煙散，「嘴這麼貧？最近心情不錯啊？」

「還行。」

兩人最近一起上下班，有時候向園開車，有時候陳書開車。向園的車陳書一看就知道是徐燕時的，當時問過向園，向園說是轉手的，陳書也不戳破笑笑。但應茵茵不知道，一上車就東摸摸西摸摸，「這是徐燕時的車啊？」

「現在是我的車，」向園一聲令下，「別亂摸。」

應茵茵被凶得縮回手，小聲地罵了句：「小氣。」

「就小氣。」

好一陣子，應茵茵忽然開口：「其實徐燕時挺好的，他就是活得太明白了，這樣的男人沒什麼情趣。」

向園心想，有情趣著呢。

陳書卻乍然回頭看了向園一眼，這話聽來，應茵茵其實還算不上特別蠢。

然而，就在這時。

向園剛把車挪出來。

身旁忽然傳來「砰！」一聲巨響！

三人齊齊往車外看，只見一旁應茵茵那臺白色BMW彷彿一隻暴怒的犍牛上下震動，輪胎摩擦地面，發出尖銳刺耳的摩擦聲。

路旁的行人紛紛停下腳步，將目光投向這臺無人車。

這是第一響。

緊接著，在所有人鬆懈之際，耳邊又傳來第二聲震天的悶響！

「砰！」

「砰！」

連著兩聲急促的爆炸聲過後，向園、陳書下意識捂耳朵，只見那車隨著聲響震盪了兩下，前擋風玻璃和四面的車窗頃刻間被糊上了一片血色，像是人體爆炸一樣，鮮血淋漓地、黏乎乎地糊住了窗面。

向園跟陳書剛把手從耳朵上拿下來。

應茵茵後知後覺地又爆發出一聲尖叫，直穿耳膜，耳邊嗡嗡嗡聲作響。

兩人又捂上。

應茵茵這才覺得最近這一切都不是巧合。

她哪見過這種場面，此刻已經慌了神，大腦一片空白，眼神空洞洞地全然傻眼了。

陳書轉頭問她：「妳覺得，最近發生的這些事還是巧合嗎？最近得罪人了吧？」

應茵茵欲哭無淚，「我真的不知道。」

委屈兮兮地癟著嘴說：「我大伯說我又笨又蠢，讓我轉了正之後低調點，別給他惹麻煩，我哪有功夫去得罪人啊，除了上次……向園的事情，我最近都挺收斂的啊，不會是妳們吧？」

「……」

「……」

兩人又同時翻了個白眼，「接著想。」

「真的不知道了，」應茵茵想想還有點後怕，汗毛直立，顫顫巍巍地看著自己那臺狼藉的車說，「如果剛才我沒上車，是不是就死了？」

「那倒不會，」向園分析，「在妳車上放『炸彈』，又戳掉四個輪胎，對方只是想警告妳而已，他的目的就是不想讓妳上車，讓妳親眼看著妳的車『爆炸』，當然了，就算妳上了車，那也不過是幾瓶番茄醬，頂多現在沾一身番茄醬，死不了人的。」

彼時，應茵茵的手機咯噔一聲，忽然響了。

下一秒，她生無可戀地抬頭，「我又被客戶爽約了。」

晚上，向園跟陳書找了個地方喝酒。

「會不會是黎沁？」陳書咬開一瓶酒。

向園把酒杯遞過去：「難說，她以為那幾天帶她兒子去吃飯的人是應茵茵呢。」

「那應茵茵也太慘了。」

向園抿了口酒，沒說話。

陳書：「林卿卿真的可靠？」

「她現在得罪我沒好處，黎沁這人就是做事情不善後，過河拆橋怎麼行，像林卿卿這種人，怎麼可能不反咬她一口。」

事情其實有點偏離她的本意，本來原計畫是打算讓林卿卿帶黎沁的兒子去吃飯，引起黎沁的注意，黎沁以為兩人反目，會將所有火力集中對付林卿卿，向園知道，像林卿卿這樣的人，做事情絕對會給自己留後路。她手裡一定有黎沁的把柄，原本是想看她們狗咬狗，坐等林卿卿把黎沁拉下水。

然而，林卿卿做事情太隱祕，對方完全沒懷疑到她身上。

反而將所有火力都引到了無辜的應茵茵身上。

事情到這，其實有點棘手。

第三天，應茵茵失蹤了一上午，下午回來的時候，鼻青臉腫差點就地哭暈過去。

向園連忙過去把人扶起來，就聽她悲天慟地地抱著她哀嚎呀——

「他們綁著我，嗚嗚嗚嗚……」

大家都不忍聽，這女生不會是被人……

頗心疼地看著應茵茵，卻聽她道：「問我喜不喜歡請人吃飯，嗚嗚嗚嗚，我說不喜歡，他們就硬說我喜歡，我都說了我不喜歡，可他們認定我喜歡，還說讓我以後不許請人吃飯，吃一次，打我一次！嗚嗚嗚嗚……」

有人問了句，「茵茵啊，他們沒對妳做點別的？」

應茵茵啜泣：「沒有，就不許我請人吃飯，嗚嗚嗚嗚……」

與此同時，黎沁辦公室。

對方與她通話，『黎總啊，那個女人說不是她，她最近沒請人吃過飯，別說小孩，連男人都沒請過，好像真的不是她。』

「知道了。」黎沁陰沉著掛了電話。

黎沁心裡憋著一通邪火，找不到作惡的人，心裡實在憋得慌，而且對方什麼舉動都沒有，只不過是帶著她兒子去吃了頓飯，完全不知道對方要做什麼，敵人在暗她在明的感覺實在是窩囊透了。

她幾次懷疑向園，但最近這丫頭都在公司，沒見她有什麼奇怪的舉動，加上兒子否認。她甚至連陳書照片都拿給兒子看了，兒子一一否認，但如果不是她本人去的，就如同大海撈針了。

讓她上哪去找證據。

但萬一是楊平山那邊的人，她現在就是腹背受敵，坐立難安。

結果，第二天，林卿卿主動找上她。

「是妳？」黎沁有點不敢置信，「妳接近我兒子？」

林卿卿面容平靜，黑框鏡下的眼睛功利又神祕，「吃了幾頓飯而已，黎總很介意？」

「吃了幾頓飯？」

林卿卿難得露出笑容：「不是有句話說，要討好上司，先討好上司的孩子？小豪挺乖的，吃東西也很聽話。您在擔心什麼？我只是希望您幫我遞交一封辭職信而已。」

黎沁心裡雖奇怪，倒也覺得林卿卿這人做出來情有可原，畢竟這人功利。

這幾天緊繃的神經忽然鬆了。

虛著勁，也懶得跟她計較，不耐煩地揮揮手，「辭職信交上來，過幾天我幫妳交。」

「好，我要一週內離職。」

「知道了。」

在兒子面前，黎沁這個人什麼都可以妥協。

林卿卿的辭職信遲遲沒有打上來，黎沁還催了幾次，林卿卿卻忽然不著急了，這讓黎沁越發煩躁，雖然林卿卿什麼都沒說，但總覺得這個人留在公司裡未來會是一個禍患。

於是，她下樓主動去跟林卿卿要辭職信，只想趕緊讓這個人走，省得在公司裡，看得礙眼。

技術部沒人，黎沁四處望了一眼，「你們林組長呢？」

施天佑捋著小鬍子答：「在休息室。」

黎沁轉身又去了休息室，門一推開，應茵茵鼻青臉腫地坐在裡面上藥，王靜琪呼著氣安慰道：「也不知道哪個殺千刀的下這麼狠的手，沒事，我們詛咒她以後生孩子沒屁眼，兒子一輩子打光棍，愛而不得，孤獨終老！白髮人送黑髮人！」

「砰！」

黎沁關上門！

王靜琪背對著，不知道剛才誰來過，狐疑地回頭看，「誰呀？」

應茵茵：「黎總。」

「又沒罵她，她生什麼氣呀？」王靜琪不解的說。

話音剛落，兩人俱是一愣，互視著彼此，發現新大陸似的。

「我的直覺……」

應茵茵哇一聲，「嗚嗚嗚嗚，這個女人好恐怖！」

黎沁最後在二樓的小陽臺找到林卿卿，她站在一扇玻璃門前，不知道在跟誰說話，黎沁好奇地往裡頭望了眼，是向園。

她心裡一咯噔，下意識往旁邊躲。

聲音傳來。

向園：「事情辦得怎麼樣了？」

林卿卿：「她相信了。」

向園：「行了，那妳走吧，這件事給我爛在肚子裡。」

林卿卿：「知道。」

向園：「她還問妳什麼了？」

林卿卿：「沒有。她好像很心虛。」

黎沁渾身止不住的顫抖，額上冷汗直冒，她貼著牆壁，聽裡頭清淡的說話聲，心一直下沉。

她就知道，林卿卿只是個傀儡。

向園果然什麼都知道，果然什麼都是向園指使的！

這小丫頭居然敢擺她一道！

當晚，黎沁回到家，一個一個打電話，一個一個模擬計畫，她咬牙切齒地算計著，要怎麼樣讓向園難堪，比之前對應茵茵更惡毒的計畫她都想過。

敢算計她，一定不會讓她有好下場的。

放假前最後兩天，總部最後一天臨檢，來得人通常是行政部門幾個主管，今年不一樣，楊平山居然來了。

西安這邊楊平山的關係不少，這關係網的頭頭下來，整個公司忽然振奮起來，連李永標都嚴肅地讓所有人整理好自己的東西，別在總部面前丟臉，緊鑼密鼓地吆喝了兩天。

所有人精神抖擻地等著楊平山的蒞臨指導。

楊平山來過西安兩次，剛開那年來過一次，然後就是這一次。如果不是黎沁這幾天拚命地打電話，又是上吊又是跳樓的各種威脅他，他也不至於跑這一趟，能讓黎沁這麼抓狂的女人不多，楊平山倒是對這個小女生好奇的很。

然而，一見面，楊平山先愣住了。

他很早的時候見過向園一面，應該是她五、六歲的時候，那時他沒認出來，只覺得這丫頭眼熟，在哪見過，心裡還疑惑呢。小女孩不卑不亢地瞧著他，全然沒那些沒見過世面的拘謹，大大方方地跟他招呼。

「楊總。」

楊平山覺得黎沁這幾年是越來越不行了，這小丫頭都比她沉得住氣。

他和藹笑笑：「妳好。」

晚上年夜飯，去的人不多，都是公司裡幾個骨幹。

一進包廂，一行人愣住了，只見空空蕩蕩的包廂裡，坐著一個氣宇軒昂的老頭，穿著西裝小夾克，頭髮花白，戴著副眼鏡裝斯文敗類，說出口的話像個得不到糖吃的小孩。

「妳煩不煩？妳算老幾啊？」

一旁是賴飛白，一臉慈愛。

向園坐在小老頭旁邊，義正辭嚴地遞過去一瓶保久乳，放在他面前：「茅臺太貴，公司經費不夠，你這級別喝這個。」

「……」

「……」

所有人嚇出一身虛汗，這小女生真是，不認識老董嗎？這是老董事長啊，不是什麼貓貓狗狗的主管，楊平山和黎沁則互視一眼，黎沁一臉嘲諷。

李永標冷汗直淌，掏出手絹擦了下，然後硬著頭皮，走過去把向園拉起來，輕咳了一聲。

「向部長，我想我有必要跟妳介紹一下……」

黎沁插嘴：「李總，別替她打掩護了，這小丫頭沒大沒小也不是一天兩天了。」

向園跟老頭互視一眼。

李永標卡在中間，那叫一個為難。

只聽司徒明天清了清嗓子，像個小孩似的委屈，扯了扯向園的袖子，指了指一旁的王老吉，「喝那個行嗎？五塊錢的。妳奶奶走了之後我就沒喝過了。」

向園眉一挑，「可以。」

「……」

整個包廂瞬間下巴掉一地！

李永標的腿忽然軟了一下，手撐著桌沿，堪堪扶了下自己。

他沒聽錯吧？

向園上廁所的時候碰上迎面而來的黎沁，顯然是衝著她來的。

她慢悠悠地洗手。

黎沁臉色鐵青地看著她，水聲嘩嘩，向園抽了張紙巾慢條斯理地擦手，笑吟吟地看向鏡子，反倒率先開口：「怎麼了，黎總，心情不好啊？」

黎沁忽然想起那天晨會。

她也是這般自信地看著她，問，「怎麼了，向部長，最近遇上煩心事了？」

這一幕幕倒流，清晰地印在她面前，她心情如湍急的河流，一點點，將她最後的理智吞噬。

黎沁強忍著，卻最終還是沒忍住，問出了口：「那天在樓梯間，妳是不是故意讓我聽見的？」

一如那天失魂落魄遭受重擊的向園。

如今，這一切又全都倒了過來。

向園擦完手，閒閒地靠著洗手檯，微微往後仰，看她的表情，笑了下：「這麼緊張做什麼，東和集團又不是我說了算，放鬆點。」

「妳到底知道什麼？」

向園卻笑，「妳找不到證據時心裡是不是挺難受的？明知道是我幹的，也找不出任何證據，晚上回家連夜琢磨要怎麼整我吧？不巧，我爺爺來了。老人家脾氣不太好，最看不慣我被人欺負了。」

黎沁面色鐵青。

向園直起身，在她耳邊，低聲：「黎總，現在是不是特別慌，憋著勁想整我呀？可惜了，攤牌了，我現在發生任何意外，我爺爺都會算在妳的頭上。」

「為了防止我爺爺這個暴躁脾氣，要不然妳扶著我回去吧，要是走樓梯的時候摔了，我爺爺一定會以為是妳推的。」

今晚飯局人不多，來的都是公司骨幹。

楊平山顯然沒想到老爺子會來，只能笑咪咪地舉著酒杯跟人敬酒，「您怎麼過來的？」

司徒明天很老實地喝著向園給的王老吉，「你這問的，當然是坐飛機了，我難道跨過山和大海走過來？」

小老頭脾氣還是很暴躁。

小老頭說話還是很嗆人。

楊平山自討沒趣，不再搭腔。

司徒明天酒癮犯了，趁著向園上廁所的功夫，眾人就見他迅速把王老吉喝完了，開了瓶雪碧，滿桌一人一杯倒下去，再把茅臺倒進空雪碧瓶裡偽裝成雪碧的樣子，然後心安理得地小口小口啜著茅臺等向園從廁所回來。

覺得這傻丫頭不會發現。

然而，向園才剛坐下沒多久，眼神時不時地往他那邊瞟，瞟得司徒明天心虛。

不至於吧，以前拿白酒冒充王老吉這丫頭都沒發現，最近變聰明了？

不等司徒明天反應，向園直接拎起他的雪碧瓶朝著瓶口聞了聞。

二話不說，被沒收了。

一眾人就看著小老頭又怕又氣，最終向園還是給了老爺子一點面子，倒了半盞，「行了，就這點。」

行了。

小老頭哄順了，喜滋滋地啜了一小口，開心地挑了下眉毛。

氣氛終於熱了些，大家提著的心也紛紛放回肚子裡，生怕這兩個祖宗今晚光顧著跟對方置氣。

其餘的酒陳書幾人分著喝了，包廂燈光敞亮，襯得大夥紅光滿面。

酒酣耳熱之際卻遲遲沒人動筷。

老爺子不動，楊平山不動，其餘人更不敢動。向園皮歸皮，在老爺子底下還是守規矩些。李永標越瞧這丫頭眉眼的神態跟老爺子越來越像，這事要是放到公司去說，還指不定怎麼詐呢。

作為半個東道主的李永標憨笑著招呼：「人齊了？我們先吃？」

司徒明天眼皮一掀：「等一下。」

「啊？」

原本準備拿筷子的眾人又停下來，一本正經地看著老爺子。

司徒明天：「我還請了個朋友，馬上到了。」隨後吩咐賴飛白：「你下去看看。」

賴飛白轉身出去。

楊平山抿了口酒說，「誰啊？」

司徒明天：「梁秦梁教授，你也認識的。他這兩天剛好在西安。」

向園驀然抬頭，視線對過去，司徒明天隨即看向她，「妳應該不記得了，以前跟妳媽媽是朋友，研究航太飛行器的。」

向園記得，但並不是從她媽媽的口中。

是聽徐燕時提過，梁秦曾經是他的老師，數次拒絕國外的高薪，將畢生精力都投身於科學，奮戰於第一線。

也是一個無論是在順境，還是逆境，都支持他每一個決定，不曾干預他的老師。

只是告訴他——不管你未來做不做研究，一定要做這人世間，最自由的靈魂，然後，盡興而歸。

雖然他從來不提，但向園知道，這是徐燕時的遺憾。

中式包廂水晶燈吊頂，燈光亮燦，牆面四周折射的光亮把整個包廂照得透亮。四角擺著四架落地燈，燈杆雕花玉錦，暈黃色的燈光融合，顯得氣氛不那麼濃烈，更柔和，門口立著一公尺寬的屏風隔斷，透紗般，有人進來，模模糊糊能先瞧見人影。

梁秦進來的時候，眾人先是瞧見身影，隨後從旁側進來，五十歲左右，面容剛毅，身板筆挺，一件黑色夾克，脖子上斜圍著一條灰藍色的格子圍巾，典型的研究人員穿著。

司徒明天率先招呼，「老梁，來，坐這。」

梁秦不太熱絡，冷冷淡淡過去在老爺子旁坐下，跟徐燕時有點像，向園以為研究人員都這樣，不興商人酒桌上那一套。

於是，向園瞧著司徒明天各種熱臉貼人家冷屁股。

司徒明天：「怎麼過來的？」

梁秦：「坐公車。」

楊平山聽見這問話，忍不住哼唧一聲，在心裡嘀咕：還說我，瞧瞧你這找話題的水準。都是青銅，比誰更倔強呢。

司徒明天乾笑兩聲：「坐公車好啊，方便還不用錢。我都好多年沒坐公車了。」

梁秦斜眼：「六十五以上的老人才免費，我才五十。」

眾人：「……」

司徒明天：「喝點茅臺？」

梁秦：「公司不准喝。」

司徒明天維持著笑容，鍥而不捨地貼熱臉：「那就吃點熱菜。」旋即跟向園介紹：「這是梁秦，梁教授，妳媽媽以前關係很好的朋友。」

梁秦表示關係其實還好。向園母親是個在學術上非常刁鑽的人，兩人曾經因為某航太學術問題上展開過幾次激情澎湃的論文大戰。雖然向園母親在學術界名聲顯赫，但後來結婚結得所有人跌破眼鏡，本以為她嫁入豪門是為了錢和名利，可偏偏這女人又為了研究犧牲了家庭。以為結婚後她會退出第一線，結果她沒有，日日夜夜待在實驗室，聽說連孩子都是丟給公婆帶的。

梁秦覺得她矛盾又神祕，後來發現她發表的每一篇論文觀點都十分犀利。雖然他們觀點不同，在學術上也佐見頗多，但論敬業和奉獻，他自愧不如。

司徒明天邀請他的時候，心裡其實也知道這老頭子想做什麼。

年後開春在圖斯蘭有個航太資訊學術討論會，原本東和是有名額的，邀請函也下發給了總研發室，但是因為韋德明年要與他們解約，院裡就考慮把東和的名額拿了。

之前徐燕時在這邊工作，梁秦多少也知道一點，司徒明天這兩年專注於人工智慧ＡＩ醫療這方面，對導航系統這塊已經喪失了信心，隨時準備轉型。圖斯蘭的會議是這兩年的重點，到時候網路和電視都會轉播。各個部門已經準備大肆宣傳一波國內的航太技術。

能在這個會議上亮相的公司，國民地位會直線上升，無論轉型做什麼，打一波愛國的標籤，公司信譽度和各方面的形象都會直線飆升。司徒明天這時候找他，也就是打著這個主意。

這事梁秦本來不想插手的，但只要想到那小子曾經處處不得志，每年回北京都躲著他，怕被他瞧見那消沉模樣就答應下來了。

所以，這是替他學生出氣了。

向園瞧著這梁秦來者不善，可司徒明天渾然不覺呀，他哪知道徐燕時是梁秦的學生，還是梁秦平日裡都捨不得罵一句的得意門生。

梁秦不光嗆司徒明天，誰都嗆。

楊平山要他多吃點青菜降血脂，他要楊平山多吃點核桃補腦。

黎沁打圓場敬他酒，梁秦紋絲不動。

向園瞧他有點可愛，看這陣仗，是來幫徐燕時出氣的。

隨後，司徒明天說他是向園媽媽的好朋友。

梁秦又不溫不火地說：「其實不算好，您兒媳婦曾經寫匿名信罵過我，她說別人的論文寫得爛是跟老太太的裹腳布似的，又臭又長，我的論文寫得是老大爺的尿布。」

全是拉不完的排泄物。

在飯桌上，梁秦還是禮貌的，沒把這個形容詞說出來。

梁秦：「這就算了，我評教授那年，還去院士那裡檢舉我，說我亂搞男女關係。」

司徒明天湊過去，一臉八卦：「那你亂搞了沒？」

梁秦橫斜眼看他：「我當時在合法追求我的妻子。」

「……」

司徒明天也不是急性子的人，本來只是想讓梁秦過來吃個飯，生意場上的事情以後再談。

結果被梁秦一口拒絕。

「不用了，我這次過來也是想跟司徒先生您當面說一下，圖斯蘭的會議，我心裡已經有人選了。」

司徒明天下意識問：「誰啊？」

包廂空調開得強，也不知是熱還是酒灌的，大家臉上都有些悶紅，梁秦則清清醒醒地坐在這堆人裡，顯得格格不入。他聲音朗潤，是獨有的中年人的渾厚，其實他跟徐燕時有點像，特別是說話的語氣上。

向園彷彿看見了一個老年版的徐燕時。

但徐燕時老了之後應該會更好看一些。

空調風嗡嗡嗡地吹，包廂內氣氛混熱，眾人的注意力都忍不住集中了些，全豎著耳朵聽梁秦說話。

於是，那晚的第二個炸彈，轟然炸開。

原先向園那波炸的，湖面上還餘音嫋嫋，微波輕蕩，此刻緊接著，又被人投下一塊巨石，在所有人的心裡掀起了萬丈巨瀾。

梁秦抱著手臂，擰著眉，似乎在沉思，他慢慢轉過頭，對上老爺子那雙求知欲好勝的眼睛，「你也認識的。」

老爺子「啊」了聲，猝不及防聽他不冷不淡地補充道：「我學生，以前是你們西安技術部的組長，徐燕時。」

司徒明天看了賴飛白一眼。

楊平山和黎沁互視一眼。

向園則跟陳書對視了一眼，隨後她低頭笑笑。

其餘人皆是震驚得闔不攏嘴。

李永標額頭的汗又密密滲了一層，這西安怎麼一個個都臥虎藏龍的，還都低調的跟地下黨似的。

司徒明天混跡商場這麼久，像梁秦這樣的人，他跟楊平山只需瞧一眼，就知道對方心如磐石，心裡有自己的一桿秤，做生意最怕跟這樣的人談判，因為你根本不知道除了熱血，還有什麼能讓他改變主意。

兩隻老狐狸都不說話了。

靜了一瞬，整個包廂落針可聞。

黎沁以為只是普通學生，試圖挽回局面，她試探地看了梁秦一眼，說：「徐燕時在我們公司表現好像挺普通……教授您是不是再考慮一下？」

包廂內靜謐，燈光晃眼，屏風四邊鑲了一串小葡萄燈，泛著幽幽光，更顯氣氛詭祕。

向園低著頭，手機攥在手裡，緊得發白。她嘴角噙著一抹很淡的笑，嘲諷力度十足，憋不住，剛要說話。

梁秦卻笑了下，「妳接著說。」

黎沁獲得許可，眼帶喜色，娓娓道來：「我不知道他以前上大學是什麼樣，但是這幾年在公司表現確實普通，每年的新產品都延續去年的沒特點，客戶反響也普通，還總是被人投訴，脾氣也不是特別好。圖斯蘭會議的話，我覺得還是需要一個英文好的人去吧？他的英文好像不怎麼好。」

黎沁也不知道徐燕時英文究竟怎麼樣，一般人應該都不好吧，反正也沒聽他說過。

「他英文很好。」向園插嘴。

梁秦微有些驚訝地越過向園，沒想到會有人為他說話。

向園接著說：「他高中的時候經常參加英文競賽，全是一等獎，妳去他家裡搜搜，獎狀可能比妳兒子一年寫的作業都多。」

黎沁狠瞪她。

司徒明天若有所思地將目光轉到向園身上。

向園卻始終將目光鎖在黎沁身上，整個包廂的氣氛在一瞬間凝滯，空氣中流轉的都是星火。

半晌後，梁秦目光環了一圈，笑容嘲諷又無奈。

隨後，他掏出手機，快速撥了個號碼。

梁秦用的還是老人機，撥號會有人讀的那種，當時氣氛還挺怪異的。

在他熟稔地按下一串數字後，冰冷的機器女聲一字一字地迴盪在包廂裡，「一、三、八、五、五、六、六、一、零、一……」

向園其實聽到前面那熟悉得不能再熟悉的號碼，心裡就有底了。梁秦應該是打給徐燕時了。

果然，響過三聲後。

一道清冷的男音接起來，他電話裡的聲音比本人更冷一點。隔著話筒都能察覺到他的禁欲感。

『梁老師？』

梁秦看了黎沁一眼，垂眼看著手機叫了聲電話那頭人的名字，「燕時，老師這有幾個問題想問問你。」

向園攥緊手機，低頭漫無目的地滑著。

只聽他不卑不亢地回道：『嗯，您說。』

接下去的半小時，一群人目瞪口呆彷彿看了一場快問快答的知識競賽，酣暢過癮。教授問得大刀闊斧，男人答得散漫又精準。神仙打架也不過如此。

「火箭以第幾宇宙速度飛行，才能將衛星送入繞地軌道？」

『第一宇宙速度。』

「火箭機身上的側翼作用是什麼？」

『增加火箭飛行時的平穩性。』

「粗捕獲碼，解釋一下。」

那邊頓了下，大概是被梁秦問傻了，沉默半晌後，還是答了。

『偽隨機比特串，確定接收機和衛星間的距離。』

梁秦掃了老爺子一眼，緊接著又問：「用英文論述一下P碼和Y碼。」

那邊又是一串流利的英文。

梁秦覺得不夠過癮，又連著問了幾個問題，起初向園還能聽懂，問到後頭，向園根本聽不懂了，迷迷濛濛的一頭霧水，這裡除了她，剩下那些就更丈二和尚摸不著頭腦了。

梁秦也不過是想替他出口氣，卻沒想到這隨意的一通電話，居然越聊越起勁。

以前的徐燕時從來都是驕傲自負的，對學術的問題說一不二，有點他年輕時的性子，很固執。可如今的徐燕時，每個問題都回答得滴水不漏，思慮周全，考慮到了每一種的可能性，自信但不自負，也不咄咄逼人。

這是梁秦沒想到的，有些意外，他喟嘆：「你成熟了很多，看問題更全面了。」

那邊沒接話。

「你先忙，年後再找你談。」

『好。』

一旁的向園攥緊手機，胸腔熱血滿裝，眼眶微熱。

他走後，她總覺得意難平，知道他委屈，卻無力為他伸張，今晚，梁秦為他做的一切，她才覺得暢快。

卻不想，梁秦接下的話，讓她更為暢意。

「或許你們聽得一頭霧水，但剛才好幾個問題，都是去年北航的研究所試題，百分之九十八的錯誤率，他都答對了。」

司徒明天不說話。

梁秦看著他道：「這麼一個人，在你們公司為什麼得不到施展？你真的還認為是他個人的問題？司徒老爺子，說句不好聽的，您真該好好反省自己了，走得都是什麼人，留下的都是什麼鬼？」

梁秦目光掃了一圈，最後定定落在黎沁頭上，「而且，他有多難得，光憑幾個資料你們恐怕不會明白，但我作為老師，看他在你們這樣一個破公司裡浪費了五年時間，我實屬痛心。也許你們以後才會明白，你們錯過他有多可惜。」

梁秦走到門口，忽然被人叫住。

他回頭，沒承想是司徒明天旁邊那個小丫頭，表情不悅地掃她一眼，「如果妳是為了圖斯蘭的事情——」

「謝謝梁老師。」

梁秦乍然一愣，回頭瞧，只見向園站在門口，笑著對他說。

謝謝你，做了我最想做卻無能為力的事。

謝謝你，他一定不知道你這麼愛他。

謝謝你，告訴他來到人間要盡興，做最自由的靈魂。

梁秦：「妳？」

向園直白地說：「我很喜歡他。」

梁秦失笑，搖搖頭：「這小子真是到哪都招女孩子喜歡。」梁秦上下瞧她一眼，幫她打預防針，「他以後可是要跟著我搞研究的，可能就沒那麼多錢囉？」

向園：「他喜歡嗎？」

梁秦：「喜歡，這是他的夢想。」

「好，那我負責賺錢，我養他。」

梁秦笑到不行。

向園又說：「梁老師，我還有件事要告訴你。」

梁秦：「什麼？」

向園：「我在我媽媽的抽屜裡見過您的照片，鎖在一個小盒子裡，她從來不給人看。後來我整理遺物的時候見到了。沒想到是您。」

司徒明天跟楊平山連夜回了北京。

第二天總部大張旗鼓地下了一份紅頭文件——是新出爐的法辦，要澈查公司不正當競爭關係。

但凡是這兩年進公司的員工，都必須按照公司的員工章程重新申報一遍。

二〇一X年，二月，東和集團首次意義上，正式大洗牌。

不整頓還好，一整頓，所有人大跌眼鏡。

申報名單下來，所有關係網一目了然，誰是誰的小姪女，誰是誰的二姑媽，誰又是誰的三姨夫。

技術部更是雞飛狗跳。

高冷攥著一份申報名單，仰在椅子裡翹著腳大聲朗讀道——

「應茵茵，介紹人，趙錢，關係，伯姪。」

「王益，介紹人，王婷婷，關係，他大姑二表姨。」

「……」

高冷一行行往下念，越念心越寒，嘖嘖，到底是怎樣龐大的關係網，合著私底下這些默不作聲的一個個都是披著羊皮的大灰狼呀。

他一臉不可置信地往下掃，視線定住，慢慢一字一頓念道：「向園，介紹人，司徒明天，關係，爺孫？」那時向園不在，技術部所有人都聞聲圍過來，高冷捅了捅一旁尤智的手肘，還沒緩過來，「這司徒明天是誰啊？很厲害嗎？我怎麼沒聽過這人？」

彼時，向園正在陳書辦公室跟老爺子通話，聊起昨晚的事，向園有一搭沒一搭，答得挺悻悻的。這邊身分猝不及防公開，賭約失去意義，司徒明天索性開門見山地問她還賭不賭？

起初來時不知這邊情況複雜，只想用自己做賭注跟老爺子搏一把自由，如今瞧這形勢，內憂外患俱未除，她那點個人主義也不適宜再提，只得作罷，問了句：「你昨晚怎麼會過來？」

司徒：『年度巡查。』

向園「哦」了聲，要掛電話，司徒明天卻忽然叫住她：『那個……』

「什麼？」

『徐燕時，』老頭似乎咳了聲，掩飾尷尬，『他，真的是梁教授的學生？』

「嗯，得意門生。」

司徒明天沒回話，直至掛斷電話，望著窗外層疊的高樓，心中頓生一個念頭。

沒多久，賴飛白又打了個電話給向園。

向園才知道昨晚是他聽見楊平山和黎沁打電話，老爺子怕她應付不來，這才趕了過去。

不過也好，算是個教訓。

技術部的人緊密地圍在一起，十幾個腦袋全圍著尤智的座位，冒著金光的眼睛目不轉睛地盯著尤智的電腦畫面，是公司網頁。

這撥人自從分配到西安就安分守己，堅守崗位，沒什麼緣分能跟司徒明天會面。光是這個名字高冷還在腦海中打轉了好久，才想起來是誰，立馬讓尤智開公司網頁確認一下是不是那個司徒明天。

技術部氣氛緊張，所有人默契地屏息靜靜等著司徒明天的照片一點一點跑出來。

公司網路本就慢，老爺子的照片還特別照了一張全身超高清，跑起來尤其慢……大家呼吸不由得放慢了，直到那小老頭的臉完整且清晰地出現在眾人面前。

司徒明天。

那瞬間，整個技術部忽然爆發出一陣震耳欲聾、響徹整個辦公大樓的——「我靠！」

有句話叫什麼？

有些人一出生就已經贏在起跑線上了，而有些人，一出生就已經在羅馬了。

還有一些人，不僅出生在羅馬，他媽的，人家在羅馬還有數不清的房子、車子、票子、馬子。

向園下樓，察覺技術部氛圍不對，每個人看她的眼神顯得格外熱切，充滿了慈愛、尊敬、乖巧……反正是一些她從來沒有體會過的情緒。

高冷笑咪咪地湊到她身邊，笑得跟個二百五似的。

「其實妳叫司徒向園對不對？」

「……」

見她無語，高冷一臉我什麼都知道的表情，輕輕地打了一下她的手臂，「別裝了，司徒明天是妳爺爺，妳叫司徒向園對不對？」

向園一掌拍在他腦門上，把人推開，「我叫向園。」

隨後，轉頭朝一旁的薛逸程說，「你跟尤智進來開會。」

高冷悻悻，回去潛心研究申報名單，沒多久，突然乍起：「我靠，施天佑，你他媽也是關係戶？」

一旁翦子拉碴正在喝水的施天佑脖子一抽，頭皮發緊，抿抿唇，兩腳尖輕微點地，想趁勢滑開椅子。

被高冷抓住，拿著名單嗓音瞬間拔高：「總研發室的施主任居然是你爸爸？」

怎麼說呢，施天佑也慌啊，整個維林西安分公司，就數技術部的關係戶最少，因為這個部門要技術，普通關係安插不進來，那些什麼總的，基本上也只是把人安插進銷售和市場這兩個部門。技術部全是實打實招進來的。

施天佑其實還挺自卑的。也不敢提，怕被他們看不起。

「我……跟我爸，關係……」

高冷憤懣不平：「你有關係你不早說？要是老大知道的話，說不定他就不用走了啊！說不定可以進總部了啊！」

「我問過他。」施天佑小聲說。

其實施天佑有關係這事，他跟徐燕時說過，那一年徐燕時工作上處處受阻，後來一次聚餐，施天佑私底下問過他，也跟他坦白了，如果他需要幫忙，他爸爸應該可以幫上忙的。

徐燕時當時就笑著拒絕了，那時是自負，認為錯過一年，總還會有機會，後來見他一年比一年消沉，施天佑更不敢提這事了。怕傷他自尊心。

他只記得後來徐燕時跟他說過一句話：他說他不信他這麼倒楣。

「然後呢？」高冷聽得入神。

施天佑：「然後就真的這麼倒楣。」

「……」

「而且，你認為向部長這關係還能比我的關係份量輕？老大跟她那麼好，也沒見要動人關係，老大這人你還不瞭解？」

也是，這麼清高自傲的一個人，怎麼會向動物世界下跪呢。

想到這，男人那張臉清晰漸露，浮在腦海中。

高冷吸吸鼻子，神情忽然蔫了，靠著椅背喃喃說：「我有點想他了。」

施天佑跟沒魂似的附和：「我也是。」

向園取快遞的時候多打量了新來那個警衛小哥一眼，小哥抱以溫和笑容，居然喊出她的名字，「向部長。」

向園一愣，微微一笑：「記性不錯。」

晚上跟陳書說起這件事，陳書還打趣：「不會是想追妳吧？」

向園搖頭，喝著紅酒，「一個男人喜不喜歡我的眼神，我還是能瞧出來的，他什麼時候來的？」

陳書想不起來了，新加入的小夥伴應茵茵反應飛快，給出答案：「就是我的車被炸的前幾天吧。」

三人在向園家裡弄了個燒烤攤，天邊月掛著，夜空黑漆漆一片，陽臺上沒燈，向園從客廳搬了一盞落地燈，霧氣繚繞，星火亂竄，香味撲鼻。

應茵茵烤得那叫一個手忙腳亂，顯然不是伺候人的料，烤出來一串比一串黑，陳書看不過去，拔煙掀滅，接手這爛攤子，有條不紊地撒上孜然，問向園：「申報名單不是下來了？有沒有他的名字？看看是誰的關係。或者妳在懷疑什麼？」

「保全清潔人員不在列，」向園倚著欄杆，漫不經心地蕩著杯中的紅酒，看酒液隨著手上輕巧的力度慢慢漩成一個渦，又慢慢停下來，樂此不彼，旋即喝了口道，「我只是好奇，這麼年輕當保全是不是太可惜了點。」

陳書：「有人就崇尚安穩。」

應茵茵一臉茫然地看著她們，看看她又看看陳書，全然不解。

「妳們說什麼呢？」

陳書烤著肉，看著她笑笑道：「笨一點好，妳這樣挺好的，要是真的跟向園一樣這麼聰明，活著也累。」

「誇我還是損我呢，」應茵茵哼唧一聲，看向欄杆上纖瘦卻幹練的女人，躊躇道：「妳真的是司徒老爺子的孫女啊？」

月明星疏，陽臺四周包了玻璃，半封閉式的，燈光斜密攏著，對比之下，月光聊勝於無。

聞聲，向園轉頭瞧過去，眉眼如煙，半倚著欄杆，等她下文。

「以前的事，我其實……」應茵茵下意識看了陳書一眼，還是挺驕傲的，想道歉又說不出口，半天憋住一個字，「對……」

「打住，」向園及時喊住她，「吃我的、用我的、住我的，跟我道歉，太沒誠意了吧？」

應茵茵猶猶豫豫地說：「那那我下次請妳吃日本料理吧，陳書說妳喜歡。」

陳書知道向園皮歸皮，但真到了真情實感的時候，她還是有點聽不得這種肉麻話，要是真跟應茵茵斤斤計較，這帳算不完了。

應茵茵頂多也就是嘴碎，有點虛榮心。要論壞，不算壞。

遂幫她打圓場，「行了，敬兩杯酒完事。」

然後，應茵茵被灌醉了。

兩人合力把人抬進客房，還挺重，向園差點被她抓著手腳按在床上，掙扎著從床上把手臂抽出來，只聽應茵茵還渾渾噩噩的碎碎念道：「其實我真挺羨慕妳的，我從小就笨，也沒什麼主見，一直都隨大流，別人說什麼我就信什麼……」

房間昏暗，陳書打開檯燈。

只聽她喃喃又道：「活得其實很憋屈，不明白自己到底想要做什麼，反正就很糊塗……還有，輿論害人啊，輿論害人，我以後再也不上網罵人了。」

剩餘兩個女人對視一眼，一笑，在床沿坐下來。

向園卻低聲：「妳是不是有事情要告訴我？」

陳書驀然一愣，下一秒，無奈：「妳要不要這麼聰明？我準備辭職了。」

「我又沒讀心術，能知道妳在想什麼，是永標告訴我的，說妳準備辭職了。」

「恭喜啊，終於脫離苦海了。」她說。

也只有這一刻，向園才知道，能用脫離苦海來形容，這公司到底有多失敗，就像個牢籠，把所有人囚住了，大家受不了這牢籠裡的體制，牢籠雖然不怎樣，但這個牢籠背後是個大集團，仰仗著這點光支撐到現在，支撐不了的都走了。而牢籠裡的人羨慕又由衷地祝福他們脫離苦海。

陳書笑笑：「妳不要這麼想，司徒老爺子其實還是挺有手段的，只不過他的經營方式已經不適合現在了，妳得勸勸妳爺爺，適當順應潮流，改變體制，不然年輕人都走了，公司裡留下的都是些老人，那才是最可怕的事情，現在整改為時不晚，別等到公司人口老齡化了，那才真是來不及了。」

「徐燕時走時也跟我說過，但現在盤根錯結太多，只能一刀一刀砍。」

第一刀，就直接砍向黎沁。

林卿卿於年前交出一份錄音記錄，裡面一字不漏地記錄了當初黎沁是如何收買林卿卿要求她在新產品發表會當天將向園鎖進房間裡。

錄音上傳到總部備案，黎沁矢口否認，甚至將所有的事情都推到林卿卿身上，關於這點，林卿卿其實還挺淡定，早有所料，她不辯駁，只是靜靜地坐著，相比黎沁的尖銳慌亂，她冷靜地在會議上跟行政偵察員交代完事情的前因後果。

連向園都不得不佩服她的鎮定和冷靜。

陳書低頭在想，這樣的女孩你還真猜不透她在想什麼，或許她真的只是缺少一個機會而已。

「以上是我所有的證詞，如有半句弄虛作假，我願意為此付出法律代價，」隨後，她看向向園和李永標，平靜地說了句，「也為我曾經所犯的錯誤，誠摯地做出道歉，願意接受公司的任何處罰。」

最後，她淡定地轉向臉色刷白的黎沁，那精緻的妝容下，藏著一雙噴火的眼睛，熊熊烈火，彷彿要將她吞沒。

林卿卿難得牽起嘴角笑了下：「黎總，認錯吧。」

黎沁似無所覺，眼神裡的火更旺了些，以摧枯拉朽之勢燃燒著，「林卿卿！妳太過分了！」

黎沁當然不認。

不過這件事總部已經立案調查，林卿卿成了眾矢之的，她也無所謂，照常上班下班，看到所有人都一副冷淡如常的樣子。

向園把她叫進辦公室。

她開門見山地問：「為什麼忽然出來指證黎沁？」

林卿卿什麼也沒說，只說了句，想早點結束。

黎沁擅長跟人打太極，想儘快結束殺雞儆猴，正面交鋒確實是最快的辦法。林卿卿開了這個頭，其實對她們很有利。

林卿卿建議：「最快的辦法。」

「什麼辦法？」

「綁架小軒。」

「不行，會嚇到小孩，」向園看著林卿卿，問道：「妳說，陽光透過平面玻璃，還是陽光嗎？」

林卿卿：「是。」

「那陽光透過放大鏡呢？」

「會燃燒。」

放假最後兩天，公司忽然起了些流言蜚語，八卦散播者應茵茵此刻正坐在茶水間跟她的小姐妹們家長里短。

「我跟妳們說啊，我有個阿姨，結婚這麼多年，跟她老公分居兩地，結果，今年年初的時候，帶孩子去體檢，血型居然是B。我阿姨的老公氣死了，他們都是A型，怎麼生出B型血來。」

「然後呢？」

「鬧了幾天之後，我阿姨就說實話了，是他們公司上司的孩子。現在準備離婚呢。」

「真的假的，她老公也太慘了吧？」

「那上司還是個老頭呢。也不知道我阿姨圖什麼，妳們說呢，我阿姨圖什麼呀？」

眾人笑而不語，房間裡傳來一陣陣低笑。

茶水間門外，向園碰見黎沁，笑咪咪打了個招呼，「早啊，黎總。」

黎沁臉色難看，轉身離開。

下班，應茵茵不肯走，提心吊膽地扒著向園辦公室的大門，「姐，姐，我真的怕，妳送我回家。」

「早上八卦的時候怎麼不怕？」向園慢悠悠地笑著說。

「沒良心。我這是為了誰。」應茵茵撅嘴。

「所以我說我來。」

應茵茵橫她一眼：「茶水間是我的地盤，平時都是我跟我的小姐妹八卦，妳貿然上去人家會信嗎？鐵定覺得妳是故意的。而且，一山不容二虎啊我跟妳說。」

向園遞了個手環過去，「定位的，妳帶著，別丟了，萬一真的有什麼事，我會讓尤智第一時間幫妳定位，剩下的事，妳就自求多福了。」

應茵茵悻悻接過，還是有點不確定，覷著門外，小聲地說：「妳們說黎沁會不會上鉤啊？」

陳書道：「黎沁那麼在乎她兒子，聽到這麼個相差無幾的版本，我猜她心裡多半坐立難安，心虛的很，不會坐以待斃的，這個謠言再擴散兩天，我覺得她該坐不住了。」

工作上要抓黎沁的錯處其實不難，但難就難在黎沁無論在工作上犯多大的錯誤，那邊都有楊平山頂著，丟個單子算小事，還損害了公司利益。

如果這不是向園的公司，換作是普通公司，也許她們不會在乎公司利益，但多少還是向園老爺子的公司，損害公司利益沒必要，賠了夫人又折兵得不償失。

只能讓她犯些不可磨滅的錯誤。

這個錯誤的誘餌原本是向園自己，但應茵茵說這事她做起來更順理成章，唯一的顧忌就是怕萬一傳開了，對黎沁的孩子不好，畢竟小軒是無辜的。

然而，她們抓得只是黎沁的心虛，僅散播一個相似版本的謠言，不知情的人根本不會聯想到黎沁，只有黎沁自己心知肚明會自我代入。

誘餌顫顫巍巍地出門了。

陳書等她的身影徹底消失在辦公室門口，才說：「妳做好準備了？」

向園很淡定地：「沒有。」

「……」

忽然有點同情應茵茵怎麼回事。

半秒後，陳書又問了句，「妳確定黎沁會找應茵茵？」

向園低頭看了下手錶，應茵茵在公司晃了一天，黎沁此刻一定時心癢難耐抓耳撓腮。她為什麼要挑在今天啊，就是因為明天放假，有些人會提早走，時間上很紊亂，黎沁一定會在今晚神不知鬼不覺地給應茵茵一頓警告，不許她再散播謠言。

不然年後回來，黃花菜都涼了。

所以今晚是最佳時機。她們只要跟緊應茵茵。

「只要應茵茵別出亂子。」

技術部照常下班，這時候如果從溧州市的上空俯瞰，就會瞧見四五輛各式樣的車從維林大樓有條不紊地駛出去，一一分流進各個城市車道裡，緊接著，所有車輛四面八方地在城郊的主幹道接二連三的彙集，朝某別墅區齊頭並進。

陳書坐在向園車裡，高冷、林卿卿在後座，餘下的人分三輛車，列成車隊四平八穩地行駛在城郊的車道上。

車廂裡，彌漫著一股死一般的寂靜。

向園率先打破沉默，回頭對高冷說：「我不是讓你別跟來嗎？」

高冷：「尤智他們能參加，我就不能？你們這幾天神神祕祕的搞什麼呢？」

陳書：「行，你別打岔，跟在一旁看著。」

尤智第一個到向園家樓下，向園報了密碼，讓他先帶著東西上去，隨後問了句，「應茵茵那邊怎麼樣？」

「她還在公司，十分鐘後讓她出發。」

「公司那邊有人嗎？」

「老薛陪著。」

向園又打電話給老慶，「十分鐘後，盯緊車牌五六七一的車。」

應茵茵有種到達人生巔峰的感覺。

十分鐘一個電話慰問她的人身安全，旁邊還有個帥哥保鏢，她托腮欣賞尤物一樣地看著沒什麼表情的薛逸程，嬌滴滴的指尖在桌上沿著氤氳的水汽畫圈圈：「聽說，你在裡頭學過跆拳道？」

薛逸程瞧她那樣，耳朵莫名一紅，「嗯，同房的教的。」

「同房，」應茵茵笑了下，「獄友嗎？」

薛逸程低下頭，不說話了。

應茵茵下意識覺得自己說錯話了，暗罵了自己一句，忙道歉：「對不起啊對不起，我不是故意的。」

薛逸程不理他了，低頭看了手錶一眼，開始趕人：「妳可以出發了。」

應茵茵開車到門口，等開閘放行，無意間聽見老門衛正疾言厲色地訓斥新來的那個帥哥保全，「你看看你這一天上幾趟廁所？光顧著偷懶吧，不想幹別幹了！」

六點十分。

應茵茵失蹤，地圖上她的信號點消失了。尤智立馬叫來向園：「六點零八分信號就弱了，現在完全沒了信號，應該是被人掐斷了。」

向園低頭看著電腦上那行程路線，「附近是哪？」

尤智：「仁和醫院。」

「她不回家去醫院幹什麼？」

「我剛想問呢，行程沒按之前就說好的開，我以為她跟妳商量過半路改道了呢！」

愕然之際，向園立馬撥了個電話給老慶。

「你們跟到哪了？」

『仁和醫院，她跟一個男的進去了，我讓人去跟了。』

「哪個男的？」

『你們門口的保全。』

聽到這，向園太陽穴突突突直跳，腦中一片混亂，她強壓著那股躁動的不安，打了個電話給薛逸程。

「問下門口保安，應茵茵帶保全去醫院幹什麼了？」

薛逸程立馬飛奔下樓，幾乎是躥著一層層樓梯往下跳，老保全一怔楞，茫茫然說：「帶小唐去看腸胃了。」

薛逸程二話不說跳上車，一路油門踩到底，飛馳到仁和的腸胃科。

熙熙攘攘的人頭攢動，走廊間是刺鼻的消毒水味，他一張張臉尋覓過去，沒瞧見應茵茵的身影。

「沒人。」

『診間裡呢？』

「也沒有。」

薛逸程握著電話，目光四處張望，忽然，目光微微定住，看見一個熟悉且鬼祟的背影，他盯著，緩慢地，彷彿怕他跑了一般輕聲說：「我看見保全了。」

向園冷靜快速地分析，『你先跟著他，看他去哪，我報警。』

「啪！」

女人被狠狠掀翻了，柔弱的身子全然撐不住，像條魚似的軟弱無骨地爬伏在角落。

應茵茵被蒙著眼睛，剛被人搧了一巴掌，臉上火辣辣的疼，還不忘演戲，咬著唇一臉驚恐：「你到底是誰！你為什麼要抓我來這裡！」

對面的人不說話。

又是一巴掌迎頭搧下，掌風行至她頰側，應茵茵：「打人別打臉啊姐姐。」

對方似乎對姐姐這個詞不太滿意。

應茵茵立馬改口：「哥，哥……」

對方不滿意。

「總不能叫你爸爸吧，這多不合適啊。」

對方抬腳。

「行行行，」應茵茵很不耐煩地說，「你把我爸的棺材板按住了，我就叫你爸爸。」

「哐噹」一聲，黑漆漆的，對方踹了個桶子，不知道牽扯到什麼機關，稀哩嘩啦地接二連三地倒了一片，「叮鈴哐啷」的鐵皮敲得震天響，男人根本找不到縫隙插話，喊了一句什麼，應茵茵還沒聽清，等那接二連三的串響過後，她懵懵懂懂地「啊」了聲。

「您說什麼？」

「……」

尤智陰差陽錯地發現了黎沁的手機定位。

向園湊過去，「在哪？」

「在醫院對面的茶館。」

與此同時，向園手機頓響，薛逸程找到了應茵茵的位置。保全一直在剛才的位置玩手機，薛逸程覺得奇怪，就多等了一下，結果發現樓上下來一個男人，兩人聊了兩句，那戴鴨舌帽的男人就走了。薛逸程跟上去，才發現應茵茵被人帶到一個小茶館的地下室。

尤智叮囑了一句，「老薛，注意安全，別把人打死了。」

薛逸程上次是沒想到自己這麼能打，畢竟跟大哥訓了這麼幾年也沒見跟誰真正動過手，跟李馳的打鬥中全然是一些自然反應，手腳身手都很俐落。

這次他有些飄了，沒想到對方這麼能打。

潮濕昏暗的地下室裡，就聽亂七八糟的破銅爛鐵摔一地。

對面兩個彪形大漢，肌肉賁張，薛逸程對比了一下自己跟他們的身形，心虛地咽了咽口水，潮那兩位勾了勾手。

然後就一發不可收拾，直接挨打到員警來。

「噉！媽呀！哎！啊！」

應茵茵聽不下去，扛起一旁的鋤頭就朝那兩個大漢撲過去。

大漢一回頭，眼神威懾，肌肉抖動兩下，應茵茵縮回手，放下東西，顫顫巍巍地說：

「打女人不是男人啊我跟你說。」

薛逸程特別堅挺，打不過也不讓跑，死死堵著門。

看得應茵茵眼淚都快下來。

警察到了，應茵茵見勢忙大喊：「員警叔叔救命啦！」

上了警車，應茵茵摟著員警叔叔的脖子，一把鼻涕一把眼淚地如同遇到了月亮姐姐知心姐姐，傾訴：「我懷疑哦，是我的上司幹的。您可以一定要給我作主哦！」

警察：「怎麼又是你？」

薛逸程：「……」

連同之前幾起案子，公司輿論風波四起，黎沁正式被停職，副總位子將由向園暫代。

如同林卿卿那天說的一樣，黎沁永遠不會認錯，即使離開，她也只會是不屑一顧的離開，放假那天下午，向園搬東西到黎沁的辦公室。

黎沁瞥了她一眼。

只不過這次不同的是，向園靠著那張老闆椅，而黎沁站著，披著件西裝在收拾她桌上的文件，平淡地問了句：「妳覺得妳贏了嗎？」

向園笑了下，「人生一定要贏嗎？我以為我一出生就贏了呢。」

黎沁點點頭，她其實內心很平靜，「我知道，你們想整楊平山，第一個拿我開刀。我明知道這是個套，卻還往下跳，妳知道為什麼嗎？」

向園不答。

黎沁：「因為我累了，楊平山說送我跟孩子出國，我想想，與其在這裡掙扎，不如去國外陪我兒子讀書。」

向園笑著靠在椅子上，「那祝妳當個好媽媽。」

黎沁見她無動於衷，還是說了句：「是不是我說什麼，妳都是這副表情，我說什麼都激不到妳是不是？」

見她不答，黎沁又道：「那如果我說徐燕時呢？」

「妳打電話給他，認個錯道個歉，我就讓楊平山安安心心送妳和兒子出國。」向園說。

向園強忍著。

為妳曾經對他的不屑、和打壓。只要妳跟他道個歉，什麼我都原諒妳。

第十四章 五月三十號

公司澈底放假。

下午五點，技術部所有人整整齊齊地出現在她辦公室門口。

向園收拾東西，眼皮一掀，「幹什麼？」

尤智撓撓鼻尖，欲言又止。

高冷理直氣壯，「妳升副總都不請我們吃飯嗎？」

「……」向園把文件放在旁邊，抬頭瞥了高冷一眼挺隨意地說了句：「你們想去哪吃？我請。」

「好嘞，」高冷手腳俐落地遞上已經訂好位的手機，「這家，已經訂好位了。」

「你們這是早就打算好了要宰我？」向園接過手機。

高冷：「是的，司徒向園。」

「……」

進電梯的時候碰見林卿卿，所有人沉默一瞬，向園看著頭頂的數字問了句：「聚餐，要不要一起？」

林卿卿一愣，旋即施天佑怕冷場也快速接了句，「是啊，一起吧。」

直到高冷開口，「妳沒事的話，一起吧。」

「好。」

向園跟陳書各開一臺車。

兩人停好車上樓的時候，裡頭靜悄悄的，走廊裡迴盪著她們的高跟鞋聲，向園平時跟他們鬧慣了，下意識跟陳書噓了聲，悄悄躲到門口暗中觀察，就怕高冷他們突然從哪裡竄出來嚇她們。

然而，裡頭靜悄悄的落針可聞。

向園狐疑，陳書吸了口氣，約莫是知道這群男人無聊，嚇她們吧，二話不說擰開門把：「幹什麼呢——」

「砰！」一聲巨響！

立在門口的兩個女人下意識拿手擋了下頭。

再抬頭，有人噴彩帶，有人晃雪碧，等等……

那不是雪碧，是香檳。

向園差點兩眼一黑當場昏厥過去，也沒來得及細看這包廂裡還有誰，也不顧飄落在自己頭頂上的彩帶，心疼地問：「誰開的香檳！」

「我。」

角落裡，忽然有人應了聲。

這聲久違也耳熟，經常在電話裡聽見，忽然真實地出現在她耳邊，向園還有點恍惚，沒反應過來，眼神呆愣地循聲望過去。

上次見他還是在機場，穿這件黑色衝鋒衣，坐在她面前，點了杯他不愛喝的摩卡推給她，讓她喝不完給他。

不知道他後來有沒有喝完。

她走的時候都沒來得及多看他幾眼就匆匆跑了，後來追出來，發現他還在咖啡館裡坐著沒走，那姿態和模樣久久在她腦海裡揮之不去，後來，連下飛機，想得都是他跟服務生說話的樣子。覺得自己真是著魔了。

她最近忙得暈頭轉向，兩人都沒怎麼聯絡。那天見到他老師，她其實有很多話想跟他說。但這兩天她忙得沾枕就睡，別說視訊，電話都少。

這時看見他這麼真實地坐在那，向園的眼淚差點下來。

沒了上海那邊的拘束，回到西安像是放假，他此刻脫下西裝，一身休閒裝，裡頭是拉鍊拉到頂的白色運動服，外面敞著件長款的深色羽絨衣，整個人看起來清爽乾淨，哪有那幾天在上海的西裝筆挺。

走在路上都會被人要帳號的大帥哥吧？

頭髮剃短了些，輪廓削瘦，沒戴眼鏡，眼薄鼻挺。

顯然是收拾過了。

在上海，他其實收拾沒這麼勤快，除了要見客戶，林凱瑞說他平日在公司其實鬍子都不剃。

她強忍著衝過去抱他的衝動，連給黎沁下套時那麼刺激的場面她都沒怎麼有反應的小心臟，此刻正撲通撲通地活蹦亂跳個不停。

怎麼一看見他就跟喝醉似的，心跳猛然加快。

「你、你怎麼回來了。」

她捋了捋頭髮在他身旁空著的位子上坐下。

男人看她焦灼的模樣，笑得不行，隨手摘下她腦袋上頂著的一條彩條，逗她：「不歡迎？」

「哪有。」向園見他明知故問。

徐燕時眼神含笑地看著她，直白到她生怕他一下會就當著所有人的面問出一句，想我沒。

向園馬上找了個話題，「你跟高冷他們約好的？」

徐燕時見她的慌張樣，也不再逗弄她，恢復一開始的冷淡，「嗯，想給妳一個驚喜。」

還真是驚喜。

「高冷他們怎麼都沒告訴我。」小聲嘟囔。

「告訴妳了還能是驚喜？」

薛逸程第一次看見徐燕時。今天下午高冷就有點反常，盤問了一下才知道是他們老大要回來，晚上還要請吃飯，高冷高興地一直在辦公室線上轉圈圈。

高冷一直跟他介紹這位老大的種種。

「長得比我差一點，技術部第二帥吧。」

「技術活超好，在技術部門，還沒有他解決不了的問題，簡稱，活好。」

聽得薛逸程還挺好奇的，平時也總聽這群人提起他，作為他的前任，薛逸程心裡可是對他充滿了一萬個好奇。

結果，真是百聞不如一見。

高冷幾個在樓下廚房點菜，他是第一個進門的，當時包廂內只有他一個人。

薛逸程還沒反應過來這人誰啊，幾度懷疑自己走錯包廂的時候，男人倒是率先跟他打了個招呼，準確地叫出他的名字：「薛逸程？」

薛逸程撓撓腦袋，有點害羞地搠了搠身子。

「您是？」

「徐燕時。」

薛逸程更窘迫，面對自己的前任，一時間站也不是，坐也不是。只能尷尬地立在門口。

徐燕時挺自如的，坐在位子上漫不經心地看菜單。

本來以為高冷說長得比他差一點，是調侃吧，也沒放在心裡，也不知道高冷哪來那麼大的臉，這男人渾身上下的氣質都跟他們不是同個等級的。

薛逸程覺得他挺帥的，而且有點冷淡，看誰都一副沒什麼興趣的樣子，懨懨的。

向部長經常掛在嘴邊的人，果然不一般。

火鍋沸騰，整個包廂騰著嫋嫋青煙，跟人間仙境似的。

高冷一頓飯吃得是滿腹怨言，眼含熱淚的好像終於見到了自己往日賴以生存的信仰，那男人高高大大的讓人感覺安全感備足，眼淚也沒忍住，婆娑得像個女人似的，可心裡是真感慨，大概是覺得最近向園他們行動都沒帶他，感覺自己被孤立了。

「以前你從來就不這樣，他們還排擠我。」像是找到了靠山，開始訴說他的委屈。

徐燕時已經脫了羽絨外套掛在椅背上，就一件運動服還敞著，露出一件看上去沒什麼保暖度的薄T恤，料子貼著他清瘦有力的胸膛，格外懶散地看著他，「從你們向部長升職的這個結果看，我以前的做法是錯誤的。」

高冷傻了，大概是他飄了。

憑什麼以為這個毒舌王會為他說話。

高冷挑撥離間地看著向園：「向部長，妳知道這瓶香檳其實本來不是給妳的，老大傳訊息給我的時候明明說這瓶香檳是帶給我們喝的。他沒有幫妳準備升職禮物哦。」

「我到了才知道妳升職了，」徐燕時轉頭看向園，解釋說：「而且，這東西也是別人送的。」

向園小聲問：「誰送的？」

徐燕時瞧她，「狗瑞。」

最後受傷的還是高冷，「我只配收別人送的禮物嗎？」

「不是你，是你們大夥，」徐燕時面無表情地糾正，「一瓶香檳，還是別人送的。」

「你什麼時候能不那麼摳門，能為我們真金白銀花一次錢？」

「不好意思，剛給女朋友花完了。」

整個包廂瞬間爆炸，向園低著頭，完全不敢跟身旁的人對視，心跳砰砰砰的，連火鍋都煮得比往常更沸騰，咕咚咕咚歡騰地冒著泡。

所有人異口同聲，不敢相信，口水差點滾進沸水裡。

「女朋友？」

徐燕時不再說了，只是「嗯」了聲，一丁點的資訊都不肯透露，無論高冷他們怎麼威逼利誘，不給任何機會。

「漂亮嗎？」

「還好。」

向園乍然看過去。

「但就是喜歡。」

他說，隨即拿了個杯子過來，神情自若地倒了杯水。

一頓飯在震驚中結束，所有人都沒從「老大居然交女朋友了」這個消息中回過神來。

一夥人站在酒店門口打車，徐燕時買完單出來，高冷他們幾個已經上了一輛車，林卿卿自己叫了一輛，向園瞧著她的背影，對徐燕時說了句，「等一下。」

然後朝林卿卿走去。

有些事情，其實一旦改變，就很難再回到當初了。

所以即使大家都儘量在粉飾太平，但有些東西已經變了味，就比如今晚的林卿卿，她顯得有些格格不入。

向園遞了封信給她，對林卿卿說：「妳的辭職信我已經讓總部批了，這是推薦信，過完年妳就可以去新公司任職了，有些東西，沒辦法回頭，那就往前走吧。」

寒風中，向園套上衣服的帽子，在風雪中笑著瞧了她最後一眼，然後轉身朝路燈下那個男人走去。

人走盡，只餘他們三人，計程車司機催促她，「快上車呀！」

林卿卿卻忍不住回頭看了這個城市最後一眼，車門敞著，她遲遲沒有上車，眼神愣愣地瞧著向園離去的方向。

徐燕時倚著車門，在路燈下抽菸，目光牢牢地盯著走向他的女孩子。

原本在包廂裡，還道貌岸然地裝做彼此不太熟悉的模樣，此刻卻對她這個即將離開的人絲毫不避諱。

向園直直撲進男人的懷裡，徐燕時靠著車門，直接用敞著的羽絨衣裹住她，依稀能聽見他略帶調侃卻散漫的聲音：「以後是不是該改口叫向總了？」

向園窩在懷裡咯吱咯吱笑：「是啊，徐總。」

男人垂眼睨她，笑得不行：「不得了。」

氤氳的霧氣遮住了林卿卿的鏡片，眼前那對人影越來越模糊，最後的畫面是她看見徐燕時拎著向園的帽子，低頭湊下去。

也不知是否吻下去了。

她轉身上車，將風雪和寒夜全都丟在身後，不再回頭。

再見了，向園。

再見了，高冷。

飯局上道貌岸然裝不熟的兩個人。

一進了門，氣氛就熱了，向園連拖鞋都來不及換就被頂到牆上。

向園仰著脖子，被他細細密密地親吻著，耳邊全是彼此紊亂的呼吸令人心跳加速，她閉著眼，像條小魚張著口喘息著問：「黎沁是不是打電話給你了？」

男人專注，聲音微變，低「嗯」了聲。

黎沁為了兒子，澈底放下了自尊，對這個她曾經最不屑，利用職場的權術欺他的坦蕩和赤誠的人道歉。

徐燕時想也知道，這事跟向園有關係。

「妳做什麼了。」

他把人頂在牆上，手第一次不規矩地鑽進她的衣擺裡，重重一捏，一面吻她，一面一聲聲沙啞地問她：「妳做什麼了？嗯？」

向園人被架著，被親得意亂情迷，心裡拱著火，卻還是捧著他的臉，那雙燦若星辰的眼睛直勾勾地盯著他，一字一句告訴他。

「我要把你曾經失去的，都贏回來。」

兩人換了個姿勢，他抵著鞋櫃，後背鬆鬆靠著牆，太久沒見的想念恨不得一刻也不分離，向園窩在懷裡，男人低頭輕笑。

「這麼喜歡我？」

「嗯。」

「那要不要跟我結婚？」

「太快了吧。」

「不快，只差上床了，但我這人不喜歡先上車後補票，所以，要不要跟我結婚？」他又說，「結婚很好的，可以這樣那樣。」

「……」

又開始騷得沒邊了。

屋內沒開燈，玄關處的聲控燈亮著微弱的光。陽臺門開了條縫，風湧進來，外面星空熠熠閃爍，能看清彼此的表情。

許久沒得到回應，感應燈也滅了。瞬間墜入黑暗，甚至瞧不清彼此的面龐。

男人忽地笑了下，略帶調侃地說了句：「緊張了？」

他坐在鞋櫃上，後背抵著牆，兩腿把向園圈著，女孩半坐在他腿上。

隨之，向園被他捏住下巴，迫使她微抬起頭，視線對上自己的，他一說話，感應燈又亮。

「這麼嚴肅幹什麼，我開個玩笑。」說話間，眉眼微挑，是不太爽的表現。

「我……還，不想結婚。」向園實話實說。

「跟我也不想？」

「不是跟誰的關係，是我一直都沒這個準備，你能明白嗎？」她小心翼翼地覷他，觀察他的表情變化，不過男人始終沒什麼表情。

「怕被人分家產？」

噗……

向園哭笑不得：「不是。」

徐燕時覺得如果是因為這還挺簡單的，大不了簽個婚前協議，保障她的所有資產所有權，以後要是真的到了離婚的地步，他淨身出戶就是了。但顯然，向園是有心結。

徐燕時笑自己都快三十了，怎麼還像個剛談戀愛的毛頭小子似的毛毛躁躁，哦，不過他也確實剛談戀愛，難免猴急點。其實她剛才要是昏頭答應下來，他可能明天就帶她辦手續去了。

向園心跳咕咚咕咚的，小聲說：「而且，我覺得現在的人結婚都太草率了，我覺得結婚前要先學習一下怎麼當一個妻子或者丈夫，又或者要學會怎麼處理夫妻間的矛盾，還有小孩，怎麼照顧小孩，怎麼給小孩一個溫馨的家庭氣氛才能不在他的成長道路上留下陰影，還得有非常正確的價值觀和人生觀教育他們，然後再延續香火開枝散葉，一代又一代地將家族的風骨和情懷傳遞下去，我覺得這才是結婚的意義吧，也有助於促進社會和諧。」

徐燕時還是剛才的姿勢，抱臂靠著牆，聽她長篇大論下來，忍不住勾了勾嘴角，推了她的腦門一下，「妳最近上哲學課了？」

說到這，向園橫斜眼意味深長地看著他：「我記得你的領悟能力應該比我深啊，怎麼能隨隨便便跟女孩子求婚。」

男人微別開頭，彆扭地糾正了一句：「我沒有隨隨便便。」

「我們在一起才三個月，你就說這種話。」

徐燕時斜睨她，再說下去怕是沒完沒了，給他扣上個情場浪子的罪名，遂舉手投降。

兩人說話低低潺潺的，玄關處的聲控燈沒再滅過，昏昏弱弱地亮在頭頂，向園就坐在他腿上看他抬手投降狀，眼神無奈，她一本正經地繼續教育他：「這是我奶奶告訴我的，她真是一個到了六十歲都很優雅的女人。其實她一開始也不懂教育，對我爸爸各種溺愛，結果我爸爸性格很極端，在我六歲的時候自殺了。我奶奶很自責，她覺得是自己沒有照顧好爸爸，所以在後來對我的教育上她改變了方針。」

「她把妳教得很好，只是皮了點。」

「這是我奶奶的遺憾，她只生了我爸爸一個。沒建成她理想中的大家族，」向園笑說：「而且我奶奶說家族風骨是一個家族的脊梁骨，頭必須正，底下的孩子才能依傍你的勢力而生存，那才是真正的貴族。」

「我頭不歪。」

「……」

見她無言，徐燕時不逗她了，捏了捏她的臉，「知道了。」

向園終於說通，摟著他的脖子高興地問他：「還能親你嗎？」

徐燕時眼皮微微下垂，拿喬地看著她：「這不太好吧，被妳奶奶知道了，該說我頭不正了。」

向園看他半晌，哼唧一聲，站起來：「那我去收拾行李了。」

噔噔噔跑了。

徐燕時的腿被她坐得有點麻，緩了下，才站起來朝她臥室走去。

女人脫了外套，地上攤著個行李箱，亂七八糟東西往裡頭一丟，瓶瓶罐罐全堆在一起。

徐燕時倚著臥室門，看她整理，向園頭也沒抬，隨口問了句：「你訂機票了嗎？」

「訂了。」

「幾點？」

「下午兩點。」

「那我等等看看你那班飛機還有沒有。」

徐燕時：「我幫妳訂了，同一班。」

向園：「啊？你有我的身分證資料？」

「上次看了一眼。」他漫不經心地說。

「好吧。」

向園再次感嘆了一下他的記憶力。

徐燕時到陽臺抽了根菸回來，向園還哼著歌心情愉悅地收拾行李，一看牆上掛著的時鐘，還真是沒心沒肺，眼看快十二點了，還在糾結要帶什麼衣服回去。

向園趴伏在床上，臥室壁燈攏著她細瘦的身線，緊身牛仔褲襯得她臀部曲線圓潤挺翹，雙腿筆直地跪著，曲線玲瓏韻致，歪側著腦袋，從床頭縫裡卯足了勁抽出一條圍巾。

男人脫了外套，穿這件白色運動服坐在客廳沙發上靠著。

沒開電視。燈也沒開，就著她臥室裡透出的微弱光暈，整個房子只有她的房間亮著一點暖黃色的光。格外溫馨，徐燕時目光目不轉睛地瞧著她爬伏著倒映在門上的影子。如碧波蕩漾，柔若無骨，光影微晃，動若脫兔。

間或能聽見裡頭傳來一些窸窸窣窣收拾東西的聲音。

餘聲都靜謐，窗外樹影蕭索，唯那抹纖柔的倒影透著餘溫。

十二點半，向園終於收拾完畢，從臥室出來，徐燕時已經開了電影在看，她坐過去，隨手拿了顆桌上的葡萄吃，「什麼電影？」滿滿一盤通體碧綠，全是剝了皮的，跟翡翠珠子似的，飽滿瑩潤。

「你剝的？」

她乍然一看，何止啊，旁邊還有一盤剝了殼光溜溜的瓜子。

男人斜眼睨她，默不作聲地拿起一旁的山核桃。

向園彷彿聽見那袋山核桃發出一連串悲天慟地地哀嚎：「天哪！救救孩子吧！」

向園連忙攔住，「別啊，別拿孩子撒氣。」

「……」

徐燕時哪裡真的生氣，也就逗逗她，丟下那袋山核桃，靠回沙發上，目光轉回電視上，笑她：「妳把男人想得也太小氣了點。」

「可不是嗎，以前遲到半小時，被罵得狗血噴頭。」

徐燕時轉頭瞥她一眼，視線重新轉回，漫不經意地說：「妳說我？」

「不是，前男友。」

他哼笑：「所以他們是前男友。」

「……」

臥室燈關了，電視機藍光灑透整個客廳，畫面流轉間光影變幻，如夢似幻，空間窄密，氣息交融，向園貼過去，坐在他敞著的腿上，勾著他的脖子，溫軟再次貼上他，蹭他溫熱的頸窩，「話別說這麼滿啊，你能做到你以後永遠都不罵我？」

徐燕時被她摟著，勾眉輕挑地看著她，「確實，我這人脾氣不太好。」

「沒事，我要是跟你約會，一定不會遲到，我一定是跑著去見你的。」

他笑，十分瞭解她，「得了吧，妳見哪個準時上班的人是跑著去的，遲到了才跑。」

他拿了個葡萄塞進她嘴裡，懈馳地窩進沙發裡，「跟我約會，沒這麼多要求。」

向園嚼完，說了句：「真的？」

然後要吐籽，徐燕時自然地伸出手，她猶疑一霎，吐進去，男人丟到一旁的垃圾桶裡，拍了拍手「嗯」了聲。

向園忽而說不話來，心頭彷彿熱流湧過。

真的覺得這個男人最讓她心動的地方，是他用最隨意的態度許下的每一個承諾。

兩人窩著看電影，是一部老片，黑白影畫，主人公情意綿綿。

徐燕時忽然一本正經地問她：「剛剛走神了，那女的說什麼？」

向園看哭了，還沉浸在兩人可歌可泣的愛情裡，聽見他這麼一問，腦中混沌，心道你還有走神的時候，下意識甕聲甕氣地把女主角剛才說的那句話重複了一遍：「老公我愛你啊。」

說完，向園就意識到上當了。

又逗她！這狗男人！

徐燕時笑得不行，忍著笑被她打，向園又想哭又想笑，眼角還掛著兩道淚痕呢，氣氛全被破壞，男人仰在沙發角上，笑得一如從前那個坦蕩赤誠的少年。

電影開始播放片尾的鳴謝，密密麻麻。向園氣急，要站起來去洗臉。

被人拉進懷裡，頭低下來。

向園咯咯笑著躲開。

「不是怕頭不正嗎？」

徐燕時把人拉下來，雙手環到自己腰後，低聲問：「不想？」

向園紅了臉，嘴上說著不好吧，身體更誠實，以實際行動證明了一切。

但徐燕時這男人不好說話就不好說話在，其他都寵著讓著，唯獨這個想不想的問題，他非得要向園說出來。

他算不上保守，對有些東西也堅持，也很注重儀式感。

總覺得生命大和諧這種東西，一定是要找個合適的時機，在雙方都有心理準備的情況下。最好是雙方再開個會討論下對這件事的容忍程度，比如能接受到什麼程度，或者最大尺度是多少。至少在得到向園的許可後，再帶她領略這其中的快樂。

而不希望她糊裡糊塗地就把自己交出去了。

他不知道她以前跟別人有沒有過。

至少，在他這裡，只當她是第一次疼。

不過有時候 Flag 就是用來倒的，徐燕時這麼注重儀式感的男人，是打死也想不到第一次是在那種小破地方發生，還被人偷聽了。

電影畫面暫停，散出微弱默淡的光。

屋內寂靜昏暗，窗簾敞著，一小束白月光落在窗臺上的盆栽上，巍然不動的蘭葉似乎正在諦聽著兩人纏綿間或泄出的細碎親吻聲，這聲響，迴盪在偌大的客廳。

沙發上，糾纏著兩道人影。

徐燕時運動服拉鍊解開，只隔著一件T恤的硬邦邦胸膛壓著她，唇上力道沒減，舌頭在她裡面一通攪。

向園被親得頭腦發昏，手腳並用地如同一隻無尾熊勾著他的脖子，繾綣地在他唇上輕輕吮著。

沒多久就出了汗，兩人都濕哄哄，連眼神都濕漉漉地看著彼此，膠著的視線彷彿是化不開的糖，朦朧又曖昧。

徐燕時盯她半晌，轉而在她耳邊親了下，向園觸了電般輕顫。

徐燕時了然。

他眼神含笑地看她，惡作劇似的又在她脖子上親了口。

向園又抖了下，酥麻感從頭皮一直躥到腳底，笑著求饒：「癢。」

「只是癢？」

就著黑夜，他聲刻意壓低，沒了白天裡在人前的那股冷淡勁。

見他又要下口。向園如實說：「還有點麻。」

沒說到他心坎上，男人盯了她一下子，作勢又要親她脖子，「再感受一下。」

向園躺著沙發上，長髮如瀑散著，笑著顫了顫身子，忙不迭求饒：「別、別，很難受，說不上來什麼感覺。」

男人沒動，直勾勾地看著她。

向園勾他脖子，撒嬌道：「你想要什麼感覺嘛？」

看她半晌後，徐燕時噗哧笑了：「還能是什麼感覺？」

隨後他坐起來，運動服拉鍊敞著，躬著身從矮几上摸了盒菸過來取了一根吸燃，吐著煙氣，一邊低著頭彈菸灰一邊對她說：「第一次談戀愛，我不知道正常的流程怎麼樣，不過我也不想試探來試探去，更不想讓妳糊裡糊塗把自己交出去，哄著妳讓妳跟我做。我覺得這些行為跟耍流氓沒什麼區別。」

向園知道他說話向來直白，卻也因這份直白更吸引她。

屋內靜謐，窗臺上那盆被月光照得通亮的蘭葉，在夜風中如晃蕩的小船輕輕搖啊搖。

在昏昏暗的客廳裡，那抹清瘦的身影抽完了最後一口菸，輾滅在菸灰缸裡，人往後靠抱胸問她：「既然妳現在不打算結婚，所以我們先以正視聽，交往多久能上床？在那之前，我不碰妳。」

「……」

這話聽得向園的心撲通撲通，為他的直白，也為他的坦率。

她小聲說：「昨天不是還說不想先上車後補票嗎？」

他坦率地看著她：「我要先確保我在精神和身體上都能給妳雙重快樂。」

「……」

這人，越說越離譜。

向園目光銳利地看著他：「你剛剛只是想騙我結婚吧？」

「……」

男人撓了撓鼻尖，輕咳了一聲，別開頭。

向園逗他，隨口說：「兩年吧。」

徐燕時顯然受到了驚嚇，但是仍然沒有多餘的情緒，非常淡定地確認了一遍：「妳確定？妳想像一下，兩年後說不定狗瑞都有孩子了，我們連床都沒上，他一定會介紹上海最好的男科醫生給我，然後每次酒局上喝多了逢人就說，我有個朋友，他跟他女朋友都交往兩年多了……」

「你說上了不就完了。」

「怎麼能騙人呢。」

「你還少騙？」向園笑，也不逗他了，「我奶奶說過，其實兩個人在一起沒那麼多條條框框，隨感覺就好，唯獨一點是要保護好自己，特別是某些方面，知道我以前的男朋友交往都超不過半年是為什麼嗎？因為一時的好感很容易，當我發現我對這個人的好感是在不斷減少的時候，我心裡就會把這個防線不斷延長，他們不是沒有要求過，可我就是覺得不太舒服，所以他們都撐不過半年。甚至我上個男朋友，一個月就猴急得想上床。會讓我覺得沒有得到尊重，所以如果是你話，我願意……」

她頓了下，「現在……其實我也可以。」

以前的男孩子都不如徐燕時的直白和坦率。

腦子裡想得明明都是那點事，可偏偏什麼都不說，平日裡裝著一副正人君子的樣子，私底下都猥瑣，花言巧語哄她上床。而徐燕時卻恰恰相反，他雖有時候說起來也沒邊，但說出來的每句話都極為尊重她。

她喜歡他今晚的直白和坦率，告訴他他跟別的男人沒什麼兩樣，只不過他尊重她。

「那就半年吧。」

向園一愣，「啊？」

男人抱著手臂說：「不用給我開綠燈。」

大概是覺得綠燈這個形容有點奇怪，他咳了聲又補充：「反正都單身快三十年了，也不差這半年，女孩子還是慎重點好。」

怎麼說呢，聽到這個半年，徐燕時還是覺得有點愉快，也覺得很有儀式感。

三秒後，向園愣愣地看著他掏出手機，螢幕亮著，光亮襯著他乾淨分明的骨節。

向園趴過去，狐疑地瞧他手機：「你做什麼？」

徐燕時飛快的打開行事曆，手指下滑，在五月三十號那天做了個愛心標記。

向園囧得拍了一下他，羞赧道——

「你備考呢，還倒數計時？」

男人標記完，看著螢幕上倒數計時的字樣，把手機丟到一旁，揉了揉脖子，才懶懶地看了她一眼，「要聽實話嗎？」

不等向園反應過來，只聽他道：「我升學考都沒這麼緊張。」

向園勾他脖子去親他，「那就定五月三十號了？」

徐燕時「嗯」了聲，與她唇舌糾纏，低聲說：「自從升學考後，很久沒有這種倒數計時著提槍上陣的感覺了。」

呸呸呸呸。

向園捶他，被他笑著含住唇。

沒多久，耳廓全熱，氣喘吁吁，一室旖旎。

翌日。

兩人落地北京，在機場航廈，向園等賴飛白來接，依依不捨地看著她這個百看不厭的男友，「真的不用我送你？」

兩人穿著情侶裝，徐燕時裡頭一件藏青色T恤，外套一件黑色長款及膝羽絨服，鶴立雞群地站在密密麻麻的人群中，低頭看她一眼，「不用，我叫車。」

「好吧。」

向園想抱他，很少在大庭廣眾這麼黏黏膩膩。怕他覺得不自在，又是在北京，隨時隨地都會碰見熟人的地方，向園還是克制了一下，下一秒手機響了，賴飛白到了。

她拖著行李箱一步三回頭，「那我走囉。」

差點撞到人了，向園絆了下。

然後路人就看著這個年輕英俊的男人走過去，把人拎住，一本正經地教訓：「看路，別老是看我。」

女孩被訓得還挺開心，仰著頭看他直樂。

賴飛白接到向園的時候，隱隱約約覺得她身邊跟著個男人，不過轉眼就看不見了，而且那個穿長羽衣的男人還有點眼熟，沒瞧清正臉，光看個背影還挺眼熟的，遂等人上車問了句：「剛剛有個男的送妳過來？」

向園綁上安全帶，裝傻：「你瞎了吧，哪來的男人？」

賴飛白狐疑瞧她，向園催促道：「快開車吧，哪來那麼多廢話。」

賴飛白咳了下，沒追究，欲言又止地看著她。

向園看著窗外，隨口問了句：「我哥回來了沒？」

「回來了……」

聽見這聲，才驚覺奇怪，轉頭瞥他，「怎麼了，說話吞吞吐吐的。」

賴飛白：「妳哥跟老爺子又吵架了，老爺子這兩天血壓有點高，妳回去可別氣他，大過年的，進醫院可不是鬧著玩的。」

「得了吧，」向園說，「我哥又幹什麼了？」

「胡小姐的事。」

「胡思琪？」

每個男孩子心中都有個不可磨滅的初戀，胡思琪就是家冕心目中那個女神，從高中開始追了十幾年，不過女神最後還是嫁給了一個有錢人。當然，不是說家冕不夠有錢，家冕長得其實也不賴，算不上多帥，但是至少也挺秀氣。

但女神堅持只想跟他當朋友，直到後來結了婚。結果最近女神又在鬧離婚，家冕這個備胎又被人使喚上了，老爺子看不過就教訓了兩句，家冕當然不服氣了，從基地回來兩人就沒說過一句話。

「氣氛很緊張，沒見老爺子發那麼的大火過。」賴飛白說。

「我哥到底幹什麼了？」

「他把胡小姐接回家裡住了。」

「啊？他瘋了？」

家冕倒是沒瘋，只是被逼急了，本以為是他無理取鬧，見到胡思琪向園才知道這事情似乎有點嚴重。

她身上幾乎沒有一處完好的地方，青紫一片，眼角跟饅頭似的腫著。

她一直以來對胡思琪沒什麼好感，吊了家冕那麼多年，向園其實挺為家冕不值的，可現下看胡思琪又覺得她可憐，這是嫁給了什麼傢伙？

「怎麼回事，沒報警嗎？」

家冕低垂著頭站在門口，聲音摻著點心疼：「報了，但員警要調解，都這情況了，還調解個屁啊？不是第一次對妳動手了吧？」

胡思琪長得算標緻，身材高挑又緊俏，如今這模樣，向園怕是走在路上碰見都認不出來。

胡思琪顯然是剛哭過，雙目泫泣，他見猶憐。

「家冕，別說了。」

「妳離不離婚？」家冕問她。

胡思琪猶豫，家冕氣到不行，「這種男人妳他媽留戀他什麼啊？」

「我現在這樣，離了婚，要再找很難，我媽說……」

向園開玩笑說：「別啊，我哥娶妳，他迫不及待呢。」

家冕恨不得打死這個話多的妹妹。

「妳爺爺不喜歡我。」胡思琪算是很有自知之明。

向園笑笑：「我是覺得，誰喜不喜歡妳都不重要，重要的是，我哥哥要喜歡妳，我哥哥喜歡妳十幾年，妳看，妳找男朋友他等妳分手，妳結婚他等妳離婚，一聽到妳有事，半夜沒穿褲子就滾下床去接妳，姐姐，說實話，誰的人生不值錢啊，好幾次我哥都下定決心要忘記妳了，妳又跑出來給他希望，說實話，不只是我爺爺不喜歡妳，我也不喜歡妳。我話說完了，你們愛怎麼樣就怎麼樣，我陪我爺爺下棋了，老人家心臟不太好，經不起你們這樣子。」

大年三十，大街上張燈結綵，燈籠一串串如同連著串發著光的紅蘋果掛在樹梢上，照得整個北京城流光溢彩，散著五光十色的光芒。廣場上人山人海，小孩手裡一人一串黃橙橙紅彤彤的氣球。

整個城市一派喜慶，連樹梢間都彷彿有音符在跳躍。

唯獨一個地方冷冷清清，連個燈籠都沒有。

三井衚衕很安靜，衚衕口擺著些零碎的破銅爛鐵，一碰就哐噹哐噹直響，刺耳又尖銳，時不時會有醉漢路過，腳尖一踢，樓頂上就會有住戶探出腦袋來指著那醉漢的腦袋破口大罵。

衚衕口燈光陳年老舊，接觸不良，滋滋啦啦，一下子明一下子暗，明明滅滅地光影交錯。

老慶的車停在衚衕口，昏黃的街燈，一個人都沒有。

老慶敞著駕駛座的車門，他坐在裡面，兩隻腳擱在地上，徐燕時靠著後排的車門抽菸。

「他真的走了？」

徐燕時後背靠著，仰著頭，一口一口地在路燈下吐著煙圈，聞聲旋即低頭重吸一口，「嗯」了聲。

老慶不可思議，怎麼會有這麼絕情的父親。

「一句話也沒留給你？」

「留了，」徐燕時到家的時候，桌上只有一張紙條，「留了一筆錢給我。」

「多少錢？」

「五十萬。」

「徐成禮呢？」

「帶走了。」

老慶罵了句髒話，非常無可奈何地豎了豎大拇指，「我靠，你爸真的絕了，絕了，就為了那個女人？連兒子都不要了？當初那個女祕書騙了他多少錢啊！他忘了？現在一句要給徐成禮一個父母俱全的健康成長環境就帶著小孩回去了？拿五十萬把你打發了？」

老慶是真的心疼了，根本不忍看他，眼淚已經在眼眶裡打轉。

是啊，就因為這樣他被他親生父親拋棄了。

徐燕時抬頭望著樹梢間傾灑下來的月光，亮亮的，像某個人的眼睛，純淨無暇。

只有老慶知道，雖然他不說，但徐燕時這樣是真的難受了。

向園在陪老爺子下棋，一言不發，絲毫沒提起家冕跟胡思琪的事。

老爺子也沉默，端著杯茶，目光靜靜地盯著棋盤。

燈籠點亮，院子裡透著點遙遙的光。這年過得，不如小時候那麼有氣氛，時不時聽見窗外響過一兩聲的炮仗算是點了歲。

向園棋技尤其爛。小時候學過不少東西，唯獨圍棋，下得磕磣。下了一盤，老爺子就不想跟她下，揮著杯蓋把人轟走：「走走走，本來技術就差，還心不在焉的。」

向園倒也不是心不在焉，只是心裡有點不踏實。

她剛剛打電話給徐燕時，雖然他什麼話都沒說，但總覺他是不是心情不太好。

向園趁下棋的空隙傳訊息給他。

他只回了：『沒事，好好過年。』

向園瞧著那則訊息，越發惴惴不安起來。

家冕從樓上下來，賴飛白攔了一下，沒攔住。

老爺子默不作聲，等人出了大門，傳來「砰」一聲驟響，嗡嗡嗡整個房間裡似乎還有迴音，向園立馬機靈地站起來：「我去看看，大過年的別給我惹出什麼事情來。」

老爺子喝著茶，眼皮一抬，若有所思地輕瞟她一眼。

向園心虛，三步併作兩步跑了。

別墅空蕩，只餘青燈黃卷，棋盤如散沙。

司徒明天跟賴飛白互視一眼。

後者不言語。

老頭放下茶盞，恰時窗外落下一片枯樹葉，脈絡殘蛀。

司徒明天盯著看了看，不知是自言，還是對他說的。

「我是不是留不住他們了？」

賴飛白：「沒有，他們從小就這樣。大少爺就是心地太善良了。」

「那向園呢，陪我下棋心不在焉的，這時候又急匆匆跑出去，說她擔心家冕我是不會信的，哪次家冕闖禍她不是幸災樂禍唯恐天下不亂。」

賴飛白：「園園是長大了。」

這話司徒明天沒反駁，瞧著窗外的那雙眼閃了一下。

「她是真的越來越像她媽媽了。」

司徒明天悲傷地嘆了口氣。

「秀娟啊。我怎麼這麼可憐啊。」

司徒秀娟啊。

秀娟啊。

老慶今年加班，沒回家過年，正好跟徐燕時這個一人吃飽全家不餓的單身漢湊對了。

三井衚衕後街沿河，夏天的時候，河岸上會長出濃茂的野草，沿街就像鋪了一條綠絲帶，綠油油的。此刻只剩光禿禿一片，與衚衕口的廢銅爛鐵，還挺相得益彰的。路燈明滅，照著這條昏黃的街。

老慶買菸的時候，手裡拎了幾盒炮仗，是那種甩炮，奮力一摔，星火四濺，很紓壓。

老慶摔了幾個，興頭上來，塞了幾盒給徐燕時，「你試試，真的很紓壓的。」

徐燕時靠著車門，單手夾著菸，笑了下：「等等樓上那奶奶又要罵人了。」

小時就聽說這棟樓裡住著個非常橫行霸道的老奶奶，這種矮樓隔音效果不太好，有時候隔壁一對情侶半夜裡辦點事，全讓一旁寫作業的小孩聽到了，奶奶直接點了一串炮仗敲開隔壁的房門，二話不說扔了進去，直接把人炸清醒了。

走樓梯聲音大點，老奶奶也是開門劈頭蓋臉一痛臭罵，髒話尤其難聽。

徐燕時也被她罵過，說他跟他爹一樣，是個狗屁子二流子，沒頭腦之類的。

反正這老太太兇得很，罵街出名，沒人敢惹。聽說年輕時也是大哥的女人，後來大哥落難，鋃鐺入獄，她流落瘋癲至今。

老慶本來沒當回事，一個老太太，能凶到哪去。

劈里啪啦地摔了一陣後。

寂靜的空巷裡忽然「嘎吱」一聲響，有人推開窗，二話不說兜頭潑下一盆開水。

那如注的水流重重砸向地面，開了花。

兩人離得遠，沒遭殃。

緊隨而至，跟連珠炮似的一連串難聽的字眼：「草泥馬比的狗崽子，放你麻痹的鞭炮，你怎麼不回家炸尼瑪的肚子呢！狗雜碎！」

瞧罵人這麼順，顯然是個老流氓。

老慶反倒沒收斂，越摔越有勁！

他摔一聲。

樓頂上。

「有娘生沒娘養的狗雜碎，老娘操你的狗逼，煞筆玩意！」

每一句，都不帶重複的，還都全是髒字眼。

老慶不光自己摔，還慫恿徐燕時也一起摔。

徐燕時靠著車門沒動。

老慶摔得起勁，已經有些出了汗，他一個一個奮力的砸，額頭汗珠密密，微喘著氣說：「聽她罵人不爽嗎？你別當她是在罵你，罵你爹，罵小三，罵小人，罵偽君子，罵上司，罵所有對不起你的人！」

這是教他發洩呢。

徐燕時抬頭，看了一眼，一個個陳舊破敗的窗格子裡，亮著的燈不多，老太太的咒罵聲不止。

寂靜的衚衕口又停下一輛車，車燈明晃晃又囂張直挺挺地照在兩人身上，還格外不耐煩地按了按喇叭，徐燕時穿著羽絨衣靠著車門不為所動，反倒是老慶的暴脾氣上來，狠狠把剩下的炮仗全摔了，捋臂要衝去打架：「你朝誰按喇叭呢！開賓利了不起？」

車停下，駕駛座鑽出一個腦袋來。

徐燕時早就認出那車牌了，「你怎麼來了？」

老慶一愣，瞠目結舌地：「認識？」

林凱瑞隨即從車上鑽下來，一身西裝革履，尖頭皮鞋擦得增光發亮，走路還不忘得意地蹬兩步，怕磕著灰，一步一蟄地走到兩人面前。

先是跟老慶打了個招呼：「兄弟，脾氣夠火爆啊？」

老慶：「這誰？」

徐燕時靠著車門，兩人一左一右站他旁邊，簡單介紹，「林凱瑞，我公司老闆。」

隨即又看向林凱瑞，「王慶義，老慶，我兄弟。」

林凱瑞有點吃味地說：「我怎麼不是你兄弟了？我也是你兄弟啊。」

這個油頭粉面的成熟男人撒起嬌來，徐燕時寒了下，老慶小心翼翼地拿肩膀搡了下徐燕時的手臂，顫顫巍巍地：「你不會是在上海歪了吧？」

「滾，」徐燕時罵了句，旋即滅了菸，雙手抄回口袋裡，轉頭看向林凱瑞，「你過年沒回杭州？」

林凱瑞點了根菸，順勢靠到他的車上，「我媽催我回去相親，煩得很，索性沒回去。」

「那不在上海待著，跑北京來幹什麼？」

「這事說來話長，」林凱瑞抿了口菸，「都是葉思沁家裡的破事，她騙家裡說在上海買房了，她爸媽非要過來看她，我把我的房子給她了，我沒地方去這不是來北京找你嗎？開了十四個小時的車，尿都沒拉過一泡。」

「孬可以啊！兄弟。」老慶說。

「謝了，」林凱瑞慨慨的，隨即說，「你爸在家嗎？我要不要上去跟他打個招呼，畢竟這幾天還要麻煩你們收留我。」

氣氛一瞬間凝滯，林凱瑞的笑容也僵了：「怎麼了？」

哪壺不開提哪壺。

「你爸也太不是東西了！我呸！」林凱瑞啐了口。

男人間熟絡快，剛剛還西裝革履擺足了模樣，這時已經捋著袖子蹲在衚衕口跟老慶一起玩甩炮了。

伴隨著樓頂上老太太的叫罵聲，林凱瑞也挺入鄉隨俗的：「你媽回到國外，你爸就跟這個祕書結婚了？生下你弟弟之後，這個祕書又捲了你爸所有的錢跑了，還欠了一屁股債，結果你幫你爸還清了所有債務之後，這個女人又回來找他說要給你弟弟一個完整健康的家庭，然後你爸二話不說留了五十萬給你，把你給踹了？不要你這個兒子了？」

林凱瑞不敢相信世間還有這種父母。

他站起來，勾住徐燕時的脖子，往自己這邊扯，「其實一人吃飽全家不餓這種狀態也挺好的，你以後會結婚，會有自己的小孩。你想想，向園那性子，跟你媽肯定合不來，這樣正好，你們結婚，婆媳矛盾解決了。哥們，我真他媽羨慕你！」

被他這麼一說，老慶笑死，順著往下接：「對對對，你看張毅，每天看他老婆跟他娘對著幹，這不，要離婚了。」

話音剛落，衚衕口又緩緩開進一輛車，引擎一關，張毅從車上下來，說曹操，曹操到。

「老慶，你又在背後說我壞話呢？」張毅笑咪咪地走過來。

徐燕時的目光盯著他：「你怎麼也來了？」

張毅跟老慶對視一眼，咳了聲，「剛離婚，我媽不讓我回家，煩得很，老慶說你們在一起，我就過來了。」

視線惶惶，又避開，緊接著，昏黃的衚衕口，又進了一輛車，不過這次是計程車，男人下車的時候好心跟司機提了個建議：「過年好，踩剎車可以不用這猛，我看你的副駕駛座頭枕的背後印著好幾張人臉，大半夜坐著怪嚇人的。」

「老鬼。」

老鬼撓撓頭，「我爸媽去我妹老公那邊過年了。我沒去，就過來找你們了。」

老慶故作驚訝：「你妹結婚了？」

「剛登記，還沒辦婚禮。」

下一個是蕭霖，騎著腳踏車，叮鈴鈴地一路穿行過靜謐的衚衕，如同過去那些歲月洪流般傾瀉而來，彷彿見到了這群男人過去的那些青蔥歲月，在黑夜中，閃著熠熠星光，笑意盎然，如重返青春。

蕭霖剃著平頭，五官算是這幾人除了徐燕時之外最耐看的。他刹車，橫亙在這群男人中間，將最後那個缺口補上了。

這下子，別說徐燕時，連林凱瑞都瞧出來怎麼回事了。

徐燕時低頭笑笑，他微點頭卻又不知道說什麼，縱使情商高如他，也有如鯁在喉的時候。

林凱瑞自來熟，率先給了主意：「既然這樣，那聽我的。」

半小時後，一行五六人，齊齊坐在一家名叫 Promise 的酒吧裡。

林凱瑞挺不要臉地得了便宜還賣乖，一邊嫺熟開酒一邊說：「真的不是我願意來，我查了附近都沒地方喝酒，大店小店都關門了，只有這裡還有這幾家酒吧開門，你們不信去外頭打聽打聽。」

徐燕時沒意見，靠在沙發上，一言不發地隨手拎了瓶倒給自己。

見他都沒意見，大家開始撒了歡地點菜。

「來來來，給我來點瓜子、瓜子。」

「老闆有沒有海蜇皮，海蜇皮？」

「來點海帶絲吧，這家海帶絲好吃。」

「海帶絲這東西少吃，上點枸杞吧，等等酒裡放一點，這樣喝比較養生，」老鬼建議道，「給我來杯牛奶。」

老慶理了理衣服，「我第一次來酒吧，你們說要怎麼做才會讓旁邊那兩個美女看起來像是這邊的常客？」

「你過去問問她們票子要不要，她們肯定以為你是這裡長期賣票的。」

「……」

林凱瑞目瞪口呆地看得嘴角直抽抽。

這都是什麼妖魔鬼怪啊？

大年三十應該是最清冷的時候，街頭空闊，路燈挺闊延了一排，兩旁的樹木骨梗光禿乾淨。

酒吧內音樂渾然作響，燈光曖昧，舞池裡也沒什麼人扭，大多三兩成群坐在一起閒聊玩鬧，間或將目光投向這廳內一些模樣長得好看的男人。

老慶悄聲把幾個人圍起來說：「那兩個美女已經頻頻往我們這邊瞟了好幾眼了，要不要叫過來一起玩？」

老鬼揚手示意他叫，嘴上卻說：「這不好吧。」

徐燕時一言不發，低頭喝悶酒。

大概是這眼神對視的太過頻繁和濃烈，其中一個女生竟然主動過來搭訕了。

「帥哥，能加你好友嗎？我朋友想要。」

眾人齊齊朝她們的目光源頭看過去，得嘞。

老慶不耐煩，「帥哥喝悶酒呢，妳們哪涼快哪待去。」

林凱瑞嘖嘖瞧著。

「要不然我加你朋友？」

「帥哥失戀啦？」

林凱瑞剛要訓哪那麼多廢話呢，沒看帥哥心情不好啊，搭什麼訕呢？

有了上次給帳號教訓的徐燕時，就怕人家再冒出一句哎呀您親自加好友跟她說吧。

這次徐燕時一句話也沒說，滑開擺在桌上的手機，從通訊錄裡撥了個號碼出去。

那女生瞧見備註，自覺地轉身走了，徐燕時一秒把電話掛了，漫不經心地繼續喝酒。

林凱瑞想，真有一套啊，乾脆俐落。

待他湊過去一瞧，不由得嘖嘖稱讚，「這備註夠騷啊。」

林凱瑞小聲地湊到他耳邊說，「向園知道你給她這麼備註嗎？」

徐燕時懶洋洋靠著，似有些醉意，笑了下：「你打過去問問看不就知道了？」

狗瑞：「你以為我不敢打？」

男人更懶散，呷了口酒，「打唄。」

二話不說，真的打了。

結果三秒後，桌上的另一部手機響了，林凱瑞懵懵然反應過來，居然是他自己的。

林凱瑞瞬間炸毛：「你居然給我備註備胎三六零？」

「當然，這事還要驚動她？」男人笑了下，笑起來竟有些平日裡不曾見的風月，「喜歡嗎？」

「喜歡你媽！」林凱瑞大罵。

這個方法屢試不爽，自己主動過來要號碼的，他都會直接拒絕這不用說。但是有些人不知道從哪學來的套路，喜歡讓朋友過來要號碼，就跟第一次被套路一樣，還都無法拒絕。現在一拒絕一個準。當然也有遇上說不介意當備胎的，但大多數女孩都拉不下面子。這兩個女生偏偏覺得，這樣的男人，好像越壞，越有魅力。

「砰！」

酒吧大門忽然被人猛力踹開！

所有人一驚，連歌手和音樂都在剎那間停了，玻璃門被踹得來回劇烈晃動，似裂了一條縫，和著刺骨的寒風獵獵湧進來。

所有人盯著門口。

只見門口站著一個面色陰鷙的男人，一身黑，頭頂還帶著鴨舌帽，林凱瑞瞧那一身行頭覺得是個挺有錢的富二代。

緊接著，又瞟見身後的向園，跟這條酒吧街上隨處可見的濃墨重彩的女人相比起來，她真是清新脫俗的漂亮。

徐燕時當時是什麼感覺。

他先是下意識看了手機一眼，以為是向園打他電話他沒接到，找人找到這裡來了，說實話有點害怕。

林凱瑞反應最快，二話不說吩咐老鬼他們先把徐燕時綁起來再說。

老鬼他們不明所以，老慶是知道的。

林凱瑞：「等等門口那女的問起來，你們就說他是我們綁來的。」

徐燕時：「……」

張毅瞧出來什麼意思，建議了一句：「裝死吧，裝死最快了，女人愛不愛你就看你裝死的時候她下手多恨了。」

幾人還在七嘴八舌地出主意呢。

家冕忽然開始砸店了，跟脫了韁的野馬似的，攔都攔不住，連掀帶踹，桌椅瞬間狼藉到底，酒吧的客人尖叫著四處逃竄！

轉瞬間，歌舞昇平的酒吧，尖叫聲、摔椅聲，摻雜著碎玻璃聲，混亂一片。

林凱瑞才反應過來：「原來不是衝你來的？」

話音剛落，男人已經離開位子了。

老鬼喃喃：「老徐怎麼那麼緊張，誰啊？」

林凱瑞：「他女朋友。」

老慶笑笑，「這小子動作真夠快的。」

向園被人拽住，下意識回頭瞧了眼，卻見那熟悉冷淡的眉眼，一下子沒反應過來，舉著手還懵懵然問：「你怎麼在這？」

「晚點跟妳解釋，妳是什麼情況？」

向園乍然，腦中意識回籠，忙說：「快快，攔著我哥，他瘋了。」

不等徐燕時說話，老慶幾個已經衝過去把人攔住了，家冕迅速被制服，按到他們的桌上，老慶遞了瓶酒給他寬慰地問了句：「怎麼了？哥們？」

酒吧空蕩，滿地狼藉，碎玻璃落滿地，桌子椅子七仰八叉地倒著，音響碎了口，ＤＪ從桌子底下鑽出來，堅強地幫大家配上背景音樂。

門口還熱熱鬧鬧圍著一群人，拍照的拍照，錄影的錄影。

林凱瑞爆脾氣也上來，隨手丟了瓶酒砸過去，「拍什麼拍，滾！」

真的滾了，只餘幾個女生往裡頭瞧了又瞧，好像還捨不得走，那眼神也不知道在瞧誰。

徐燕時帶向園過去。

向園聞到他身上一股濃烈的酒味，想必喝了不少，其實不過一天沒見他，卻覺得他變了很多，身上的味道和氣息都是陌生的，他的一個眼神，她都能察覺到，好像是真的心情不太好。

心裡憋了一肚子話想要問他。

可礙於事情緊急，也不好在這問，只能先解決家冕的事情。

徐燕時顧及她哥在，沒有牽她的手，把她帶過去，拉開一旁的椅子給她坐，自己又從一旁空桌單手拎了張過來擺在向園旁邊。

「說吧，怎麼回事。」他看向向園，低聲溫柔問。

從昨晚他父親離開，老慶知道他一晚沒睡，今天又被林凱瑞拉出來喝酒，剛剛一夥男人坐著聊天，他也只是悶不吭聲喝酒，知道他是累了，不想多說。

那兩個女生來搭訕，他眼皮都懶得抬。

卻沒想到，向園來了，徐燕時一掃之前的低沉，剛剛轉身去搬椅子的時候還背著向園擰了下手腕，是他以前熬夜寫程式碼提神的習慣，儘量讓自己看上去有精神些。

不光老慶注意到了，張毅他們也看到了。

彼此悄悄的互視一眼。

老徐不談戀愛就算了，談起戀愛來還真是夠男人的。

沒多久，家冕要找的人來了，狄朗，這間酒吧的老闆，也是胡思琪的老公。

卻不料，狄朗跟林凱瑞認識，先跟林凱瑞打了個招呼，才將目光落在家冕身上，「喲，這公子哥是誰呀？」

家冕不跟他廢話，直奔主題：「你跟胡思琪離不離婚？」

狄朗樂悠悠地在他對面坐下來，「怎麼，離了你等著接盤啊？」

「你管我接不接？我問你離不離？」

狄朗倒是不急，慢悠悠掃了一圈這滿地狼藉，「你說說這倒是要怎麼賠？」

林凱瑞接嘴：「我賠，但是狄朗，你好好想想，這事怎麼辦，鬧大了也太不好看了。」

狄朗笑了下，目光掃了下這圈人，「這都是你朋友啊？」

「嗯。」

狄朗說：「行嘞，我也不耽誤你們過年了，要離婚可以，胡思琪得淨身出戶，別以為我不知道她在你那，你讓她趕緊乖乖回家，不然，離婚協議你們就別想見到了。」

林凱瑞起了瓶酒敬他，「爽快。」

狄朗隨後把目光落在向園身上，問家冕：「這你妹妹啊？」

不等家冕答，一旁的徐燕時一言不發也開了瓶酒，忽地就拿酒瓶去撞狄朗面前還沒開的那瓶酒，漫不經心地說：「乾了，哥們。」

在座都是男人，目光一碰就知道對方在想什麼。

狄朗眼冒綠光地問家冕這是不是他妹妹的時候，老慶他們都替他捏了把汗，得罪家冕也就算了，要是得罪了徐燕時，今晚這年還過不過了？

徐燕時倒沒想多。

只不過礙於家冕在場，怕向園不高興他公開，也叮囑了林凱瑞幾個別說漏嘴。

但狄朗那眼神讓他有點不爽。

不管是一時興起的挑逗也好，還是真的看上了，他要是乾看著，那也是真窩囊。

狄朗這色鬼哪能瞧不出來，這男人是無聲無息地朝他宣示主權。

男人仰頭而灌，喉結密密滾動。

狄朗忽然有點興奮，蠢蠢欲動地看了林凱瑞一眼，約莫是想探探徐燕時的底，林凱瑞聳肩，表示我也不知道。

瞧這清俊乾淨的模樣大概也沒什麼酒量，不過想在女孩面前掙點面子，狄朗不屑地搖搖頭，開了面前的酒，當年把這酒吧一條街盤下來的時候，就沒人能喝得過他。

跟他吹瓶，算是撞他槍口上了，當他這麼多年酒吧白開了？

狄朗喝得晚，但他快。徐燕時喝得慢，但他穩，一滴不落全進自己嘴裡。

而狄朗喝得半進半出，胸膛濕噠噠一片。

老慶他們護短得很，立馬瞧出端倪了，「不行不行，人家喝一瓶，你喝半瓶，難怪沒人喝得過你！」

幾人哐噹一聲，把兩瓶酒擺上來，「這兩瓶喝完，才算公平。不然你這酒王的稱號也太浪得虛名了。」

徐燕時的凳子本就比他們幾個高些，微垂睨著眼，此刻抱著肩膀笑，其實只是很平常的一個表情，在狄朗看來這男人在鄙視自己，狄朗受了刺激，氣得不行，眼裡燒著火，咬牙切齒：「行！我喝！你看著啊，這次我一滴不漏！」

咕咚咕咚，一瓶下肚。

哐噹哐噹，兩瓶吹了。

真一滴不漏。老慶他們很給面子地鼓了個掌，激他：「厲害啊，酒王！真的是酒王呢！」

狄朗喝起酒來就撒野，此刻老慶們的「吹捧」對他來說很受用。

對面的男人仍是乾乾淨淨，身上沒沾一滴酒，連眼神都清明，全然不像拚酒人那樣快活邋遢。

看著狄朗挑釁的眼神，徐燕時輕描淡寫地又開了瓶酒：「繼續？」

直到此，家冕都沒有明白過來狄朗為什麼要跟那個他不認識但是他看起來莫名不太爽的男人拚酒。

為什麼看徐燕時不爽呢，家冕也不知道。

向園在一旁輕輕扯了扯徐燕時的袖子，沒說話，仰頭眼神漣漣地瞧著他。

徐燕時在家冕看不見的位置，一邊仰頭灌酒，一隻手搭在她後頸上，輕輕揉捏安慰她。男人掌心相碰，她的心好似被溫柔的細沙拂過，不安和焦躁都被他一點點填平了。

狄朗率先去廁所吐，事實上，人還沒到廁所，已經稀哩嘩啦吐了一地，最後兩腿發軟趴在馬桶上，連膽汁都嘔出來了，才清醒過來。

狄朗吐得嗆了眼淚，此刻雙眼迷濛瑟瑟索索地點著菸坐在地上。

他淚眼婆娑地抽著菸，忽然跟想起什麼，越看徐燕時越覺得眼熟，他掏出手機瞇著眼確認了一遍，隨後招了個服務生進來，拍了張照片傳過去：『這是不是你武大的同學？』

徐燕時則跟個沒事人似的，坐在高腳凳上剝花生吃。

有幾次習慣性地放進向園面前的碟子上，讓她吃。家冕瞧見過一次，不過他沒多想，覺得這小子八成是喝多了沒找著自己的碗，自己妹妹又是個不吃白不吃的人。有人喝醉了剝花生給她，她求之不得呢！

等徐燕時剝完最後一顆，丟進自己嘴裡，幾人準備結帳，站起來走人。

狄朗從廁所出來，恢復精神，提著褲子吊兒郎當地扶著二樓的欄杆朝下問：「走了？不再坐一下？」

幾人回頭看，林凱瑞一揮手：「不坐了，換場過年，你還是找人趕緊修修，帳單下次傳給我。」

家冕想說不用，我自己賠，卻見狄朗笑著扶著樓梯下來，腳步有些飄，對徐燕時說：「我叫了個朋友來，聽說跟你認識。」

林凱瑞一愣，「什麼朋友？」

「見了就知道了，」狄朗笑，「喲，他來了。」

眾人齊齊望去，何止跟徐燕時認識，除了家冕和向園，在座的都認識，林凱瑞最近恨他恨得牙癢癢，反倒自己找上門來了。

狄朗招手，「盧駿良。」

於是一桌人又坐下來，家冕沒什麼興趣，想先走。

狄朗一個都不讓走。

畢竟離婚協議書還在人家手裡，家冕忍了忍。

林凱瑞先前被盧駿良擺了一道，還窩著火呢，但翱翔飛行的案子至今沒談下來，也就是說以後還是有合作的可能，像林凱瑞這種人精是不可能放過任何合作的機會的，所以他還是窩著火，客氣地給了盧駿良一點面子，叫他一聲盧總。

林凱瑞給面子。

老慶他們絲毫不給面子，滿肚子都這傢伙來找打了是吧？

老鬼更是恨得牙癢癢，上次見面盧駿良罵徐燕時是縮頭烏龜的帳他還記著呢。

顯然，盧駿良不長記性，說出的話一句比一句惡毒。

狄朗點著菸，挑眉示意，跟他一唱一和：「不介紹一下？」

盧駿良笑著說，「你說哪個？」目光一一掃過去，從老慶這邊開始：「這個胖子一目了然有什麼好介紹的？還是那個得肺癌的？還是這個吃軟飯的？」最後，目光定在徐燕時身上，盧駿良笑得更猖獗，向園瞧他面目猙獰：「至於他，當年武大男神，一畢業就拿到我們韋德的offer，結果為了兄弟，他不去了，去了一家小破公司，跟個窩囊廢似的待了五年，你說他好不好笑？最近才跟著這位林總混？」

狄朗跟盧駿良酒杯碰了下，一副不可置信：「這個時代還有這麼感人的兄弟情？」

盧駿良譏笑著說：「可人家那兄弟也沒見得有多感激他啊，立馬出了國，在國外混得風生水起。」

向園當下只覺得天靈蓋被人重重打了一圈。

懵懵然，大腦一片空白，隨後，大腦中的某些記憶如同碎片似的，一點點在她腦海中拚湊起來，然後慢慢把所有前因後果給串起來，她忽然明白了，老慶為什麼每次都欲言又止地望著徐燕時。而徐燕時總是什麼都不說。

也忽然知道了，為什麼在公司受盡委屈他還是沒選擇離開。

這段往事老鬼他們歷歷在目，像是一根梁刺深深地扎在他們心底，卻沒人敢提。一提那愧疚感就山崩海裂般襲來，淹沒了他們所有理智，忘了要反擊，要對盧駿良破口大罵。

老鬼第一個站起來衝出去。

盧駿良不屑地笑了下。

老慶下意識跟出去。

「說完了嗎？」

男人終於發話，他沒看盧駿良，而是一杯杯把自己面前的酒擺好，平靜地問他。

盧駿良身子往前探了探，眼神更是緊緊地逼迫他：「你知道嗎，封俊回國了，你不知道吧？他辭了美國的工作，決定回國發展了。他是不是沒告訴你？為這樣一個所謂兄弟，浪費自己五年的時間，你覺得你值嗎——」

「砰！」一聲巨響。

所有人一頓，緊接著，這間酒吧跟炸了煙花似的，傳來接二連三的炸響。

「砰砰砰！」

「砰砰砰！」

林凱瑞第一個開砸！

不知道是盧駿良哪裡戳了他的痛處，不等他說話，直接撈起桌上一瓶酒朝他腦袋上砸下去！

連狄朗都澈底呆了，林凱瑞出了名的好好先生，到哪都是和氣生財，這一瓶子下去算是把他的生意澈底砸沒了！

盧駿良沒動，腦門開了花，血液汩汩冒出，淌了半張臉，那本就面目猙獰的面龐，此刻看起來格外滲人。

「砰！」一聲巨響。

林凱瑞又往地上砸了個酒瓶：「誰他媽沒認識過一兩個人渣！我他媽這輩子還就認識你們這兩個人渣！值不值？你還問值不值？我他媽要是早知道這麼不值！我幹個屁啊！你大過年的找抽是不是？」

盧駿良舔了下嘴角的血漬。

「林總，生意不談了啦？」

「你們愛她媽找誰談找誰談！我不光不跟你談，你們旗下所有的分公司都別想跟上海這邊有任何合作，真以為我做不到是不是？我他媽當初在上海混的時候，你連狗毛都沒長齊！回去告訴你們段總，還翱翔飛行，有多遠給我滾多遠，再他媽讓爺爺在上海看見你，我見一次打你一次！」

盧駿良臉色鐵青。

狄朗瞧這情勢有點不對。

氣氛還挺緊張的，眼看著下一秒似乎要打起來了。

門口忽聞一聲，「家冕。」

幾人回頭，向家冕和狄朗齊齊出聲：「妳怎麼來了？」

酒吧一地狼藉，已經被砸得亂七八糟，滿地的碎玻璃，沒有地方能下腳了。

胡思琪繃著一張臉，索性高跟鞋占地面積不多，一路碎渣子踩過來，不同於林凱瑞的怒火沖天，她是和風細雨地走到狄朗面前，隨手撈起一個瓶子，往自己腦袋上一砸。

第一下沒砸開，她又鉚足了勁狠狠砸了下，酒水嘩灑了她一身。

家冕氣急敗壞拉住她：「妳幹什麼？」

胡思琪不動，定定地看著狄朗：「離婚，我淨身出戶，其他東西我都不要，也不要再找家冕麻煩了。我回去收拾東西，戶政事務所見。」

老鬼被老慶拉回來，眼見情勢又複雜了些，一邊談離婚，一邊是兄弟恩怨。

老慶反應最快。

一個箭步衝到狄朗面前，狠狠甩了他一巴掌，「愣著幹什麼，答應啊！」

狄朗被打得不明所以，下一秒，老慶又抬腳踹過去，這次他有了準備，下意識避開，這一腳就結結實實地落在一旁的盧駿良身上，盧駿良吃痛沒反應過來，緊跟著，老慶以迅雷不及掩耳之勢衝過去把人壓在身上，他將近一百公斤的體重壓在盧駿良身上如同泰山壓頂，男人掙扎不得。

「你瘋了！」盧駿良啐罵。

老慶「裝瞎」，索性坐到他身上，連貫的巴掌跟鞭炮似的成串地落到盧駿良的臉上，他嘴上罵得還挺像模像樣的卻驢唇不對馬嘴：「打的就是你啊！你個智障，居然動手打女人，太不要臉了，瞧瞧那女生臉上被你打的，打的就是你，懂嗎！」

老鬼和張毅反應最快，一擁而上，學著老慶的樣子，嘴上罵個不停，踹一腳罵一句。

「你個老狗比，早就想打你了，結婚，結什麼婚，結婚了還打老婆，臭不要臉！沒見過這種兄弟情啊，老子打得就是你懂嘛！」

盧駿良被揍得面目全非。

狄朗看得觸目驚心，一時間竟有些瞧不清情勢。

老鬼罵得越來越暢快：「以後見了面叫爸爸，不然見你一次打你一次，老子當初就不該把你射出來，你看看你現在幹得這點破事，那是人幹的嗎？」

張毅不太會罵人，靈機一動：「有娘生沒娘養的狗雜碎，老娘草泥馬的狗比！」

林凱瑞怎麼覺得這話聽起來有點耳熟。

張毅面無改色心不跳地說：「剛跟樓上那老太太學的。」

「厲害。」林凱瑞豎大拇指。

老慶拽著盧駿良的頭去了男廁，連狄朗都沒放過，二話不說拖著一起拎走了。

林凱瑞讓兩個女生先上車，畢竟後面的場面有點血腥。

轉頭又看見家冕，林凱瑞建議：「你陪著你妹妹和這位女士吧，狄朗我們幫你一起收拾了。」林凱瑞最後還叮囑家冕一句，「不要謝我，謝他。」他指指徐燕時。

向園在車裡坐不住，沒兩分鐘就站起來要走。

家冕瞧她，「坐著。」

「我什麼時候聽過你的話？」說完自顧自下去。

家冕自嘲地笑了下，目光瞥向後視鏡裡的胡思琪，淡聲道：「離了婚跟我說一聲，以後再找人，眼睛擦亮點。」

車廂靜謐，車窗外的城市繁榮，五光十色，透著說不出的浮華與美好。

胡思琪覺得很奇怪，以前不覺得光明，這時竟覺得繁華，充滿希望。

她「嗯」了聲，「那你呢？」

家冕：「我？」

他笑笑：「不知道，碰到再說吧，這是我最後一次幫妳了，以後我們就別見了。」

「家冕，如果我說，我們……」胡思琪低聲，後半句話卻匿了，她覺得他懂。

家冕打開空調，抬頭對上後視鏡，譏嘲地笑了下：「還記得陸懷征嗎？我其實一開始挺不懂他為什麼不喜歡妳，喜歡于好。雖然我挺不喜歡于好的，但是不得不承認，懷征挑人的眼光比我好。于好比妳堅持，她知道自己要什麼，就是什麼，她不會走馬觀花。可是胡思琪，妳這十二年，騎驢找馬，妳看看妳挑的都是什麼東西？我幫妳離婚，算是對我過去十二年的暗戀生涯做了個了斷，以後，我不會再管妳了。」

向園在廁所門外看見徐燕時。確切地說，是徐燕時和林凱瑞。

她在走廊就聽見裡頭拳肉的搏擊聲。

盧駿良是悶不吭聲，狄朗處處求饒，「哥們，別打了，大過年的，行了，我錯了行不行？」

廁所隔間裡的門被撞得哐哐直響。

徐燕時跟林凱瑞兩個男人靠著洗手檯抽菸，跟沒事人似的閒聊。

他的嘴角破了，沾了點血跡，是剛才不注意被盧駿良打了一拳，他皮薄牙尖，嘴角立馬就破了，血滋滋冒。

林凱瑞不知道從哪抽了張紙巾給他，「別被女朋友看見。」

徐燕時把紙巾按在嘴角壓了一下，眼眉帶了點邪氣，裡頭的釦子全解了，這樣有點痞相甚至看起來有點壞的徐燕時，彷彿是少年時期那為了愛情沖昏了頭腦的少年郎，是向園沒見過的。

「打架爽嗎？」林凱瑞問他。

其實他沒打架，進去跟盧駿良聊了一下，盧駿良反倒先動了手。老鬼幾個人就迫不及待地衝進來，他自己不動手，也懶得攔就出來了。年少時處理問題用拳頭，成年男人處理問題還用拳頭那未免顯得太輕浮。

所以他現在已經不會動手。

徐燕時一笑，「以前我爸被追高利貸，我天天跟人打架，你問我爽不爽？」

「我還以為你是那種又冷又高傲的男神呢。老師眼裡的掌中寶。」

他低頭把玩著手裡的打火機，滴滴答答，火光明明滅滅。

補充道：「其實真算不上什麼好學生，壞得很。很多事她都不知道。」

徐燕時一隻手抄在口袋裡，另隻手夾著菸撐在洗手檯上，不知道林凱瑞說了什麼他低頭笑了下，煙霧在本就燈光混弱的洗手間裡，更顯朦朧，迷迷濛濛只能瞧清他棱角分明的輪廓。

林凱瑞又抽著菸說：「我說你當初怎麼甘心在那邊待著，那人真的是你兄弟？」

徐燕時「嗯」了聲，低頭把菸灰彈進一旁的垃圾桶裡，跟林凱瑞也沒瞞著，鬆鬆懶懶地靠著洗手檯，慢慢地仰頭微微吐了個煙圈，表情似有些嘲諷：「還是我女朋友的前男友。」

向園聽見裡頭，林凱瑞一聲聲不可置信的。

「OH，MY GOD。」

「你玩這麼開？」

「為了報復兄弟？」

真是壞得很啊，徐燕時。

徐燕時剛想說你想多了，廁所燈「滋啦」黑了下又瞬間恢復。

緊接著老慶從裡頭出來，「怎麼了？」

下一秒，轉頭看見立在男廁門口的向園，他目光猶疑地「咦」了聲，向園沒躲，就那麼站在那。

洗手檯邊的兩個男人循聲回頭。

徐燕時目光一緊，沒想到她會從車上下來。

向園旋踵間，腳步猶停，似有話要問。

顧及他兄弟們在場，不忍下他面子。忍了忍，只說了句：「我只是來看看你們好了沒？好像來早了，我去外面等你們。」

林凱瑞剛想用手去捅捅一旁的人，問他自己是不是說錯話了。身邊一空，不及他回神，轉眼隔壁隔間傳來「砰」的關門聲。

林凱瑞和老慶互視一眼。

男隔間拳肉搏擊聲斷斷續續，老鬼的聲音不斷從裡頭傳來。

林凱瑞抽著菸，勸了句：「差不多停了，找人送醫院。」

酒吧經過剛才一番鬧，早已沒人了。

女洗手間乾淨也空蕩，窗敞著，風股股湧進來，風中還帶點女士脂粉味，像是舊時的水粉，蓬蓬蕩蕩在空氣中。

向園靠著洗手檯。

徐燕時靠著門，目光筆直對著她，後者時而盯著地面，時而盯著窗外，反正就是不看他。

徐燕時低頭看了手錶一眼，十一點五十。

「妳哥呢？」

向園看著窗外，燈火通明，星輝映著她雙眼，「在車裡。」

「擔心我？」

男人雙手抄進口袋裡，一步步朝她過去。

三四步的距離，他轉眼到她面前，頭髮俐落乾淨，一身黑，裡頭藏青T恤本就顯得年輕，眉眼極俊，外頭那件敞著的黑羽絨衣鬆鬆地穿在他身上，成熟懶散，嘴角還掛著彩。

這模樣全然是電影裡剛打完架的流氓，可他偏又帶了三分冷淡，這架要是再為一個女孩打的，恐怕誰都承受不住。

向園思緒紊亂，心緒不寧地看著他。

卻見他最後停在自己面前，將她結結實實圈在自己身下，氣息灼熱，微微彎下腰，故意壓低聲在她耳邊：「我嘴巴有點疼。」

向園背著鏡子，他對著，看著鏡中的自己，說完還故意倒吸了口氣裝作疼得不行的模樣。

她的耳朵極其敏感，平日裡說話湊近點，她就忍不住抖。

這時他的唇都快貼上了，若有似無的，男人很惡劣。

她克制著身子，還是微微顫了下。徐燕時笑得不行。

向園更氣，卻受不了他這麼調戲，還是低聲說：「等等讓林凱瑞送你去醫院，下次別打架了。」

徐燕時直起身，低垂著眼，睨著她，半晌後，他低頭，似乎要親她。

向園下意識身子後仰，避開。

徐燕時直接拿自己敞著的羽絨衣把她整個人包進來，緊緊貼著她。

兩個人私底下在家裡纏綿的時候，他也沒有這麼緊湊地貼過她，尤其是下半身，都會跟她保持一點點距離和空隙。

這點讓向園很有安全感，不會因為男人的異樣感到尷尬。

但這時兩人是嚴絲合縫地貼著，雖沒有低頭親她，徐燕時整個人緊緊貼著她，將她頂在洗手檯上，也是氣急了：「躲什麼？」

門外忽然傳來一陣騷亂。

林凱瑞找人把那兩人送去醫院，家冕見盧駿良和狄朗被拖走，這才進來找向園，逮著老慶問：「我妹呢？」

兄弟幾個使勁打眼色，齊力掩護：「不知道啊。你見了嗎？」

「沒見啊，剛不是上樓了嗎？」

「對啊，上樓了啊。」

家冕轉身去樓上找了，咯噔咯噔踩著樓梯直響，沒多久又從樓上下來。

目光下意識轉向一旁的女廁所，門關著，連燈都關了。

家冕覺得不對勁，要闖進去，老慶往門口一堵，手肘撐著門框，手掌壓著後腦勺，美人魚姿勢，一百公斤肥肉妖嬈又嫵媚：「真的不在裡面，我們剛剛找過了。」

家冕急了：「那他媽我妹妹能去哪！」

「母雞島啊。」

洗手間內，燈關了，昏暗一片，就著窗外灑進來的月光，勉強能瞧清彼此的臉。

徐燕時用羽絨衣裹著向園。

兩人的心跳都砰砰砰加快，隔著布料，似乎能感受到他強而有力的心跳聲，呼吸漸漸急促，熱氣拱著她，她仰著頭，他低頭，鼻息糾纏濕熱。

向園神智尚在，手抵在他結實的胸膛處，把自己跟他微微隔開一些距離，輕輕推了一下：「我哥找我，我要走了。」

徐燕時抱著她又緊了些，牢牢把人鎖在自己懷裡，彷彿沒聽見她說什麼，固執地問她：「我問妳躲什麼？都不讓親了？」

「沒有，」她撇開頭，「我……」

嘴被人堵住，他不由分說的地咬住她的下唇，拉扯，吮含，重舔。

一個強勢卻又帶著莫名示好的吻落下來。

與此同時，窗外砰然炸響，煙花盛放，五顏六色的光在一瞬間照亮了這座城市。

門外，老慶和老鬼相互依偎，又互相嫌棄。

「想不到新的一年，我居然是跟你在廁所門口，度過了這個十二點。」

林凱瑞沉默地在一旁點了根菸，思緒早已飛走。

胡思琪坐在車裡，她看著滿城煙火，心下卻淒然。

家覓懵懵然也轉頭看向窗外，他眼底火光明明滅滅，一如這十二年的撲湯蹈火，在這場煙火盛世中，終了，漸滅。前所未有的輕鬆。

張毅坐在樓梯口，不知在笑什麼，笑他自己，也或許是笑這群兄弟，又或許是笑他們終於找到了過去的自己，直到眼角笑出了淚花。

「真好，又是新的一年了。」

門內，煙火光芒瞬變，如夢似幻間，向園被吻得熱火朝天，迷濛間，睜眼看見整個房間裡光影變幻，好似大夢一場，男人鬆開她，低頭拿額頭輕輕蹭她的，低聲在她耳邊道——

「新年快樂。」

向園搭著他的肩，下意識低聲低喃著隨了句：「新年快樂，徐燕時。」

「本來怕妳擔心，不想告訴妳的。」

向園看著他，眼底輕顫。

他笑：「緊張什麼，不是什麼大事。」

「你說。」

「我父親走了，確切地說，現在已經不是我父親了，他組建了新家庭帶走了徐成禮，留了一筆錢給我，跟我斷絕了關係。」

向園眨了下眼，不知道為什麼，眼淚直接滾下來，她自己渾然未覺。

徐燕時用拇指替她擦去，自嘲：「我好像又混帳了？」

她快速調整了一下狀態，低頭：「老慶他們來陪你過年嗎？」

「嗯。」

「為什麼又告訴我？你不是什麼都喜歡自己扛著嗎？」

如果不是今天晚上，向園不敢想像這個男人會把這件事扛到什麼時候才告訴她。

徐燕時手還扶著她的臉，視線微壓低，深深地看著她。

他看她的時候，眼底彷彿如狂風驟雨般具有侵占性，而此刻卻透著隱忍和竭力克制，甚至是還有一點無奈地對她說：「怕妳離開我。」

旋即，劈頭蓋臉的吻密密麻麻落在她的髮梢、眉間、眼睛、鼻尖……

向園愣愣地被他捏著下巴，被迫微仰著頭，睜著雙眼睛，看他一點點親自己。

然後是耳廓、唇角。

向園的手自動自發地勾上他的脖子。

他最後埋首在她脖頸間，聞著她細膩的女人香，悶悶地說：「不管有沒有錯，我都認，我能哄妳，別人不一定能，錯過我很可惜，所以別離開我。」

他轉首來到鎖骨間，漫不經心地低吮。

向園顫得不行，他好像很興奮：「妳很懂事，在老慶他們面前給足了我面子。沒當著他們的面跟我吵架，妳是真的非常知道怎麼抓男人的心，還是只是因為太喜歡我不想駁我面子？」

這男人真的每句話都該死的直白又騷。

「那你到底是不是因為封俊才追我的？」

他從她懷裡起來，兩人稍拉開些距離，不知是窗外的光映的，還是什麼，他眼睛有點紅：「我說是，妳怎麼辦？」

「分手。」

「妳捨得？」他挑眉。

她如實說：「不捨得也得分，我很討厭別人騙我，但我心裡覺得你應該不是。」

他笑：「那妳剛才鬧什麼脾氣？」

被識破，「就是很想知道你到底怎麼想的。」

他拎拎她的耳朵，「沒安全感了？」

向園眼神上下一掃，似掌握了上風，「沒安全感的是你吧？」

妳。」

他一笑，認了。

煙火過後，門外的家冕又開始找向園了。

徐燕時把人鬆開，替她理了理剛才被解亂的衣服，一顆顆釦子扣好，最後整理好她的領子，低聲說：「先跟妳哥回去，封俊的事太長，傳訊息跟妳說，妳想聽什麼，我一件件告訴妳。」

向園坐上車，家冕急得差點擰碎她的耳朵，「妳死去哪了！」

向園吃疼叫了幾聲救命就有人敲車窗了，先是林凱瑞進來分一根菸，笑呵呵地跟家冕打了幾聲哈哈，家冕把菸放在置物盒，轉頭想起又要去擰向園的耳朵，向園尖叫了一聲。

老慶又過來分了一根菸。

家冕今晚承人恩惠，咬著牙接了。老慶打了幾聲哈哈又走了。

家冕轉頭又去教訓向園，剛要擰向園耳朵，都輪不到向園叫，老鬼過來分了根菸。

緊接著，張毅也過來分了根菸。

向園從始至終看著徐燕時懶洋洋地靠著酒吧門口的路燈杆跟林凱瑞說話，肩斜靠著，一隻腳微微墊著，心不在焉的聽著，時不時往她這邊瞥一眼。

不知道林凱瑞說了什麼，他全程都帶著笑。

家冕也在觀察他，最後義正辭嚴地告訴向園：「以後離這男的遠點，看起來挺人模狗樣的，長得也不錯，誰知道打架這麼厲害，這種人招女孩子喜歡，哥是勸妳，別步了哥的後塵。」

向園乍然回頭，胡思琪好像還沒下車。

家冕的車一離開，囂張跋扈地在車道上絕塵，老慶幾個去上廁所，林凱瑞上車的時候，徐燕時坐在副駕駛座等唯一沒喝酒的老鬼回來開車，車門敞著，他沒坐進去，一隻腳還踩在外面，手裡攥著手機，嘴邊叼著根菸，不知道在傳什麼。

林凱瑞坐進後座，隨口問了句：「哄好大小姐了？」

徐燕時斜靠著副駕駛座，腿大喇喇擺在車外，把菸從嘴上拿下來，吐了個淡淡的煙圈，指尖夾著拿到車外彈了下菸灰，單手在手機上飛快地按著：「還在哄。」

男人微醉，林凱瑞看他眉眼冷，好奇這人嘴裡能說出什麼情話，湊過去瞧了一眼。

對話框裡，顯示著——

『想從哪裡開始聽起？要不然先跟妳講講我第一次那什麼的故事？』

向園：『？？？？』

第十五章 心虛鬼

「那什麼是什麼？」林凱瑞譴他，「你們聊天尺度夠大啊？」

徐燕時懶得理他，回完訊息，把手機反蓋在置物盒上，抽著菸看窗外。

車窗外，城市被煙火點亮。

沖天花炮一顆顆噴射而出，在空中綻放出流光溢彩的花朵，城市如白晝，一亮一瞬，如同五顏六色的雨幕，不停下墜。

如夢似幻的光影在他臉上交輝相映，他悠悠抽著菸，吞雲吐霧間才看見後視鏡中的自己，下巴上隱隱冒了些鬍渣。

他一頓，隨手撈過手機又傳了一則訊息。

xys：『剛剛親妳的時候難受嗎？』

向園在車上收到這則訊息，臉瞬間熱了。

家冕瞧她這面色緋紅又帶笑的模樣，想湊過來看一眼：「妳跟誰聊天呢，一臉春心蕩漾。」

向園不理家冕，回徐燕時：『你夠了。』

徐燕時看著訊息夾著菸直笑：『妳想什麼呢？』

『你滿嘴騷話。』向園回。

『我說我早上沒刮鬍子，怕刺著你，沒調戲妳。』

『……』

手機安靜了一陣子，一旁的林凱瑞忍不住又問了句：「哄好了？知道要怎麼跟她解釋了？」

老鬼不知道是不是掉進廁所了，老半天沒出來，徐燕時又點了根菸，一隻腳仍踩著車門外，仰著頭靠在副駕駛座上一口一口地吐著煙圈，最後吸了口氣，剩餘的煙絲吞進肺裡，再在鼻尖彌散。

其實還沒想好，有些話說了，怕在她心裡的印象就大打折扣。畢竟當時他跟封俊是兄弟，自己卻對她動了心思。是挺混帳的。

林凱瑞見他低沉吸菸的模樣，「嘖嘖，可見談戀愛也不一定快樂是不是？」

徐燕時回頭冷淡瞥他一眼，把菸捻熄在車內菸灰缸裡，輕笑：「是啊，談戀愛也不一定快樂，但是我談戀愛的快樂，你是想像不到的。」

林凱瑞從後視鏡裡斜眼睨他：「你說那什麼嗎？」

「滾。」徐燕時笑罵。

向園回到家，俐落洗完澡，躺進床裡，訊息對話還停留在刮鬍子的內容上，之後徐燕時沒再回過，她忍不住傳過去：『你睡了嗎？』

徐燕時這邊熱鬧，有通宵的架勢。

老慶、老鬼、張毅、林凱瑞剛好四人在客廳湊了一桌撲克牌。

這屋許久沒人住，白熾燈都不太亮，暗昏的燈光牌都瞧得挺費力，徐燕時不知道從哪來找來一張錫箔紙沿著燈芯包了一圈，折射光暈聚到桌上，瞬間亮了不少。

幾人拍掌，心不在焉地抓牌馬屁拍得響：「腦袋瓜聰明就是好，我還以為我明天早上起來眼睛要瞎了。」

他沒打牌的心思，弄完燈泡就回房間補覺。

屋子也有三十坪，但是幾十年前的老矮房。

樓層高並不高，徐燕時高高大大的身形把這屋子襯得更逼仄，老慶看他走路都怕他撞，顯然他熟門熟路，閉著眼睛都能隨意地避開任何一個高點。

約莫是這天太趕，向園沾枕就昏昏欲睡，瞌睡蟲附身，上下眼皮開始打架，她恨不得拿根火柴給自己撐起來，終不得法，昏睡之際，手機在黑夜裡驀地響了。

尖銳刺耳，一下子把她腦中的瞌睡蟲趕跑了。

彼時，牆上時鐘顯示近一點。

她掙扎著去看手機。

xys：『沒，妳睏了？』

向園：『本來想聽你說完再睡，結果好睏，差點睡著了。狗瑞他們還在你那？』

xys：『嗯。在客廳打牌。睏了就睡，今天太晚了。』

向園：『好，那明天再說。』

xys：『把手機關機，輻射大。』

向園：『好，我現在都不習慣你正經說話的樣子了。』

xys：『這就不正經了？我說什麼了？』

向園：『那什麼還正經？』

徐燕時逗她：『那什麼是什麼？』

向園：『就是你自己那什麼啊？』

xys：『什麼我自己那什麼？』

向園：『……說不過你。』

徐燕時不逗她了：『睡吧，手機記得關機。』

三井衚衕，時鐘指向三點，煙火聲漸停，偶爾炸過兩個響炮，家家戶戶陸續滅了燈，唯獨亮著紅彤彤的燈籠，懸在萬籟俱靜的黑夜裡。

老慶連輸十幾局，起身上了個廁所，經過徐燕時房間，發現他沒在睡，面前電腦開著，播放著影片，泛著藍色的光，他懶洋洋地窩在椅子上，手肘支著，撐著額頭，目光盯著螢幕。

老慶回到牌局，一邊擦手一邊神祕說：「老徐還沒睡呢。」

老鬼低頭看著牌，隨口一問：「他在幹什麼？」

「看電影。」

「寧可看電影也不出來跟我們打牌，是多嫌棄我們的牌技？」老鬼氣呼呼。

林凱瑞沒怎麼跟他打過牌，在上海打麻將居多，而且幾次都跟合作公司打，他顯然很會看臉色，輸贏全憑他心意。這麼聰明的人，想來打撲克牌應該也不差。

張毅：「你說老徐這腦子怎麼長的。」

老慶：「他媽聰明，我悄悄跟你們說啊，這事我也是無意間知道的，聽說他媽在國外是個非常有名的建築師，非常非常非常……有名，拿過那個什麼普利林頓獎。」

林凱瑞打斷：「普利茲克建築獎？」

老慶連連點頭：「對，就這個，最高建築獎。反正也是昏頭了跟他父親搞上，他父親以前也是個富二代，家道中落又遇上兩個渣女才這麼倒楣，當然了他父親更渣。」

凌晨四點，老慶幾個已經歪七扭八地倒在客廳的沙發上呼呼大睡了。

林凱瑞上了廁所，見他還窩在椅子上，低頭瞧手機。

他進去：「你在做什麼？」

徐燕時穿著套鬆散的灰色居家服，大喇喇地敞開腿靠著椅背，剛傳完一串話，手機隨手丟到桌上。

他臉削瘦，卻沒有熬夜的疲憊，相比林凱瑞那一晚不睡臉上就成了褶子精的對比，他乾淨如風。

徐燕時偏了偏腦袋，活動著肩頸瞥他一眼：「不玩了？」

林凱瑞揮揮手坐下：「老慶輸光了。」

隨即又湊過腦袋，想看看他到底在幹什麼，只瞧見個對話欄，全是綠色的對話內容，但都是單邊的。

林凱瑞心領神會：「我說你在做什麼呢，大半夜的還在哄？」

窗外是一棵老枯樹，夏天會長出密密麻麻的枝椏，此刻顯得格外乾淨，透過三根交叉的樹幹，能瞧見掛在天邊的月，每年冬天，月亮的位置都會在那三角裡面，飽滿瑩潤散著光。

徐燕時靠著椅子看了下月亮，隨手撈過桌上的手機，低頭又是一連串飛快地按下去，頭也不抬地說：「她睡了，我只是讓她正視下自己，我到底有多深得她心。」

「滾！」林凱瑞面無表情躺平。

向園隔天醒來，拿著手機下樓吃早餐。

一家三口整整齊齊地坐在餐桌上，老爺子撚著一張報紙在看，家冕剛刷完牙，渾渾噩噩從樓梯上下來，清晨空氣新鮮，新的一年大家看起來心情都不錯。

向園隨手把手機開了機放到桌邊綁起了頭髮準備吃早餐。

「咯噔」一聲，訊息提示先是震了一下。

向園正在倒牛奶，沒注意，以為是普通的新年祝福訊息。

老爺子眼神往這邊一瞟，也沒放在心上。

緊跟著，就跟踩了地雷一樣「咯噔咯噔」響個不停。

向園目瞪口呆，低頭一看，全是徐燕時的訊息。

司徒明天：「妳放鞭炮呢？」

不等向園反應過來，家冕隨手撈過手機，高舉著手，讀出了最後一則訊息。

xys：『園園，妳知道距離五月三十號還有幾天嗎？』

向園的臉頓時紅了，跳著腳要去搶家冕的手機，家冕不肯給，「五月三十號什麼日子啊？告訴哥唄？到時候哥幫妳吶喊加油啊！」

「快把手機還給我的！」

向園急得不行，臉紅得跟猴子屁股似的，可她怎麼也不敢相信，徐燕時居然會叫她園園！

向園迫不及待想看看，徐燕時到底傳了什麼，可家冕絲毫不肯還她手機。

最後老爺子瞧不過，踹了他一腳，家冕這才老老實實把手機還回去。

「整天就知道欺負你妹妹！」老爺子折了報紙丟桌上，罵道。

向園奪回手機匆忙塞進口袋裡，牢牢揣著，誰都不准碰。

沒多久，司徒明天悄悄湊過來：「五月三十號什麼日子啊，告訴爺爺，爺爺幫妳吶喊助威，絕對不會讓妳哥哥知道。我讓賴飛白訂兩束花給妳？還是妳更喜歡橫幅？」

橫幅？

寫什麼？恭喜她喜獲性生活？

「……」

徐燕時跟林凱瑞還有老慶他們在球場打球。

他一身黑色運動服，襯得他整個人俐落又乾淨，他並不生疏，只要有機會也都會跟同事去球館打球，沒疏於鍛鍊，不過，林凱瑞最近瞧他有點過分勤快。

昨晚凌晨四點睡的，早上八點就下來打球了。

林凱瑞才打半小時就累成狗，一身熱汗地坐在籃筐下，越瞧場上那男人，越覺得有點不對勁。

「你最近鍛鍊有點勤快啊，徐總。」林凱瑞不陰不陽地說。

徐燕時隨手丟了球，球在球筐裡嗡嗡嗡轉了三圈，啪嗒落地，林凱瑞去撿球，「畢雲濤放假前還跟我說，你在樓下健身房辦了張卡，練腹肌呢？」

徐燕時下場，把球往旁邊一推，彎腰在籃架下撿了瓶水喝，拎著瓶口直接反手一掂，礦泉水被他穩穩拽在手裡。

徐燕時喝完水，雙手抱胸懶洋洋靠著籃框架，頭都沒轉，說了句「你猜」就不再理他了，目光專注地看著球場上老鬼他們跟隔壁幾個哥們打三對三。

話音剛落，徐燕時口袋裡手機一響，他掏出一看，是一則簡訊。

『我是封俊。』

徐燕時凝神看著，眼神漸漸沉下去。

場上熱鬧，時不時有人喊他們過去打球，他充耳不聞，眼睛緊盯著手機，直到手指骨節攥白。

彼時，恰好進來一通電話。

他接起來，視線看著前方，聲音溫和：「醒了？」

向園剛把訊息讀完，現在只想飛奔過去見他。

『你在哪？』

徐燕時仍是靠著藍球架，「籃球場。看見訊息了？」

向園小雞啄米地點頭連『嗯』了聲，她此刻心潮難平，像是平靜的湖底，激起層層漣漪，如涓涓細流，不斷地激蕩她的心緒，說不上震撼，彷彿有艘小船在她的心底飄飄蕩蕩，難以平靜。

『我過去找你？』

「這麼著急？」

『我想見你，』她不再掩飾自己的情感，迫不及待地說，『徐燕時，我想見你。』

女人果然是感性的動物。

徐燕時撓撓鼻尖，報了地址。

掛了電話，他隨即搓了下後脖頸，懷疑自己昨晚是不是有點用力過猛？

向園興奮地掛斷電話，收拾妥當準備去找徐燕時。

在計程車上，又熱淚盈眶地把他的訊息認認真真地看了一遍——

前面兩則近百字都是解釋那晚封俊跟老鬼賭約的來龍去脈。

xys：『之前不是也跟妳說過陳珊幫我預付薪水的事情？所以一半一半，路都是我自己選的，說報復，無稽之談。』

xys：『接下去說我們的事情。』

xys：『妳還記不記得幼稚園的時候，妳大概忘了，有個男孩從來沒吃過口香糖，有天妳送了一顆口香糖給他，騙他說，是妳爺爺從國外帶回來的進口貨，可以吞下去的那種，那個男孩信了，他吞了。結果妳告訴他，其實是普通的口香糖，並且不出七天他會絞腸而死。很快，女孩拍拍屁股轉學走了，他很害怕，很絕望。那是他第一次感受到來自女孩的惡意。從此，那個男孩對所有女孩都很害怕。』

早上看到這，她心砰砰砰跳，下意識覺得那個男孩就是他。

向園其實有點記不清楚了，她小時候皮，幼稚園一家家換，沒上多久老師就會打電話給爺爺奶奶讓他們把人領回家。可她完全不記得她跟徐燕時居然認識這麼早。

xys：『有了那次的經驗，男孩對之後所有女孩的示好都很抗拒。他甚至一度以為自己要孤獨終老了。很不巧，他們高中又相遇了，女孩又對他示好，追他，誘惑他。他都扛住，也拒絕了。』

向園再看一遍，還是覺得自己過分，眼淚在眼眶裡打轉。

xys：『後來她成了他兄弟的女朋友，他努力忘記過去那些傷害，跟這個女孩成為了朋友。雖然那段日子，總是時不時想起幼稚園那將死惶惶不可終日的七天，但他都一一克服了，不太難。』

xys：『他還是害怕別的女孩，也是這麼多年都沒有去交女朋友的原因。』

這則訊息跟下一則，隔了半小時。

xys：『喜歡上她，是在大學那次網戀，兩人在遊戲中偶遇，女孩經常拉著他打遊戲，沒見面，也沒打電話，聊天和說話，女孩很主動，不到一週，女孩就跟男孩攤牌，男孩當時挺想拒絕的，他想他們不應該這樣，這是違背道德的。』

看到這，向園心下乾涸，他骨子真的很正。

xys：『後來在一起沒多久男孩還沒嚐到什麼甜頭，女孩就提了分手。結果八年後，又碰上了。妳說這是緣分還是命中註定？園園，我是有多深得妳心？讓妳一遍遍喜歡上我。』

xys：『園園，妳知道距離五月三十號還有幾天嗎？』

第二遍看到這句，向園的心還是忍不住顫了一下。

球場上男人們揮汗如雨，不比學校球場，清一色的少年，洋溢青春氣息。

這邊是三井衚衕的後院球場，年齡層複雜，少年、小孩、男人，一旁還有幾個大媽揮著扇子晨練。徐燕時他們在最裡面的球場，向園到的時候，徐燕時正在場上打三對三，剛進了個球還帶罰球的，場上一片此起彼伏的歡呼聲。

老鬼勾他的脖子，似乎在慶祝，他站在罰球線外，任由老鬼搡著他，身子跟著晃了下，然後接過老慶手裡的球，斜側身，隨手一投，又進了。

那烈日下意氣風發的模樣，如年少時的清風，令人心動。

向園收回神，走過去，林凱瑞沒上場，在球架下站著，見她過來，熱情地打了個招呼：「來了？」

向園點頭，林凱瑞轉頭瞧了下，這女人今天看起來有點不一樣了。

好像更精緻了，妝厚了點。

「你們打多久了？」向園問。

林凱瑞比了個手勢：「兩個小時。」

話音剛落，球場上的喧鬧聲靜了下來，她下意識回頭看，徐燕時從場上下來，林凱瑞自動自發上去頂替他。

徐燕時彎腰拎了瓶水沒自己喝，而是擰開後遞過去，「家裡過來多久？」

向園接過，喝一小口，發現瓶口印上她的口紅印記，有點尷尬地抿抿嘴說：「一個小時。」

地鐵加計程車，還真的挺遠。

他拿回來，對著那印子喝下去，喉結密密滾動：「沒開車？」

「我以前過年開車撞過，我爺爺就說過年不准開車。」

他停下來，轉頭看她，上下一掃，「撞到哪了？」

「人沒事。」

「嗯，等一下送妳回去。」

他微點頭，目光仍沒轉開，在她臉上停留半晌，擰上瓶蓋往地上一丟，懶洋洋地往籃球架上一靠，「想我了？」

「……」

如果有人問徐燕時的口頭禪，她一定會投「想我了」一票。

場上熱鬧，老人小孩成人聲音交織在耳邊，還有熱情激昂的廣播，迴盪在這片天空下，向園從包裡掏出一根口香糖，她拆開包裝紙，「其實我是來告訴你，口香糖是可以吞的，不會死的。」

說完她塞進自己嘴裡，快速嚼了兩口，作勢要吞下去。

而下一秒，後腦勺忽地被人掌住拉過去。

她微怔，不知所措地瞪著一雙眼。他不是一向討厭在大庭廣眾下這種親密舉動嗎？

下一秒，熟悉的味道再次入侵，唇舌甚至不給她喘息的空隙，長驅直入，在她唇壁間一通亂攪。

徐燕時一身熱汗，額前的髮零碎地沾在腦門上，汗涔涔得不敢貼她太近，只能一隻手掌著她的後腦勺，一隻手拉著她的手，身體空出些距離。

熱潮奔湧，向園大腦的血液上翻，耳邊嗡嗡嗡聲忽起，似乎聽見有人「我靠」一聲，丟了球。

徐燕時很快，舌頭捲著她的口香糖出來，剛要訓她妳是不是傻？

老慶忽然跑下來說：「老徐，封俊回來了，他說一個小時後過來請我們吃飯。」

球場到徐燕時家，也就五分鐘的腳程。

幾人回了家，開始洗澡換衣服。

徐燕時帶著向園進了自己房間，鎖上門，讓她坐在床上，自己則靠著門。

窗簾闔著，不太亮，混弱的亮光能瞧見彼此，兩人都靜默著。

桌上的時鐘滴答滴答走著。

向園心下如飄蕩的柳絮，沒著沒落，如坐針氈。瞧他低頭，她想站起來：「我先回去了。」

聞聲他抬頭，瞥了她一眼，一言不發地拉開運動服拉鍊，脫掉，丟到一旁的籃子裡，低聲問了句：「為什麼？」

隨後從一旁拎了件乾淨的圓領T恤丟到床上，當著她的面就換起了衣服。

向園癡癡地看著他一層層剝掉自己的衣服，漸漸露出肌理分明的小腹，層層肌肉平鋪飽滿，那若隱若現的一格格小方塊，看得她很想摸，徐燕時一眼看穿，他站著，向園坐著，剛好手一抬就是他腰腹的位置。

他光著臂，垂眼睨她，眼神冷淡且沒什麼情緒地問她：「想摸？」

他這個年紀，別說腹肌，沒有小肚子都已經很好了。徐燕時屬於清瘦型，脫了衣服還挺結實，寬肩窄腰。小腹平坦，他最近剛練，所以腹肌不太明顯，頂多只能練到現在這個程度，用力弓背擰腰能看見一些若隱若現的線條，他平常換衣服哪這麼費勁，剛剛也是拚命收腹。

向園手剛伸出去，被他打掉，「不敢見他，還是對他還有感覺？」

「徐燕時，你別翻舊帳哦，都這麼多年了，哪有什麼感覺。」

徐燕時捏住她的下巴，迫使她抬起臉，第一次差點沒控制住力道，腮幫子克制地抽動了下。

眼神冷淡卻頗具侵占性：「那妳怕什麼？見了面，把話攤了。如果他覺得我不夠兄弟，我都認。我已經沒什麼不能失去。」

他頓了下，目光深深地看著她。

說這話時，有顆豆大的汗珠順著他的臉頰滾落。

他打得時間最長，身上沒什麼汗，主要是髮際邊角，碎髮汗涔涔地沾著鬢角，不知是她的錯覺還是什麼，眼神都濕漉漉，像是亮著星星。

「除了妳。」

屋內有股淡淡的香樟味，氣息清冽，跟他身上的男性氣息相近。

向園被迫仰頭凝視他，下巴還被人緊緊箍著，男人灼熱的呼吸噴灑在她唇上，是無窮的壓迫感，絲毫不容她退縮和反駁。

聽著門外細細簌簌的走動聲和交談聲。

徐燕時又抬高她的下巴，濕漉漉灼熱的氣息無孔不入。

向園被他瞧得心頭發緊，像一個正在充氣的氣球，鼓鼓脹脹，瀕臨爆炸邊緣。

門外，老慶洗完澡出來，「咚咚」輕敲門，讓他出去洗澡。

他半字未答，眼神直盯著她，手上力道漸收緊。

向園嘴直接被捏成一個鳥喙狀，嘟嘟的，吃疼地抽了口氣，瞧他的眼神裡多了幾分無辜。

「疼疼疼……」

徐燕時鬆了手，不再看她，直身去撈衣服套上，一改剛才的狠勁，嘴上還挺大方且漫不經心地說著：「行了，我去洗澡了，妳想走就走。」

剛伸了個袖子，腦袋還沒從領口鑽出來就被人抱住。

衣服半套在脖子上，另一隻手還在外頭，就這麼把人抱在身上，隨後往牆上靠。

向園不讓走，兩手拉著他的衣領把他的腦袋抖落出來，捧著那顆汗涔涔的腦袋。

不知是她沒控好力道，還是昨天打架留下的傷表皮還脆弱，向園輕輕一扯，徐燕時猝不及防嘶了聲，隨即口腔內腥味漸重。

向園要退，徐燕時反倒不讓：「總算有點長進，知道學我了？」

嘴硬心軟。

現在腹肌也有了。

向園不滿意還要開燈看，徐燕時無奈開了燈，給她再三確認，最後怕他不高興，有點小聲說：「好像不是很明顯？」

徐燕時把燈關上，不給看了：「嗯，剛練。」

不等她答，又套上衣服，慢悠悠說了句：「也有快的，每天吃點蛋白粉一兩週就會變得很明顯。但那沒什麼用，除了脫衣服凹凹造型，毫無用武之地。」

陷入黑暗，向園心砰砰砰直跳，他都開始練腹肌了，她是不是也要準備一下馬甲線？門外，老慶又非常不識好歹地來催促。

徐燕時隨手撈了件乾淨衣服，看她道：「我去洗澡，妳如果不想去，等我洗完澡出來送妳回家。」

昏暗中，向園「嗯」了聲。

徐燕時單手抄進口袋，單手拎著件衣服，靜靜地看了她一下，一言不發地轉身出去。

半晌後，屋內所有人聽見洗手間傳來一聲重重的關門聲。是帶著脾氣的。

老慶餘人面面相覷，隨後將目光轉向那微敞著一條縫的臥室門，裡頭靜謐如煙，向園低頭，安靜地坐著。

十一點整。

老慶他們先過去赴約，林凱瑞則留在家裡補眠。

兩臺車一起從樓下出發，並排駛過那瞬老慶降下車窗，圓滾的腦袋探出，朝徐燕時喊道：「要不帶向園一起去吧，我記得上次你說他們也是同學？你來回送有多麻煩。」

不讓林凱瑞送，還非得自己親自送。徐燕時這男朋友當得也是無人能比了。

徐燕時靠著，還沒發動車子，敞著車窗點了根菸，聽見老慶的話，頭也沒轉，彈了下菸灰直接說：「她不想去，我送她回家，你們先過去。」

老慶嘆口氣，表示瞭解。

等老慶的車駛出去老遠，連個車屁股都瞧不見後，徐燕時才把菸淡淡熄滅，腳踩上剎車，引擎轟鳴。車子疾馳上道路，兩旁的樹木飛快地倒流，彷彿一直延伸到時光的盡頭，綿延混沌到讓人瞧不清未來。

那是兩人第一次吵架，一個想攤牌，一個連面都不敢見。

一直到她下車，兩人都沒有再說一句話。

向園其實很想問他，你為什麼那麼在意封俊知不知道？為什麼一定要告訴他呢，可見他不言語還是忍住了。

徐燕時一路沉默地開著車，而她則一直默默地看著窗外的風景，高樓以及看板林立。

一連幾天，兩人沒有再聯絡。

大年初三，六、九班的同學會。來的人不多，但都挺精的。混得不錯的鍾老師都請來了。最讓人震撼的是，連在國外混得風生水起的封俊都來了。甚至連往年同學會都沒怎麼露過面的徐燕時都來了。

這兩人成了暴風眼中心。跟旋轉輪軸似的，走到哪都有一群人圍著。

包廂裡兩張桌子，六、九班各一張，不過六班女生全擠到隔壁九班兩個男神那桌去了。

偌大的水晶燈下，光明璀璨，吊燈底下一串串閃光的水晶珠子，晃人眼。彷彿在不經意間，回到年少時那間承載了他們無數歡聲笑語和淚水的教室。

時光無盡，歲月無窮，物事人已非。

如今，這璀璨的燈光下，彙聚的是一張張熟悉卻又陌生的面龐，客氣拘謹。

聽聞封俊要回國發展，所有人驚異地瞪大眼，問他為什麼？

封俊沉吟數秒，笑容傲然：「我的導師曾經拒絕過至少三家美國ＩＴ公司的高薪邀請，潛心留在國內做研究，我怎麼也不能讓他老人家失望吧？所以放棄綠卡，回來了。」

這話讓在場所有人都譁然，想不到封俊變化這麼大，居然還有一顆這麼赤誠的愛國心。

鍾老師深受觸動，被封俊的熱忱所感動，連連點頭：「國家就是需要你們這樣的熱血，封俊，你做的對！」

李揚哪想到往日在學校經常唱「外國月亮比較圓」的封俊，如今搖身一變，覺悟這麼高，默默自飲一杯，把剛剛想遞出去的名片悄悄收回來。

封俊高談闊論他的愛國經。

聽得在場所有的女同學眼冒綠光，對他欽佩不已。順利在同學們眼中樹立一個黃金單身的五好青年愛國形象。一頓飯下來，成了最熱門的同學聚會人物，好友加不停。

而徐燕時則從頭至尾冷淡地坐在一旁。

彼時，向園正在家裡陪家冕和老爺子打紅白機。這是他們小時候過年必玩的節目，有好些年沒玩了，今年向園又把這臺遊戲機拿出來找回憶。

剛玩兩局，手機就響了。許鳶連傳兩則訊息，問她確定不來？

向園：『他怎麼樣？』

許鳶：『還能怎樣，在喝悶酒唄。』

向園：『等等過去。』

包廂裡有KTV設備，李揚跟幾個男生抱在一起鬼哭狼嚎。封俊被鍾老師拉出去談心，徐燕時自始至終都坐在自己的位子上沒動過，偶爾會有男生在他旁邊坐一下，來一個，聊一下，走一個，又來一個。旁邊的位子跟流水似的。

許鳶趁沒人的空擋，在徐燕時旁邊坐下，舉著酒杯敬他。

男人懶洋洋靠著座椅，誰敬都喝，舉杯示意。

身後兩個女生咬牙，猶豫躊躇地一直盯著，「你看你看，他都跟許鳶喝酒了，他只是看起來冷。要不然我們也去敬他一杯吧？好歹當年也是前後桌的情分。」

許鳶快速仰頭一飲而盡，靠在椅子上拿了根菸。

徐燕時把隔壁座位上的打火機遞給她。

隔著雲霧繚繞的包廂，許鳶吐了口氣說：「園園等等過來。」

徐燕時轉頭瞥她，隨即冷笑著撈過桌上的菸盒，取了根夾在指尖，人靠著，銜到唇間嫻熟吸燃，慢吐出個煙圈，似嘲諷：「來做什麼？不怕見到他了？」

隔著青騰的煙霧，身後兩女生瞧怔了，不可思議又興奮地互相一對視。

「我莫名覺得他有點性感是怎麼回事？」

「他真的帥啊。」

包廂裡李揚他們的魔音繞耳，打牌的打牌，抽菸的抽菸，女生們三三兩兩圍聚一堆。

為了配合氣氛，燈光偏暗，暗淡如薄紗，許鳶瞧不太真切徐燕時臉上的表情，搖頭反問他：「你知道他們為什麼分手嗎？」

向園到的時候，聚會已進行到下半場，麥霸之間的比拚。

她目光轉過去，看見徐燕時跟許鳶還坐在飯桌上，她走過去，坐到許鳶旁邊，「還有吃的嗎？」

那位子之前是封俊坐的。

許鳶非常機靈地把自己的碗筷遞給她，抽著菸問：「妳沒吃飯？」

「沒有，陪老爺子打遊戲打到現在。」

向園飢腸轆轆，掃了一眼也沒什麼可吃的，用許鳶的碗筷夾了一碗麵，隨便吃了兩口便作罷，想著等等跟許鳶去吃宵夜。不料，當她窩在沙發上跟許鳶商量著等等去哪吃宵夜的時候，服務生又猝不及防上了十盤小龍蝦，接連不斷地從門口端進來。

整整十盤。

所有人瞠目結舌，許鳶捅了捅向園的手臂，「妳最愛吃的小龍蝦欸，誰點的？」

話音剛落，就見李揚笑咪咪從男生堆裡站起來，聲音洪亮地跟大家解釋這十盤小龍蝦的來處：「這十盤小龍蝦是我們徐燕時徐總請的哈！」

「為什麼呀？」

李揚喝了酒，情緒高漲，說話也開始賣關子：「剛剛我們打賭，徐燕時輸了。」

「打什麼賭啊？你能不能一口氣說完！」

追問的女生平日裡跟李揚關係不錯，李揚晃著腦袋，左一下右一下，欠打地說：「我不告訴妳，反正他輸了。」

女生急了，追著他打。其他人起鬨，氣氛熱烈。

酒過三巡，觥籌交錯間，氣氛持續高漲。

男人們大膽了些，一開始還挺拘束地男男女女都分別活動，此刻已經男女混作一堆，坐在沙發上，打牌唱歌或者玩骰子，李揚拿著他剛買的大傢伙在錄影片，嘴裡還振振有詞：「看看看看，這就是你們老公老婆男朋友女朋友在外面參加同學會的樣子啊，王笑笑，妳幹什麼！給我把手拿開，妳剛結婚妳知不知道？妳老公在這妳還敢這麼囂張？腐敗啊，淫靡啊！」

畫面定格在向園臉上，被許鳶灌了不少，喝得有點醉，面頰兩側酡紅，微垂著眼，昏昏欲睡的模樣，眉梢眼角藏著女人的細膩及嫵媚。李揚心念一動，驚覺這模樣真美，於是慢慢把鏡頭推過去，想拍個特寫。

驀地不知從哪伸出一隻手，手掌寬瘦，骨節細長乾淨，把她巴掌大的臉擋住。

李揚抬頭，瞧那隻手的主人沒什麼情緒地掀他一眼，只得悻悻地收了相機。

散場時。

封俊忽然提出玩一個遊戲，鍾老師收了大家的祝福和紅包就撤，留下這群年輕人繼續鬧騰。李揚看了下時間還有一個小時才十二點，也同意了，「玩什麼？」

機會難得，其他人紛紛坐下來。

封俊撈過兩個骰盅，擺到自己面前：「這個遊戲叫跟青春告別，我在國外玩過幾次，也叫心虛鬼。」

現在每一位都可以向現場任何一個人發起挑戰。然後，拿出一顆骰子放在兩盒骰盅的中間。

封俊手持一盒，將另一個盒骰盅推到李揚面前，做了個示範。

骰盅裡，各執一顆骰子。

然後晃骰盅，一直晃到其中一位的點數跟外面這顆對照骰子的點數一致，則該玩家獲勝。輸的玩家就要在現場找一個方式告別青春，告別青春的方式有兩種，第一種喝酒，幾點喝幾杯。第二種，讓獲勝的玩家提問。直到獲勝者叫停。

封俊敲敲骰盅，「不管有沒有結婚都可以玩，在場的情侶也可以參加，如果你們對自己的另一半有什麼疑問的話，回去跟他玩這個遊戲就行了，心虛鬼會一直選擇喝酒哦。」

眾人聽完後躍躍欲試，這一個國外版的真心話大冒險，直接將整個聚會的氣氛推向最高潮！

王笑笑第一個舉手，要跟李揚玩，「老公，我們來！趁著婚禮還沒辦，先把該瞭解的瞭解了。」

眾人起鬨，此起彼伏的攛哄鳥亂。李揚硬著頭皮上陣，忐忑不安地咽了咽口水：「別翻舊帳啊。男人誰沒點過去。」

約莫是心態問題，李揚第一局就輸了。李揚居然選擇了喝酒。

王笑笑不服，又開了一局，李揚背運走到底，見她一副不選真心話不甘休的架勢，訥訥地說了個妳問吧。

「算你識相，暗戀過我們班的誰？」

李揚：「許……許鳶。」

「……」

沒想到李揚真的說了，王笑笑臉色僵了下。

見她不悅，李揚也傻了，「妳看，妳非要問，問了又不高興。」

最尷尬的是許鳶，眼睛不知道該往哪擺。

封俊撈過骰盅，隨即將另一盒推到徐燕時面前，「我們來。」

許鳶腦中如同炸過一道光，忙把一旁昏昏欲睡的向園推醒，低聲在她耳邊說：「別睡了，妳前任向妳現任發難了。」

向園倏然睜眼。

兩個男人已經開始了。

徐燕時弓著背，聽見身後動響，他似不經意回頭瞥她一眼，「睡醒了？」

向園「嗯」了聲，「玩什麼？」

「真心話大冒險。」

封俊解釋了半天，說這不是真心話大冒險。

李揚跟她解釋：「這叫心虛鬼。」

話語間，第一局，封俊獲勝，點數五。

「問吧。」徐燕時很直接。

封俊：「不喝酒？」

「等一下要開車。」他淡聲。

封俊頓了下，目光筆直地盯著他，所有人都靜靜地看著他們，只見封俊眼底閃過一絲精詐的光：「那我問了，」他一頓，又等了半瞬，等得一群八卦群眾著急又好奇，這人到底想問什麼。

「喜歡過我的女朋友嗎？」

包廂瞬間炸開，國外回來就是不一樣啊，話題尺度都這麼勁爆！

一群人津津有味地八卦，想聽聽徐燕時怎麼回答，莫名有種窺探八卦的刺激感。更何況這男人還這麼高冷，會對兄弟的女朋友動心？

李揚是這波人裡知道最多的了，但也只知道之前向園跟徐燕時共事過，到什麼程度他不太清楚。於是有點緊張地屏著呼吸，想聽聽徐燕時怎麼回答這麼刁鑽的問題。

包廂內氣氛凝固，明月懸窗。

徐燕時靠著沙發，抱胸淡聲問：「你說哪個？」

「……」

轟然，所有人哈哈大笑。

李揚為他的機智點讚。

封俊還要再問，李揚及時制止：「欸欸欸，你自己審題不清啊，一個問題只回答一遍。好了好了，換人。」

封俊臉都綠了。

下一秒，「砰！」一聲巨震，封俊二話不說狠狠將骰盅砸向玻璃窗！原本歡樂的氣氛在一瞬間冷凝下來，所有人呆若木雞地看著玻璃窗開了花似的，唏然碎裂，如浪花入海砸向地面，落了一地碎玻璃碴，像是一道尖銳的口子被撕破，整個黑夜，面目猙獰地朝他們湧來！

窗破了道口子，包廂裡靜得只能聽見外面的風聲。

封俊先是笑了一下，他緩緩抬頭，將目光投向徐燕時：「兄弟，我前女友親起來是不是比其他女人都帶勁啊？」話越說越離譜了，許鳶第一個坐不住，「封俊，你說什麼混帳話？」

李揚第二個開口：「封俊這話就過分了，說什麼呢，就算向園是你前女友，那也是過去的事情了，都這麼多年了，在這鬧就過分了。」

「我鬧？」封俊哼笑，「我就是想問問他，天底下那麼多女的他不挑，他偏偏挑我用過的，算什麼狗屁兄弟！」

徐燕時低頭笑了下，目光往斜側瞥，低喃地重複：「你用過的？」

旋即低頭看向園，低聲哄了句：「去車上等我？」

向園不走，牢牢盯著他。

瞧這模樣，這兩人是真的在一起了。

封俊心裡不舒服是正常，可在這大呼小叫想給他們難堪就有失風度了。像小孩子得不到自己想吃的糖果被別人吃到了似的撒潑，本來一開始還覺得他那番愛國經挺男人的，此刻看起來，不像是能說出這種話來的人，連李揚都有點不滿了：「你們有問題私下解決，在這鬧太不像樣了。」

徐燕時卻再跟向園確認了一遍，「真的不走？」

向園點頭，徐燕時也不再強求，隨後他轉頭看向封俊，「你要答案我告訴你。是我主動追她，她拒絕我兩次，是我不甘心。」

女生們震驚到瞳孔地震。

追了兩次？被拒絕？還不甘心？這到底什麼神仙愛情啊？

鍾靈的臉色漸漸垮下去。想到剛才飯局吃到一半，媽媽把他叫出去，告訴他要多跟自己來往，說自己在北京也混得不錯。他直接說自己有女朋友了。她當時就想這個女朋友會不會是向園，後來向園來了，他們沒說話也沒互動，鍾靈心裡還挺得意，妳看不是我，也不是妳，反正他的女朋友都不是我們。

可完全沒想到，他說他追了她兩次，她都沒答應！

鍾靈不敢想像，他這樣的人，這麼冷漠高傲的人，怎麼會主動追人，他是怎樣追她的？鮮花電影嗎？還是帶她逛街？會在私下無人的角落跟她接吻嗎？

鍾靈閉了閉眼睛，不敢想像那畫面，心底泛酸，卻不知道自己輸在哪。

許鳶直接開罵：「我真不知道有些人怎麼回事，是芭蕉扇嗎？還是牛魔王啊這麼喜歡煽風點火？封俊，你知道嗎，要論早，徐燕時比你早，向園最開始喜歡的人是他，她曾經真的喜歡過你，可是你把這一切都打碎了，你以為她不知道當初那些零食都是誰買的？還有打遊戲，你以為她真的不知道？後來分手，你天天放學堵她，各種以死威脅，你知道她看見你有多害怕嗎？」

李揚：「封俊，你也太不是男人了吧？搞自殺？」

同學們七嘴八舌。

「行了，封俊，你這樣真的無理取鬧了。」

許鳶卻死死盯著他：「還要聽嗎？我這邊料有很多的。」

車子繞過盤山公路，裡頭山石聳立，奇形怪狀，另一邊是陡峭崖壁，樹林叢密，是望不到的幽谷。

晚上近十二點，一輛輛車從度假山莊駛出來，直到匯入城市主幹道，挺闊的公路，一字排開的昏黃街燈，高樓林立漸入眼簾，兩旁的霓虹燈閃爍。

向園盯著車窗外一言不發。

徐燕時將車開到她家樓下，向園說了聲再見就推開車門。

徐燕時沒應聲，看著她推門，下車，走進那道大鐵門裡。

他沒走，把車停到一旁，熄了火，也沒下車，緩緩降下車窗，從置物盒裡摸了根菸抽。

向園走了一半，回頭瞧了一眼，車燈開著，前擋風玻璃遮不住他的臉，冷淡地坐在車裡，窗沿上搭著他清瘦修長的手，指尖夾著星火，明明滅滅，瞧不太真切，可那深黑的眼神卻是直勾勾地瞧向她這邊。

她轉身，趁鐵門關上之前又鑽出來了。

就著淡白的月光，向園瞧見他深吸了一口菸，將那星火燃至菸蒂，他眼中明明滅滅的光火似也亮了一瞬，旋即將菸蒂撳滅，前擋風玻璃裡的眼神也仍是目不轉睛地瞧著她。

向園行至車前，聽見他道：「上來。」

向園乖乖走過去打開副駕駛座車門，卻見他直接推開駕駛座的門，「這邊。」

向園自顧自上了副駕駛座，坐在他身旁，一言不發。

徐燕時瞧她認真的模樣，笑了下，從置物盒裡拿出一顆巧克力遞給她，向園不接。

徐燕時自顧自剝開，塞進嘴裡，懶洋洋地靠著座椅散漫地笑了下，旋即單手把人勾過來，親上去，將巧克力直接度進她嘴裡，「吃點甜的，心情會好點。」

向園要吐。

「吐了我接著塞，」徐燕時漫不經心地瞥她一眼，說完，他低頭把置物盒嘩啦打開，滿滿一箱巧克力，「都是妳的。」

「……」

向園氣鼓鼓地嚼著，半晌，徐燕時把車窗升起來，空調打開，腳從剎車上挪開，低聲問她：「還氣嗎？」

向園知道他是在跟前兩天的事示軟，她也就坡下驢：「我只是覺得你那天有點過分緊張，如果每個人這麼來一遍，我一天到晚光顧著跟你吵架了，我們見面的時間本來就不多。」

他哭笑不得，「這還怪我了？妳當時就該告訴我。」

這點是向園沒想清楚，許鳶說談戀愛切忌一點不要在現任面前討論前任，更不說前任的不好，更何況向園一直拿封俊當徐燕時的兄弟。

她瞥他一眼，「我昨天想傳訊息給你，許鳶說這樣才能從根本上解決問題。」

「而且，封俊的事，我們都問心無愧——」

話落一半，被他打斷：「我有愧。」

向園一愣。

「我第一次喜歡妳，是高中。」

「你那天傳給我的……」

他靠著，腳敞著，眼沉沉地看向窗外：「怕妳有負擔，沒告訴妳。」

「所以是你一遍遍喜歡上我啊？」

「不，我從來都是妳。」

他眼神轉回，深深地看著她，欲言又止。

靜了一瞬，向園問：「為什麼又不說話了？」

「因為不太好聽，妳可能不會想聽。」

「說嘛。」

向園瞧他這模樣心下如塞了棉花一般的軟，勾著他的脖子趴過去，徐燕時乾脆把她抱到自己身上，讓她頂著方向盤，他微仰著頭靠著座椅，眼神筆直對上她的視線，眼裡流露著不拘和散漫的笑意。

「嫁給我。」

座椅被放矮至六十度。徐燕時後仰，向園伏在他身上，濃稠的黑夜在車頂。

聽聞此，她笑容一瞬凝滯，低頭出神地瞧著他，一字未答。

男人降下車窗，低頭自嘲式的輕笑：「說了妳不愛聽。」

向園緊瞅著他，輕聲說：「我沒想好。」

徐燕時順手從置物盒裡挑了塊巧克力出來：「那就慢慢想。」

「如果我說，我可能這輩子都不打算結婚……」

她心裡沒底，躊躇瞧他，小聲地說。

男人手上動作頓住，目光微抬，隨即淡定自若地把剝好的巧克力塞進她嘴裡，堵住她剩下的話。徐燕時抱著手臂，眼睛裡卻如流動的溪水般，潺潺溫柔地看著她，答非所問：「好吃嗎？」

向園被吊了一口氣，還是忍不住點點頭，「好吃。」

他轉頭摸了菸和打火機出來，取了根夾在他指間，低著頭吸燃，隨即將手搭至車窗外，猩紅的菸頭在後視鏡裡明明滅滅，青白的煙霧騰繞在他指間。

車停在樹梢下，月光泄在車頂。

向園覺得四周那些平日裡看起來高高大大、死氣沉沉的白楊樹，此刻卻因為他的到來，開始變得碧綠盎然，似乎隱約見它抽出了新芽。

她感受著他的體溫和強有力的心跳，自己的心跳也快了。

後視鏡裡的男人，仰在坐椅裡，搭在窗沿外的手，食指輕彈了下菸灰，漫不經心地哂笑問道：「想跟我談一輩子的戀愛？」

「不是這個意思——」

話落一半，徐燕時了然地輕點了下頭，抽了口菸，聲音冷淡地打斷她：「那就是還想跟別人談？」

「……」

向園伏在他身上久了，有點麻，想從他身上起來，卻被他重重壓回去，按在懷裡，耳邊仍是他低聲的質問：「問妳想跟誰談？」

她懶得起來，索性把腦袋埋進他胸膛裡，悶聲說：「沒有誰，我就是不想結婚。」

徐燕時沒再說話，而是把菸撳滅，揉了下埋在自己胸前那顆毛茸茸的腦袋，把人掀起來。

「好，知道了。」

「你想結婚嗎？」她閃著雙眼小心翼翼反問。

「還行，」他看著她如實說，「跟妳這種獨身主義不一樣，遇上合適了可能會結婚，但不會為了結婚而結婚。」說到這，他譏誚笑：「以前可能會有顧慮，比如徐成禮，我不結婚，會對他產生一些負面影響。比如那個人，親戚間總愛比較。至於現在，倒也輕鬆。」

向園心疼地抱住他，「徐燕時，如果我想結婚，我一定是跟你，不會跟別人。」

女人軟軟地趴在他耳邊，聲音瑩潤，猝不及防地撞進他心裡，如灌進了細膩的沙礫，慢慢將他填滿。

整臺車似乎塗著一層薄薄的寒意。

徐燕時不知何時關了車窗，狹窄的車廂裡，情潮翻湧。悠悠遝遝一陣風，轉首是情人間的私語。

他們親得熱火朝天，唇齒糾纏，呼吸急促，卻聽他不受控似的一遍遍問：「真的？還是哄我的？」

「真的。」

向園被吻得迷亂，意識混亂間點頭，她被頂到方向盤上，只能牢牢抱著他的腦袋。

車窗外閃過一道圓圓的手電筒光，有人往這邊看了一眼。徐燕時直接從後座扯了件外套，罩住她的腦袋。

警衛轉了圈，瞧見這模樣想也知道這邊發生什麼，尷尬地轉身離去。

向園像掀蓋頭那樣悄悄把衣服掀了一個角，露出一雙眼睛，剛想問走了嗎？卻見男人眼神含笑幽深似奔湧的黑河水般盯著她，她心跳怯怯。

「我回家了。」她把衣服拿下來。

他把衣服拋向後座，「嗯」了聲，「我也走了。」

向園想起什麼，「你晚上跟李揚打了什麼賭呀？」

他把車門打開：「賭許鳶有沒有男朋友。」

「這你都知道？」這件事向園都是前不久才知道的，她爬下駕駛座，站到地面，「李揚坑你呢，他早就知道許鳶有男朋友了。你應該賭我有沒有男朋友，這樣你穩贏。」

男人也從車裡出來，刮了下她的鼻子，「妳不是沒吃飽？」

恍悟，一拍腦門，「你不會是故意為了我去賭的吧？」

徐燕時笑著關上車門：「才反應過來？我跟許鳶同時到的，她坐她男朋友的車過來。」

不是李揚坑他，是他讓李揚「坑」他。

向園心下一動，又忍不住墊腳親了他一下，依依不捨地捧著他的臉說：「真的走了。」

徐燕時摸了下她的臉，沒說話，隨後倚著車門抽了根菸，等她上樓才驅車離開。

車輛疾馳在寬闊的馬路，一路飛馳，徐燕時油門踩到底，似乎要將所有的風景甩在身後，追風逐電般地駛出郊區。掠過路旁高高低低、一叢密一叢疏的灌木林，驚得它們骨騰肉飛！

第一個發現不對勁的是林凱瑞。

徐燕時當晚開的是他的車，所以全程的行車記錄都在他手機上，臨近凌晨一點，林凱瑞打了三通電話給徐燕時都沒接，前兩通直接被掛斷。

第三通林凱瑞再打的時候，冰冷的女聲直接提示關機了。

他心裡隱隱有種不好的預感，也許是因為太瞭解徐燕時，那種打從心底冒出的寒意是第一次。頭頂太陽穴也是第一次突突直跳，於是拿手機的行車記錄給老慶看了下，「這個時間同學會該結束也該回來了吧？這車怎麼還反方向開呢？」

老慶他們在打牌，老胖手五花八門地插著牌，隨意瞄了一眼，那位置熟悉的很：「老徐去封俊家幹什麼？他們不是同學會剛結束？今晚不回來了啊？」

封俊？

林凱瑞腦袋炸過一道光，二話不說丟下牌：「出事了！」

餘下幾人面面相覷，眼神、表情皆是茫然。

「封俊這小子是向園前男友，這件事你們不知道？」林凱瑞撓頭。

老慶幾人悚然一驚，驚愕地在彼此臉上來回找答案，顯然都是一臉錯愕、驚駭。

天哪！

他們上哪去知道去啊！

那兩人從來沒跟他們說過啊！

然而細細回想，這次封俊回來，兩人之間好像有什麼不一樣了，起初他們還沒多想，以為是徐燕時在意封俊出國這件事，可全然沒想到，這兩人竟然是因為向園！

來不及細想，幾人已經手忙腳亂掀了牌桌，匆匆下樓往封俊家奔去。

夜空靜謐，星星高懸。

一輛黑色跑車靜靜地停在巷子口，昏黃的街燈照著整條空無一人的巷子，車窗四周凝了一層冰霜，跟黑夜交相輝。

空氣凝滯，是死一般的寂靜。

前方有個空地，後方巷口牆頭上趴著一隻黑貓，對面馬路邊栓著一條狗，遙遙相望，相顧無言，目光齊刷刷地瞧著那泊著的黑車，連同這些樹木，大氣都不敢喘一口。

「嘎嘣。」

寂靜的街道，傳來一聲易開罐的癟響。

徐燕時抬眼，車前方搖搖晃晃走進來一個人。

他點亮車燈，瞬間照亮了半條街道，餘光打進灌木叢裡，看好戲的鳥獸蟲鳴頓時無處遁形。赤恍恍的車燈直挺挺且囂張地照在那人身上，封俊瞇著眼，拿手擋了下。

車前擋風玻璃後的那張臉，封俊一眼就認出了，他笑咪咪地在空蕩蕩的街巷裡大喊：

「怎麼，為了個女人，徐燕時，你要撞死我啊——」

餘音嫋嫋，迴盪在上空。

四周靜謐，引擎在黑夜中發出轟鳴，像是猛獸在囚籠裡發出最後的長嘯，似乎只要擋在車前頭那男人再說一句，它便如餓虎撲食般衝過去！用它鋒利的爪牙，將他碾碎！

牆頭上趴著貓與狗，仍是大氣都不敢出，像是觀戰的群眾，目光在這兩人之間來回梭巡。與此同時。

巷子口拐進一輛車，見這對峙的場景，車裡人心跳瞬間加快，氣血直往腦門竄，心彷彿要從胸腔裡直接跳出來。將近一百公斤的老慶還沒等車挺穩就從車上連滾帶爬地對車裡的徐燕時聲嘶力竭：「老徐，你幹什麼！」

「靠！」林凱瑞罵了句，一邊停車一邊著急說：「要撞你也別拿我的車撞啊！」

老鬼下了車第一個衝去開副駕駛座的門，卻被徐燕時鎖得死死的，他急赤白臉地拍著車門，說：「你開門啊，老徐，撞人這種事你找我啊，反正我也沒幾年活頭了，是死是活還不一定呢！你別把自己搭進去啊！」

張毅忙把人扒拉下來，「你別添亂了！」

好像所有人都無條件站在他那邊。

封俊笑了笑旋即冷下臉，對老慶說：「別勸了，我倒要看看，他敢不敢撞死我。」

老慶：「你別鬧，老徐最近心情不好，把你撞個半死，你也慘！」

話音剛落，轟鳴的引擎聲忽然滾了天雷般響徹整個夜空，如困獸出籠般在夜空中長鳴，緊跟著，車輪在塵土中一圈圈飛滾，黑色的跑車離弦而發！

明晃刺眼的車燈驟然拉近，封俊只覺眼前白茫一片，大腦空白如同進入了第三空間，耳邊嗡嗡嗡聲響不停，似有貓叫，似有狗吠，他聽得不太真切，只聽見老慶在他耳邊撕心裂肺地罵了句：「我草泥馬！」

徐燕時單手迅速將方向盤打到底，另隻手眼疾手快拉了剎車！黑色的跑車在寬闊的空地上表演了個漂亮的甩尾，如同一隻敏捷的獵豹穩穩地側停在封俊身旁。

貓狗受了驚嚇，在黑夜裡見了鬼似的狂吠。

所有人心有餘悸，就差那麼一點……老慶嚇得一身汗，彷彿剛從水裡撈上來似的，雙腿微微發著抖。下一秒，車門被人打開，男人從車上下來，眉眼蘊著薄暮的冷意，二話不說一把拽住封俊的衣領，迎面就是一拳！

老慶心道：瘋了瘋了！

那邊打翻了一旁的垃圾桶，「叮呤哐噹」的聲音在黑夜中錯亂，夾雜著男人冷意隱怒的聲音——

「你用過的？」

「你算個什麼東西，你用過的？」

徐燕時鐵青著臉色，說一句，不由分說便是狠狠一拳！

封俊整個人如廢鐵一般摔進垃圾堆裡，又百折不撓地搖搖晃晃站起。

然而，老慶餘人只是呆呆地怔著，全然忘了要上去拉架，從沒見徐燕時發那麼大火，心下也有些茫然，當年他為封俊揹了幾年鍋也沒見徐燕時有過任何一句怨言，今晚這副恨不得把人打死的模樣，到底是發生了什麼？

氣氛凝靜，連貓狗都忘了吠。

徐燕時提著他的衣領壓到車門上，封俊血從嘴角滲出，血腥味彌漫，他笑，連牙齒都沾上了血跡，仍是笑：「怎麼了？兄弟的女人是不是親起來比較帶勁啊？」

「你喜歡這種？」封俊作勢要去掏手機，「我手機裡還有很多前女友的聯絡方式，我全都傳給你？你一個一個去追？哦，你根本不用追，隨便勾勾手，那些女的就被你迷得暈頭轉向，急著上你的床了吧？上了嗎？跟向園——」

「砰！」

又是重重一拳，封俊被狠狠摔至地面。

徐燕時把人提起來，又緊貼上車門，他被氣笑了，胸腔是沉悶頓挫的怒火，眉骨間的冷淡縱使是這般凶戾的時候，也還是有他的清高。

徐燕時髮際邊緣都是汗，濡濕地貼著，此時還順著他分明流暢的下顎線往下流，眼裡掩不住火，他咬牙咽了咽乾澀的嗓子說：「你不給我面子我都忍了。」

他雙手將人抵在車門上，低頭緩了口氣，齊上下唇一碰，腮幫子抽動，盯著他一字一句問：「知道剛剛為什麼不打你嗎？」

貓在黑夜中叫了聲，很輕柔，將封俊從迷幻中拉回來。

風在樹梢颳，他在笑，眼神忽然軟下來，卻亮的，似乎是心疼，「剛才當著所有人的面，你就算說再難聽的字眼，她都不會對你說一個不字，她只會裝作無所謂的樣子，因為她怕我跟你打架，給別人看笑話。」

封俊臉上的笑容漸收。

徐燕時卻漸漸鬆了他，他低頭扣襯衫的袖口，「你以為當著那麼多人的面，兩個男人為她打架很光榮？我不打你，是不想讓她成為鍾靈她們茶餘飯後的談資。」

扣急了，扣子直接被他拽脫了，露著線頭。

他低頭咬斷，索性兩邊都解開，隨即抬頭看他：「你永遠都不知道怎麼尊重和愛別人，你最愛的永遠是你自己。」

「以後別聯絡了。」

封俊疲軟地癱在車門上，眼前彷彿有星星在轉，他不笑了。

徐燕時拽開他，手去拉車門，「還有，男人別動不動死不死的，用自殺去脅迫一個女孩不跟你分手，那不是愛，是自私，讓你死，你真敢死嗎？」

哪敢，所有大張旗鼓的自殺都是要不到糖果吃小孩的胡攪蠻纏。

真正的自殺，都是悄無聲息地離開。

「我確實是在高中的時候喜歡上她，這是我唯一對不起你的地方，所以五年前，你來找我的時候，我義無反顧答應了。可如今有這個結果，也是我意料之外的，封俊，我失去太多，她是我唯一不能失去的，所以你覺得我不夠兄弟也好，你覺得是我對不起你也好，有什麼衝我來，別去打擾她，也別詆毀她，她跟我在一起這麼久，從來沒說過你一句壞話。」

徐燕時頓了頓，他微抬頭，吸了口氣。

「不管怎樣，還是有句話一直忘了跟你說。」

「歡迎你回國，梁教授會為你高興的。」

他上了車，啟動離開，車子絕塵，消失在黑夜裡。

巷口恢復寧靜，樹風靜立，牆頭的貓，和牆下的狗，似乎都在嘲笑他的狼狽。

封俊靠著牆，笑了起來，笑得整個人發顫。

梁教授常說的——

「榮耀藏於心，熱血抿於懷。祝你們都熱血常在，榮耀永載。」

轉眼，四月。

春寒料峭，綠樹抽芽，滿枝頭都是擠擠擦擦的嫩芽。

四月初，向園開了個 VIOG 頻道，開始記錄她的馬甲線，在平臺上遇見了一個小女生，叫趙硯卿，大二女學生，記錄的是她跟暗戀男生的日常，粉絲很多。

向園每天練完馬甲線都會忍不住去看下這個小女生的甜甜日常。

有一次兩人視訊，向園把這個VLOG影片傳給徐燕時看，直男表示無法理解，在視訊中挑著眉問她：『我追妳這麼久，還不如別人一封情書？』

向園羨慕地說：「英文情書欸，我都沒有收到過英文情書呢！」

徐燕時那段時間忙得昏天暗地，林凱瑞說出國就出國，手頭上的所有案子都是他在帶，還有個開年專案，是一款航太遊戲的VR發行。

徐燕時這邊跟向園視訊，那邊跟林凱瑞還開著遠洋視訊。

『你們天天視訊都聊什麼呢？』

徐燕時正在寫專案報告。

兩人大多數時候開著視訊，各自做自己的事情，向園有時候看書，有時候看文件，有時候滑一下影片。徐燕時則大多都在寫報告。

聽到林凱瑞的問話，徐燕時下意識抬頭看了下筆電上的向園。

她正嚼著個蘋果，看硯卿的VLOG。

徐燕時轉頭對林凱瑞說：「想讓我寫情書給她。」

林凱瑞翹著二郎腿：『寫唄。』

徐燕時沒答，把報告寄過去，關了跟林凱瑞的越洋視訊，視訊上的女人還在有滋有味地看影片。

房間內燈光恍然。

徐燕時靠著書房的座椅上，曲起手指，敲了敲桌面。

那邊抬頭，笑吟吟地看著他：「忙完了？」

徐燕時『嗯』了聲，雙手環著手臂，眼神筆直地盯著她，低聲問：『喜歡嗎？』

向園茫茫然抬頭。

「什麼？」

『情書。』

向園：「還……還好啦，其實用英文你寫了我也看不懂。」

男人點頭，確實，考慮到她的英文水準，一本正經建議道：『那這樣，改天我用羅馬拚音寫一封給妳，反正跟英文差不多，妳讀起來應該無障礙。』

「……」向園的臉垮了，重重咬了一口蘋果，幽怨又狠狠瞪著他：「你欺負誰呢？」

男人笑得肆意：『妳說我欺負誰呢？』

「掛了。」

『快兩個月沒見了，不想多看我一下？』

「說你想我。」

『Je t'aime。』（法語，我愛你。）

他定定看著她，眼睛裡流過稍縱的光，似撞鐘那般不經意地說。

「什麼意思？」

『距離五月三十只有一個月的意思。』

「呸！」

徐燕時笑得不行。

第十六章　熱血與愛

向園本來對這事沒那麼期盼，大概是前幾任男友平日裡流露出的猥瑣讓她很難對這事提起什麼好感，但隨著時間的貼近，日曆一頁頁翻過，離五月三十號越來越近，心情竟也開始跌宕起伏，心潮澎湃——

而且早晨醒來下意識摸出手機看下日子，默默在心裡倒數計時，今天四月二十八號，還有三十二天。

還有三十二天……

心不自覺就燒了，火燒火燎的，像是被人放在火上烤，灼熱熾焦，連帶著血液都熱騰了。有時候甚至還會做夢，半夜醒來，熱汗空虛。

然後忍不住掏出手機傳訊息給他，徐燕時都會回，就連凌晨兩點都是秒回。

向園本來不想傳，但是真的想他，畢竟兩個多月沒見了，那兩個月兩個人又都忙，說不上兩句話。偶爾開視訊還有個不知趣的林凱瑞在旁邊打擾，親暱話講不到兩句。

便也沒忍住……

向園：『xuxuxuxu。』

大約是過了半分鐘，手機在黑夜中一亮，他回：『沒睡還是醒了？』

向園：『醒了，你還沒睡？』

xys：『嗯，視訊？』

向園：『好呀。』

xys：『等一下。』

向園：『幹什麼？身邊有女人？』

xys：『……穿個衣服。』

向園大腦忽然興奮：『等一下！！！！！！！！！！』

xys：『？』

向園：『能不能不穿衣服？』

那邊愣了下，半晌回了個：『嗯。』

向園發現他不管是用哪種軟體聊天，只要是以書面的形式，字裡行間就透著高冷，其實本人要隨和得多。

深夜寂靜，視訊連線的聲音在黑夜中驀然響起，刺得她心突突突直跳，立馬接起來，畫面跳轉。

男人上身光裸，半靠在床頭，下身遮在黑色的被子裡，看不見。

徐燕時將鏡頭對準自己的臉，露出寬闊的男人肩，肩骨肌肉微張，肌理分明，線條清晰流暢。卻瞧得她心頭一凜，可能是黑夜更彰顯他的男人味，向園的心臟開始不受控地「砰砰砰」劇烈且瘋狂地亂蹦！

而視訊中，男人看她的眼神，比往日多了些不可察覺的深沉，似翻騰的黑色海水，克制地盯著她，冷淡中透著性感。平日裡黢黑如墨的雙眼，此刻隱隱泛著點猩紅，彷彿塗了層薄膜，朦朦朧朧透著一絲不曾見過的情欲。

瞧得向園的心跳不斷加快，彷彿彈跳床上的玻璃球，越彈越快，越彈越快！

他很少這樣，她再傻也能看得出來，跟平常有點不一樣。

可這樣的徐燕時，比平時更勾人。

向園心猿意馬地想，兩人看著視訊中的彼此，誰也不說破，就這麼彼此愣愣地看著。

直到，向園扛不住他直白又熱烈的眼神，主動說：「我有點，想你。」

『有點？』

他的聲音更低，沙啞得厲害，像是被砂紙磨過的桌板。說完，他咳了聲，從一旁拎了瓶水，灌了兩口潤了潤嗓子，喉結滾了滾，漫不經心地撓了撓眉，不太滿意地看著她，『眼神都比妳的嘴巴老實。』

「你剛剛是不是……」

『嗯。』

沒想過他會這麼直接，向園一時之間竟然不知道接什麼。

其實還沒，他打算去洗澡的，誰料收到她的訊息，以為她做噩夢，也沒了心思。他的睡眠品質一直不好，手機通常都關機，現在有了她之後沒了關機的習慣，睡眠照舊不好，只是也沒辦法。

女孩子半夜醒來，找不到人，怕她無助，所以一直開著，也不調靜音。有時候不是他沒睡，是他聽到聲音就醒了。

向園盯著他，目不轉睛，剛做完酣暢淋漓的夢，兩頰緋紅，眼含春水，比任何時候都軟。顯然，這兩人心裡那根弦都有點繃不住。

向園感覺彷彿有羽毛在心間上跳舞，毛茸茸有一下沒一下地戳著她，心緒紊亂難平，心跳惴惴地對他說：「徐燕時，過幾天連假我去找你吧？」

男人靠著床頭，吊著眉梢，似笑非笑地看著她：『找我幹什麼？』

「你不想見我？」

他不逗她了：『我連假要去趟美國，找一下林凱瑞，妳來上海沒用。』

向園「啊」了聲，失落地看著他：「那你要去幾天啊？」

『四天。』

剛好假期結束，這麼一算，要再見他，那就是五月三十了。

「那五月三十呢？你不會又要出差吧？」

『不出差，陪妳。』他抱胸，眼神直勾勾地盯著她說。
陪妳兩字，又讓她的心跳忍不住加快了。
「那只能一個月之後再見了。」她忍痛說。
徐燕時『嗯』了聲，看了看時間，低聲問她：『睏不睏？』
向園看著畫面中的男人，點點頭說：「睏，要不然你給我看看你的腹肌，讓我提神一下。」
那眼睛裡亮著的綠光，像隻垂涎的小饞貓。
徐燕時鐵面無私：『睏了就睡。』
「看腹肌。」她撒嬌，吭吭唧唧地說。
『……』
男人看著她，靜了半瞬，甚至第一次隔著螢幕用他低沉的嗓音叫出她的小名，誘哄似的：『睡了，園園。』
那哪抗得住。
向園繳械投降，也學著他叫：「好吧，時時。」
『……』
今年勞動節放假連著週末，從五月一日放到五月三日。

三天假期基本沒人回家，向園原本打算去趟上海也因為徐燕時的臨時出差只能被迫取消。

四月二十九日下午。

公司所有人走得差不多了，只有技術部和向園還留著。

陳書正式跟李永標遞交完辭職交接表。

李永標惋惜地握了下陳書的手，眼鏡底下的小眼睛一閃一閃，真誠地說：「這麼多年辛苦妳了，說句心裡話，離開也許對妳來說是個更好的選擇，維林是個爛樹根，裡頭的腐朽葉子，一層裹一層，誰也剔不乾淨，你們年輕人是應該出去闖闖，多餘的話我也不多說了。加油！」

陳書莞爾：「謝謝，再見。」

旋即轉身離開。

向園倚著李永標的辦公室大門在等，見她一身熨貼合身的西裝，襯著她高挑韻致的身材，腳上一雙高跟鞋將整個地板踩得噔噔作響，那沉重且堅定的腳步聲，迴盪在整座大樓裡。

晚上，兩人找了個地方喝酒，是她們常去的那個路邊攤。

一張小方桌，頭頂吊著白熾燈泡，明晃晃地照著她們。

「叮」一聲，一個乾脆的碰杯，兩女人眼神裡亮著的小星星，齊齊一閃，笑容一綻，如花一般，齊聲說——

「陳書！祝妳前程似錦，男友滿車。」

「那我祝妳早日跟徐燕時共結連理啊。」

「嘩啦」一口，兩人一飲而盡。

向園放下酒杯，四月夜風還是有點涼，就著燈光，她縮著身子，笑咪咪地看著對面同樣薄衫薄褲的陳書：「原來妳都知道？」

「只有技術部那群直男不知道吧？」陳書點了根菸暖暖身子，靠著座椅笑看著她，在昏黃的月色下吞雲吐霧，「我只是好奇，妳怎麼追到他的，我以為他很難追。」

他們誰也想不到是徐燕時主動追的她吧？

向園笑笑，保留著神祕感：「祕密。」

陳書笑了下，抽著菸，不予置評。

兩人淺淺碎碎又聊了一下，身後有人拎了兩瓶酒過來，一屁股在她們這張四人桌的兩邊坐下，向園剛抬頭，目光一愣，一邊是高冷，一邊是薛逸程。

向園跟陳書一對視。

後者把菸一滅，淡淡移開目光，低頭倒了杯酒。

高冷二話不說奪過她手中的酒，繃著一張臉，對著瓶口咕咚咕咚全數灌進肚子裡。

乾完，他把空酒瓶給拍到桌上，兩隻眼睛死死地盯著陳書，眼睛裡泛著紅光，似乎剛哭過，他氣急敗壞地抹了下嘴，吸了口氣：「不走，行不行？」

高冷那麼一鬧，向園回家的時候，已經十一點。

剛進門就被人從後面抱住，高度熟悉，氣息熟悉，連臉部輪廓都熟悉。

男人的後背弓著，彎腰抱她，兩人糾纏在門口，悶在她細膩的頸窩間，深深吸了口氣，沉悶略帶調侃的腔調從耳邊傳來——

「打劫，錢我有，今晚想要人。」

「徐燕時？」向園小聲地。

男人悶笑：「我的聲音都聽不出來了？」

「你不是出差了嗎？」

他懶洋洋地從她懷裡鑽出來，半坐著鞋櫃，似乎極疲憊，卻還是低頭笑看著她：「放狗瑞鴿子了。」

向園這才仔仔細細地端著眉眼去瞧他。

男人身上一件簡單的白色T恤，黑色薄外套，鬆鬆穿在肩上。

頭髮似乎又短了點，襯得整個面龐乾淨俐落，他好像很久沒戴眼鏡了，那微微上削的眼角，眉骨間都是冷淡，臉型不算瓜子臉，卻瘦得棱骨分明。

這樣瞧著，骨皮相都極佳。

「那多不好呀。」她口是心非地說。

徐燕時笑得不行，作勢去開門，「那我走了，現在去改簽還來得及。」

向園不上當，替他開了門，還挺大方地跟他揮揮手，迫不及待跟他道別：「慢走，不送您了。」

風湧進來，春日的夜風涼意漸襲，把人都吹冷了。

徐燕時面色冷淡地盯她半晌，他撇嘴笑了下。

下一秒，「砰」一聲！

徐燕時反手鎖上門，隨即懶洋洋地半坐著鞋櫃，長腿鬆鬆地抵著地面，勾著她的腰把人牢牢鎖在自己懷裡，春日換上薄衫，兩具火熱年輕的身體隔著薄薄的布料緊貼。

熱息烘著，向園笑著躲，他不放過，把人鎖在自己懷裡，一下子輕一下子重地一遍遍捏著她的腰惡劣地調戲——

「趕我走？」

「妳捨得嗎？」

窗外樹影婆娑，屋內壁燈亮著，在昏弱的光影下，兩人濃情蜜意地鬧做一團，向園窩在他溫熱寬敞的懷裡，呼吸漸促，她微仰著頭，嘴唇微張，如浮仰在水中的小魚，等他親下來。

男人老僧入定似的，半坐著鞋櫃，後背抵著牆，仰著頭，眼神含笑鬆懶地調侃她：「幹什麼？」

向園坐在他腿上，端端瞧著他，含糊不清地連「嗯」了兩聲，意思是——親我。

徐燕時逗她，「舌頭捋直了。」

向園發現這人最近老是逗她，也急了，真的以為吃定她了！

翻了一個白眼，從他身上下來，「不親就算了。有本事你這幾天都別親我。」

徐燕時靠著，雙手抄在口袋裡微抬頭看她，向園落地，比他稍微高一點，微微湊到他耳邊，惡作劇似的在他耳邊柔弱無骨地吹了口氣，「小哥哥，敢賭嗎？」

說實話，她撩起來真的無人能比，此刻眼睛清湛地看著他，亮如星辰，紅唇瑩潤，在昏若的壁燈下，如夜裡波光粼粼的平靜湖面。

心如擂鼓。

他低頭笑了下，目光盯著她的唇。

「賭什麼？」

向園再次伏到他的耳邊，低聲道：「輸了，就答應對方一個要求，上刀山下火海也要實現的那種。」

「行。」他點頭。

賭約打下不到三分鐘，最先後悔的是向園，她發現，他們之間，受不住誘惑的是她。

這個男人光是靠著陽臺抽菸的模樣，就讓她有點心猿意馬，心癢難耐地彷彿全身血液都被拱到了心頭，快得像是在打鼓。

向園洗完澡出來，穿了件黑色真絲吊帶裙。

徐燕時倚著陽臺的欄杆，背後的一片漆黑的夜幕，天地間樹木黏連，萬物蒼茫。比去年冬日，冒出了一叢叢濃密映綠的樹花，月光透過疏疏密密的樹縫間傾灑。燈火映在他背後，偶爾響過頓促的汽笛聲，掀翻城市的寂寥。

男人背靠著欄杆，脫了外套，單手揣在褲子口袋裡。另隻手夾著菸，指間的猩紅在黑暗中倏明倏暗。似乎有心事。

可轉頭瞧見她出來，兩人的目光在空中交匯，男人眼神驟然一深，他將菸銜進嘴裡，淡睇眼抽最後一口，隨即低著頭把菸頭在菸灰缸裡按了兩下，也沒看她，只是淡聲說：「過來。」

向園一襲黑裙，熨貼地裹著她勻稱韻致的身材，薄肩纖瘦，彷彿一陣風就能吹倒。第一次見到她穿這麼少，徐燕時勾著她的腰帶進自己懷裡，「不冷？」

向園兩隻纖臂勾上他的脖子，笑嘻嘻地蹭在男人硬邦邦的胸膛裡：「不冷啊，都快五月了。」

徐燕時黢黑的眼懶散地低頭瞧著她，揶揄地：「女人都這麼逞強？」

「哪裡逞強？」

腰上被人掐了下，低沉帶笑的嗓音在她耳邊：「那妳抖什麼？」

呼吸噴在她的肩頸，癢得不行，她甚至都來不及躲。被他牢牢圈在懷裡，捏著她的臉，有一句沒一句地跟逗貓似的盤問，她被問得七葷八素，他還是那派懶散冷淡的姿態，話直白卻又是徐燕時式的逗弄。

聲音低低沉沉，是情人間的傾訴。

陽臺壁恍的小燈，在夜風下輕輕搖墜，那渾然一體的兩具年輕身體如水乳交融般映在牆上，柔柔軟軟的素影，隨燈輕擺。

「想我沒？」男人低啞。

向園盯著他的薄唇，似氣他真忍得住，最後還是說：「想。」

徐燕時半笑不笑，半天不親下去，垂眼睨她，眼帶調侃。

「明天準備做什麼？」

「我約了尤智他們吃飯，我以為你去找林凱瑞……」

「妳還真的是個傻子。」

「你凶我？」

「哪敢。」漫不經心地笑。

靜下來。

半小時後，兩人又細碎說了些話。

男人低頭瞧她，最後問了句：「真的不冷？」

「冷。你抱緊點，不能親嘛，又沒說不能抱，」她如實說，跟八爪章魚似的，整個人緊緊貼著他，「你這段時間都忙什麼呢？」

「案子。」

兩人靜下來，他點了根菸抽，低頭看著懷裡的女人，眼神微沉。

「梁老師是不是去上海找過你？」向園仰著臉看他月光下分明的輪廓的問。

他一愣，抬頭瞥她，轉頭彈了下菸灰，淡聲：「嗯。前陣子來過一趟上海。」

「他來找過你啦？是不是跟你說圖斯蘭會議的事情啊？」

「妳也知道？」

向園也沒瞞著，跟他解釋：「我爺爺找過梁老師，想讓他把名額讓給我們，但是他沒想到梁老師看中的是你，年終吃飯那天大家碰過面，梁老師打電話給你的時候，其實我們都在，而且他開擴音……」說到這，她悄悄抬頭瞥他，低聲問：「所以，梁老師來上海沒跟你說？」

年終那天，他確實接到梁教授的電話，他當時沒多想，後來梁教授也也沒提過這事。

「沒有。」他低頭自嘲一笑，表情微哂，眼底黯然。向園很少見他露出這種表情，經歷過多少挫折、潰敗的男人，似乎永遠都沒對誰低過頭。

如今這眼裡的灰敗和歉疚，讓她心驟然一疼，像是被人狠狠抓了下，連肩膀都垮了下去，心隨著那升起的騰白煙霧，朦朦朧朧像是隔了層紗，抽疼得厲害。

「梁老師很少跟我說什麼，私底下也都是找老鬼他們聊，」他抽菸間或瞥了她一眼，菸虛虛搭在菸灰缸邊緣，垂眼盯著那忽明忽滅的猩紅菸頭，繼續說，「在西安那幾年也是，他從來沒打過電話給我，也不會對我說什麼徐燕時你要加油之類的話，過年碰面，也都只是普通的打聲招呼。我以為是我讓他失望的。」

「你等一下。」

向園鬆開他，噔噔噔兩步跑進房間拿手機出來，滑開相簿，遞給他，「看看吧，我錄了影片。」

徐燕時接過。

向園沒再打擾他，轉身進了臥室。

徐燕時在陽臺坐了很久，影片翻來覆去的看，直至手機沒電。

他將手機放在欄杆石柱上，目光遠凝，星空繁爍，指間的猩火沒滅過，斷斷續續……他凝了一下神，菸灰積了老長一截，風過，撲簌簌往下落，他回神，才淺淺抿一口，煙霧很淡，散在這四下無人的夜。

他起初沒答應，今年的案子都剛啟動，凱盛算是剛步入正軌，圖斯蘭會議議程還未定，長則三月，短則至少一個月，七月又是所有案子的測試期，他要是這個時候離開去開會，公司的案子沒人帶。

林凱瑞跟司徒老爺子的定位不一樣。林凱瑞年輕，血氣方剛，又有野性。雖然這人看起來有點不太可靠，可比起司徒老爺子，林凱瑞公司更私有化，只對錢感興趣。

東和集團走得是國企文化，需要國家部門支援，林凱瑞這種賺熱錢的公司，定位都在年輕人身上。對這種航太航空里程碑式的會議沒什麼實質興趣。

所以那天他答應梁教授好好考慮一下，可梁教授沒見他立馬答應下來，頓時臉色一變，沉著聲責怪他變了，以前那腔熱血呢？也被金錢腐蝕了？是不是出來看見這麼花花綠綠的世界覺得不公平了？我以為你不會變的。

他說他還在，梁教授不信啊，這麼好的機會擺在眼前你說你要考慮？鬼才信你沒變呢？面對那些言之鑿鑿的逼問，徐燕時無法回答。他始終保持沉默，梁教授氣得揣桌子，說他也不過如此，他很失望！

徐燕時卻始終沒有給他想要的答案。

如今他已經不再是一個人了。

他有個女孩子要養了，他的熱血還在，可他也想要向園開心。

凌晨三點，向園昏睡間轉醒，整個房間昏暗，她輾轉間發現身側是空的，於是腦中一激靈從床上爬起來，迷迷濛濛尋到客廳。

客廳也沒人，只一臺筆電開著，螢幕泛著幽藍色的光，烘托著整個客廳氣氛幽暗。

「徐燕時？」她小聲叫了下。

陽臺上立馬傳來動靜，有人拿著菸和打火機走進來，一看客廳的壁鐘，過去把人抱起來，橫在懷裡，低頭瞧她，柔聲道：「餓不餓？」

她迷迷糊糊地揉了揉眼睛，睏得不行，枕在他肩上，悶聲問：「有吃的嗎？」

「妳家裡沒吃的，樓下有個便利商店，我下去買？」

向園捨不得他大半夜還出去，抱著他的脖子，臉貼著蹭男人的體溫：「算了，不餓，你還不睡覺嗎？」

徐燕時把人放到床上，「我去關電腦。」

等他再進來，向園打開檯燈，靠著床頭看他，頭髮凌亂地散在肩上，烏黑得跟身上的吊帶睡衣融為一體。她朝男人勾勾手。

徐燕時走過去坐下。

向園額上全是汗，額角髮髻位置碎髮濡濕地貼著，卻認真地看著他：「考慮好了嗎？」

徐燕時摸了摸她的臉，「有件事，本來打算明天跟妳說。」

「什麼事？」

「我明天晚上的飛機去美國找林凱瑞。」

臥室檯燈昏黃，溫馨地攏著光。

他的拇指在她臉上摩挲，「明天中午陪你們吃完飯我就走。」

「好吧，非走不可嗎？」

「嗯，非走不可。」

「圖斯蘭的事情呢？」

「我再找梁老師談。」

「好，睡覺吧，徐徐。」

向園拍拍身邊的枕頭。

「啪嗒」關燈，整個房間瞬間陷入漆黑，窗簾拉著，漏不進一絲光，密不透風。

向園側躺，只覺呼吸漸漸紊亂，大腦跟打了雞血似的活躍得不行，她心跳加速，連此刻這麼靜靜躺著就都可以感受到一蹦一蹦的脈搏，額角緊跟著滲出汩汩的汗水。

臉上更是熱得能燒水。

頭皮也麻，渾身都麻，從腰骶骨一直麻到腳尖，跟觸了電似的。

幾秒後，被人從後面抱住。

向園瞬間整個人僵直，彷彿點了火，腦中瞬間爆炸，轟然一聲，心跳瘋狂而劇烈！

後頸氣息溫熱。

「徐燕時，還沒五月三十呢！」

徐燕時看著身下面色緋紅化成水的女人，他也一身汗，那眼睛像是被浸濕似的，亮晶晶卻無奈地笑著將頭半埋進枕頭裡，竟忍不住罵了句髒話。

向園以為自己聽錯了。

「你罵什麼？」

「靠。」他還埋在枕頭裡，濕漉漉的眼看著她，冷淡重複，看來是真的急了。

一室靜謐，屋內沒有一絲光，密不透風。

兩人熱烘烘地拱在被窩裡，像個大蒸籠，貼合之處汗水汩汩。

兩人眼神在黑暗中對上，瞧不太真切，濕漉漉的像是拱著火，男人呼吸微促，吸了口氣，翻了個身仰面躺下，躺了三分鐘，大概是靜下了，徐燕時準備下床啞著嗓說：「我去洗澡。」

燈點亮，男人進了浴室，隨即傳來嘩嘩的水流聲。

翌日。

向園醒來已近十點，迷濛睜眼，瞧見床邊坐著她朝思暮想的男人，瞬間精神，軟軟地撲進他懷裡，埋在他頸間，狠狠地吸了口氣，在他溫熱寬敞的懷抱裡使勁蹭著。

「一早醒來就看見你的感覺真好呀！」

男人低頭看看窩在自己懷裡的女人，跟小貓似的，聲音也輕，低低柔柔地跟他撒嬌，看得出來是真的挺喜歡自己的。

徐燕時坐在床沿，看她像隻無尾熊似的牢牢抱著他的腰用力拱在自己懷裡，撈過一旁床頭櫃上的錢包，從夾層裡抽了兩張紙出來。剛放進去的。

兩人昨晚折騰到四點才睡，他八點慣常醒來，等她醒的時候，閒著無聊寫的。

向園抬頭甕聲甕氣地問他：「這是什麼？」

徐燕時把兩張紙疊好遞過去，讓她挑一張：「妳不是要情書？」

「怎麼有兩張？」

「有一張不是，挑不中就沒得看了。」

向園從他懷裡起來，氣急，惡狠狠瞪他，「你這人怎麼這樣！我不挑！或者你告訴我哪封是！」

「真的不挑？那算了。」徐燕時不吃這套，作勢要收回。

「……」

向園抿著唇，又被他帶著跑了，「你等一下，我先看看嘛！」

男人抱著手臂等她慢慢挑。

窗簾敞著一條縫，有光漏進來，落在地上，屋內光線昏弱。

向園一臉凝重地看著床上那兩張紙，表情猶豫不決地抽了一張。

徐燕時看她那膽戰心驚樣就笑得不行，最後還逗了她一下：「確定了？」

女孩眼神一縮，表情尤其驚慌，又小心翼翼地拿了另外一封，試探地覷著他的表情變化，可這個男人太冷靜，全都是一副看好戲的表情。

最後視死如歸地拿了一張，一打開，有字！

選中了！

她興奮地去翻另一張，一打開，也有字，很簡短，只有一行英文。

——You'll never have to go through anything alone, ever again, because you have me now.

——妳再也不必經歷風雨，因為妳有我了。

一模一樣，兩封都是。

向園本來還想說你又逗我。

「你是為了遷就我，寫得這麼簡單的嗎？」

「想多了，網路上抄的。」

其實是特別找了一句網路最美翻譯，因為怕她找翻譯還翻不出準確的，最好是網路上一搜就能找到的，所以找了這一句英文，一搜尋第一頁就是，省得她往下翻。

「……」

徐燕時笑著把人從床上拎起來：「昨晚還好嗎？」

昨晚……

提到昨晚，向園心就熱了，彷彿有陣熱烘烘的氣體在她血液裡亂竄。

她昨晚看見他腰上的刺青，xys。超級自戀。

第一次見有人刺青刺自己的名字。

「你這個自戀狂。」

徐燕時笑笑不答，直接把衣服丟給她，罩在她腦袋上，懶洋洋地看她像個沒頭蒼蠅似的套不進袖子，也沒反駁。

一上午的情緒都不怎麼高漲。

高冷他們到的時候，徐燕時在點菜，剛把錢包揣進口袋裡，高冷一個箭步衝上去撲到徐燕時的懷裡，勾著他的脖子，使勁蹭他，徐燕時二話不說把人剝下來。

高冷委屈巴巴地看著他：「老大，你現在都不讓抱了！」

徐燕時瞥他一眼，冷淡地說：「哥哥有家室了。」

「……」

「……」

「……」

等徐燕時端著咖啡離開，他們留在前臺點餐。

高冷目瞪口呆，對尤智喃喃說：「老大的女朋友到底何方神聖啊，能把以前那麼高冷的一個人，變得這麼騷？」

尤智回頭看了坐在位子上的向園一眼，似乎看出了什麼。

可高冷這個傻子呢，還在喋喋不休地說：「你說老大都交女朋友了，還跟我們向組長走這麼近，他女朋友不吃醋嗎？」

高冷至今沒改掉向組長這個稱呼，他覺得親切。

尤智卻冷不防說：「你有沒有想過，老大的女朋友可能是向組長？」

「你這麼說好像也有道理。」

一夥人眼神交替，頻頻點頭。

向園感覺那波人走過來的眼神有種三堂會審的架勢。

「嘭！」一杯杯咖啡齊齊放在桌上。

緊接著，「啪」一聲！

幾人又同時扯開凳子，眼神如虎地緊緊盯著他們，曖昧的眼神在他們身上來回梭巡，嘴角均掛著一抹邪笑，整齊地坐下去。

向園有種被一群豺狼攻擊的感覺，心虛地喝了口咖啡，清咳了一聲。

徐燕時穿著件白襯衫，淡定從容地坐在一旁。

隨後，她聽見徐燕時說：「這個海膽精是誰？」

「……」

「……」

「……」

虎視眈眈地氣氛瞬間被滅，所有人紛紛互視了對方一眼，確認老大嘴裡那個海膽精到底是誰，最後目光鎖定在尤智身上。

高冷這才驚覺：「真的是海膽精，我剛剛都沒注意，你的頭髮怎麼這樣了？」

有高冷這種豬隊友，在老大面前是永遠占不了上風的。

尤智一字一句：「這叫錫紙燙。」

施天佑添了句嘴：「真的很像海膽精，老大的用詞還是一針見血。」

高冷笑得直拍桌。

厲害，直接把話題帶偏了。

這招先發制人還挺管用的。向園越發覺得這個男人優秀，離開這麼久，餘威猶在啊。

徐燕時晚上九點的飛機從北京出發，他坐到兩點就準備走了，還挺乾脆的，帳結了直接就下樓了，也沒折回去道別，傳了訊息給向園。

xys：『走了。』

向園的手機在包裡沒聽見聲音，等她拿出來看見這則訊息的時候，已經過去二十分鐘了。著急忙慌傳回去：『你怎麼沒說一下就走了。』

xys：『人太多，說來說去也麻煩。主要是怕妳難過。』

其實是怕看她捨不得的眼神，在這麼多人面前她又不敢表現出來，得壓著，情緒不受控，乾脆就直接走了。

向園：『已經難過了。』

xys：『真的？』

向園：『騙你的啦，你快走啦。』

xys：『真的難過？』

向園：『有點。還沒走就有點想你了。』

xys：『下來，我還沒走，停車場等妳。』

看到這則訊息，向園幾乎是二話不說抓起包就往停車場跑，她從來沒有跑這麼快過，幾乎用盡了生平所有的力氣，只要想到樓底下有個男人在等她，她腳下的步伐便不由得加快，心跳如鼓，彷彿要從心口跳出來，血液在奔騰！

果然，空曠的地下停下車場，徐燕時正倚著車前頭在等她，黑色大包丟在一旁。

向園衝過去，撲進他懷裡，抱著那熟悉又結實精瘦的腰及硬邦邦的胸膛，她的臉貼著，使勁蹭了蹭，在他頸窩裡，汲取溫度，一遍遍地磨著。

她喘息著，平息自己狂亂的心跳，太陽穴突突突地直跳，她聽不見任何聲音，耳邊嗡嗡嗡直響，連耳廓都是熱的，低聲問他：「你怎麼還沒走？」

徐燕時抱著她，在她耳邊啄了下：「妳沒回，我以為妳不高興。」

「我不高興你就不走嗎？」

「想把妳哄高興了再走。」

「那我要是一直沒看到訊息，你不是要錯過航班了？」

「只能改簽了。」

向園終於忍不住，抬頭看他，稍有些得意：「徐燕時，你這麼喜歡我嗎？」

他罕見的沒開玩笑，看著她，眼睛裡的慎重和認真卻讓她為之一跳。

「妳知道茴香豆的茴，有四種寫法。」

「嗯？」她一臉茫然地看著他。

徐燕時笑著說：「徐燕時的縮寫也有兩種意思，我腰上的紋身，不是xys，是xy's，懂了嗎？」

xy's，向園的。

徐燕時在美國待了七天，回來時調了三天時差，就去北京找梁教授。

儘管上次有點不歡而散，梁秦看見他還是高興的，背著手把人領進屋，又吩咐妻子出去買點菜，徐燕時也沒客氣，跟梁夫人禮貌地說了聲：「麻煩您了。」

師母時隔多年，再見先生當年這位得意門生，鼻尖泛酸，竟有些熱淚盈眶，她低頭，抹了抹眼角，將淚水生生收回去，說：「你們好好聊聊，我去買菜。」

兩男人看著她換了鞋出去。

一時無言。

梁秦看他一眼，沉聲：「跟我進來。」

說完率先背手進了書房。

徐燕時跟進去。

梁秦開燈，指了張凳子讓他坐。自己則立到書櫃前，捻了一抹香，邊點邊問：「考慮得怎樣了？」

「我跟上司商量過了——」

被梁秦不耐煩打斷：「好了，別用這種場面話來敷衍我，還上司，你不是副總嗎？這麼一點說話的權力都沒有？」

徐燕時笑了下，「七月到八月可以，但最遲八月我得回來，公司有個專案我要親自帶。」

梁秦把火頭吹滅，回頭瞥他一眼，淡聲說：「行了，八月讓你提前回來。這次跟部隊合作，所以到時候還會有個空軍特種跟著我們一起去。國防部還派了兩個軍事專家，大家都很重視，你別不當一回事。案子再重要，也要服從國家的安排，到時候我儘量幫你調和。這個名額來之不易，你知道司徒明天找過我多少次嗎？」

徐燕時點頭：「知道。」

房間再次靜下來。

梁秦轉頭對他說：「我記得你畢業那年對我說，這輩子唯一的夢想就是成為頂尖的

ＧＮＳＳ工程師，這話還記得嗎？」

「記得。」

梁秦把香盆放到桌上，他拉開椅子坐下，望著窗臺上的蝴蝶蘭，眼神惆悵。

「前兩天，封俊來看我，問我你這幾年過得如何？」說到這，梁秦抬起目光，深深地看了眼徐燕時，「徐燕時，你說你這幾年過得怎麼樣？你對你自己滿意嗎？你覺得你自己變了嗎？」

畢業近五年，他過得算是不盡人意。

他也曾屢次問過自己，徐燕時，你變了嗎？

他沒說話。

梁秦靠在沙發上，手肘杵著扶手，手掌捂著嘴，他抬頭，細細打量面前這個稚氣全脫，眉宇間冷淡如常，輪廓比當年更硬朗和凌厲，臉也比以前瘦，但眼睛卻一如既往的乾淨、黑白分明。

只是，在那雙眼裡，再也看不到執著。

梁秦笑了下，倒了杯茶。

「說不失望是假的，我是滿懷希望地來找你，我以為你就算是立刻辭職也會珍惜這個機會跟我去圖斯蘭，可我沒想到，你告訴我要考慮一下。當然，我並沒有指責你。可能是我們身為老學究，思想古板。」

「徐燕時，人要活下去很簡單，但是要帶著夢想活著，很難。」

「我作為老師，也僅僅只能幫你到這，剩下的路，還是要靠你自己走，但不管你走哪條路，我都發自內心的尊重你。不瞞你說，我見過太多老朋友犧牲家庭，犧牲孩子，犧牲愛情，奔走在研究第一線，可最終呢，研究成果在科學道路上的貢獻可能是微乎其微，歷史記不住我們——」

「老師，我懂。」

梁秦沒有再說下去，終是點點頭，似要再說什麼，卻聽他說——

「諸君北面，我自西向，只要還有人前仆後繼，就不會有人離開。我是，老鬼是，張毅也是。」

一頓飯結束，徐燕時告別。

等人走遠，梁夫人才忍不住摔了筷子。

「我回來都聽見了，你跟他說什麼呢！這幾年是他願意的嗎？你又不是不知道他的情況，你剛剛那麼說，他心裡多難受？」

「行了，別說了，我是怕他變得跟——」

梁夫人：「跟那誰？就那個一有錢就忘本後來還因為挪用公款被抓去坐大牢的得意門生啊？徐燕時跟他能一樣嗎？品行上也看的出來吧？他現在賺不少錢吧，你看他有哪點對你不尊敬了？我真是心疼他。」

梁秦沉默，也知自己剛才過分了。

他也只是怕了。太多人在夢想這條道路上迷失了，他只是害怕連徐燕時也忘了初心。

走出樓梯口。

徐燕時收到梁教授的訊息，他低頭看了一眼，回了：『沒關係，老師保重。』

梁秦的話雖傷人，可確實讓他警醒。

那陣子徐燕時的心情都不太好。

除了晚上偶爾跟向園視訊的時候，他沒什麼情緒，平日裡林凱瑞都覺得他快成為一個行走的製冷冰箱了，看誰都冷。

可好像這才是真正的徐燕時。

向園在訊息倒數計時。

向園：『xuxuxuxuxu，還有五天哦。』

向園：『xuxuxuxuxu，還有三天哦。』

向園：『xuxuxuxuxu，還有一天哦。』

嘎噔，倒數計時忽然在這斷了，越臨近，越期待，向園惡作劇心驟起，開始調戲他。

向園：『徐燕時，這週末我們要加班。』

xys 幾分鐘後回：『尤智說不加。』

向園：『完蛋，我明天生理期。』

xys：『我記得妳十二號剛來過，月經不調？』

向園：『……你怎麼記得？』

xys：『尤智說妳那天沒去上班。』

向園：『你記性怎麼這麼好，不過也好，我經常記不住自己生理期的日子，以後你幫我記啊！』

向園翻出手機，看著日曆上的二十八號，心跳咚咚咚跳個不停，忍不住臉紅了，她心焦急切地盼著，這一天怎麼過得尤其漫長呢……怎麼還沒到三十號呀，好想見他。

相比較向園那邊的兵荒馬亂。

徐燕時這個最早在手機上做了倒數計時的男人，反倒沒有再看過時間，手機上的日曆從記錄下的那天起就沒有打開過，根本不會去計算還有幾天。

全程淡定地工作，談客戶，聊專案。

排程得滿滿當當，對那件事完全沒放在心裡。

林凱瑞是第一個發現徐燕時的刺青的人，那天兩人出去應酬，徐燕時喝多了在辦公室換衣服，林凱瑞垂涎他的腹肌許久，趁著那空檔眼睛往他腰腹間不停地瞟。

結果，瞧見一個黑色刺青。

不得了，嘖嘖嘆聲：「你居然有刺青。」

徐燕時隨手套了件外套，「嗯」了聲。剛刺好那天有點不湊巧，向園跟他視訊，想看他腹肌，平時想看了也就給看了，那天剛刺青好還腫著，怕嚇到她，就沒答應。

那俐落乾淨、線條流暢的三個英文字母半遮半露地蓋在他的褲子下。

徐燕時整個人渾身上下都透著冷淡，平薄的腹肌略有收效，一塊塊平實地鋪著，寬肩窄腰，線條流暢的身材，確實更緊實和修長，穿衣服好像更顯瘦。

林凱瑞二話不說當即轉身下樓辦了一張健身卡。

不知是被向園這個烏鴉嘴說中了，還是命運就是如此多舛才顯得成功有多難能可貴。

五月二十九日晚上，向園接到飛行隊的電話，她早年考了個飛行執照，後來恰好有批停產的導航儀器沒地方處理，向園把這批導航全部捐給她之前那個飛行隊。

結果，現在這批導航出了問題，她得帶人過去檢測，要回趟北京。

向園：『飛行隊有批救援導航出了問題，教練讓我帶著檢修師傅過去一趟，你說我要是不去，教練會不會生氣？』

xys：『不用帶檢修師傅了，那批導航我會修。』

兩人絕對沒想到，五月三十見面是這樣一副場景。

徐燕時揹著黑色斜背包在背後，一身黑，帶了頂鴨舌帽站在人潮洶湧的航廈大廳，一隻手抄在口袋裡，一隻手兩指捏著手機來回甩，一臉散漫冷淡。

向園則拖著行李箱，短袖A字裙，眉眼溫順、又調皮地朝那個人群中高挑清瘦的男人眨了眨眼。

航站大廳熙熙攘攘，人來人往，廣播提示音冷冰冰地不間斷地在人群中迴響。

兩人準確地在人群中找到彼此，然後朝著對方的方向，都忍不住笑了。

似乎在笑命運的安排，又似乎在笑他們自己那所謂的儀式感。

徐燕時直起身，闊步朝她走來。

向園也拖著行李箱，筆直地朝他奔過去。

他們在洶湧的人潮中，隔著那些攢動地人頭，當著那些或豔羨、或好奇的目光，堅定不移地走向彼此。

「所有導航都沒壞，只是審核過期了，需要重新下載一批註冊碼，」徐燕時做完測試摘了耳套對教練說，「不過這批儀器停產了，註冊碼我要找廠商問問，不一定有，我儘量想辦法。」

教練微胖，面方，憨實地笑笑：「那真是謝謝你了。」

徐燕時坐在飛機副駕駛座，看著不遠處準備上飛機的向園，低聲問了句：「你們是專業救援隊？」

教練的目光也盯著向園，有問必答：「對，飛行救援，運送物資什麼的，向小姐也是在我這考到飛行駕照的。向小姐很有愛心的，她有空也回來參加我們的救援，平常還時不時捐點物資給我們。」

徐燕時把耳麥遞給他：「聯絡地面。」

教練照做，隨即把耳麥轉給他，徐燕時：「指導，麻煩問一下向小姐，她在做什麼？」

沒多久，耳機那頭傳來向園悅耳的聲音：『徐先生，她在表白。』

他眉一沉，「別鬧，下來。」

那邊悅耳盈盈的聲音傳來：『記得看導航，我已經讓教練把定位連上你那邊的導航了。』隨後聽她問一旁的副駕駛：『航線定了嗎？』

「定了。」

話音剛落，停機坪的直升機忽然絞如風地從地面升起，四周狂風亂舞。

徐燕時低頭。

導航隨著那直升機的飛行弧度，慢慢畫出了一條綠色的航線。

耳機那頭，有人慢慢地說：『徐燕時，你看。』

「看見了。」

『知道是什麼嗎？』

「愛心。」

『哇，我畫得這麼好？』

「嗯，很標準。」徐燕時面不改色地說。

等斷了線，教練看著那亂七八糟跟麻線球似的一團線，忍不住插嘴：「哥們，別鬧了，這是愛心？」

徐燕時：「您有女朋友嗎？」

「沒有。」

「正常。」

教練的小眼睛激動地冒光，看著這個冷淡的大帥哥，覺得這男的肯定超會釣妹子，彷彿抓住了救命稻草，還挺不好意思地撓著頭跟人請教：「你有什麼追女孩的訣竅能傳授嗎？」

「等您能看出這是個愛心的時候，就會有了。」

「……」

晚上，徐燕時不是飛行隊的人，所以只能跟向園回了基地。

家冕安排了一個房間給他，不知道哪來的警惕，把人安排進去之後，下意識把妹妹牽走，向園還想單獨跟徐燕時聊兩句，半個字都還沒說，直接被家冕不耐煩地拖走，「行了，他自己會照顧自己的，妳在這裡亂什麼，回妳房間去！」

「哥，你讓開，我跟他講兩句話。」

家冕不讓：「大半夜的有什麼好講的，明天再講。」

「……」

於是向園只能站在門口正經嚴肅地跟徐燕時道別：「徐先生，早點睡，今天很感謝您的幫助。」

徐燕時垂眼睨她，冷淡地：「客氣。」

連路過的陸懷征都忍不住盯著這男人瞧了一眼，笑著跟家冕說：「向園長大了，挺有禮貌。」

向園：「徐先生，晚安。」

徐燕時：「晚安，向小姐。」

半夜十二點。

陸懷征聽見隔壁房間響起了很輕的敲門聲。

他聽力敏感，一丁點動靜就睡不著，索性拿了衣服進浴室洗澡。

徐燕時半坐在窗臺上抽菸，二樓是隔層，樓層不高，窗臺也矮，他半坐著，一條腿支在地上，一條腿鬆鬆地搭在窗臺上，旁邊擺了個菸灰缸，手上夾著根菸，搭在菸灰缸上。

他人看著窗外漆黑的夜色，燈火在他眼底閃爍，如薄暮似水的目光，緩緩落到向園身上。

隨即他很快收回，低頭輕彈了下菸灰，「妳哥睡了？」

向園「嗯」了聲。

「我送被子給你，這邊晚上會有點冷。」

男人穿著白襯衫，袖口、領口都敞著，袖子捲了幾捲到手肘處搭著，露出一截清白有力的手臂，比平日裡釦子扣得一絲不苟的禁欲清冷多了些懶散和性感。

他把菸熄滅在面前的菸灰缸裡，低頭笑笑：「過來。」

向園乖乖走過去。

他仍是半側坐著窗臺，等她過去，他把窗簾拉上，抱著手臂後背靠上窗框，像是喝了酒，懶洋洋地微抬下巴垂著眼皮瞧她：「只是來送被子的？」

瞧他漫不經心的眼神，向園的心跳不期然砰砰加快，如擂鼓咚咚在胸腔裡狂跳，耳廓漸熱。

屋內亮著一盞昏淡的檯燈，光線泛黃，窗簾一拉，格外靜謐和溫馨，血液直暈暈地往她的腦袋上衝，小聲問他：「你明天走吧？」

徐燕時「嗯」了聲，隨即拉著她的手，環到自己腰後，將人圈在自己懷裡，微抬頭看著她。

兩人的視線在空中交融，如同化不開的糖，黏稠而濃烈地盯著彼此。燈光暗下去，牆上映著兩道糾纏的身影。

在飛行基地待了一天。第二天傍晚，徐燕時提前走，先回北京等她。暮色漸漸下沉，城郊寧靜，市區喧囂。

徐燕時把車緩緩停到樓下，目光瞥見昏黃的巷口站著一個熟悉的身影。

那人的目光也隨之瞧來，一愣，神色凝滯，隨後微微彎下腰，想瞧前擋風玻璃裡的人是不是他。

徐燕時沒有下車，熄了火，單手鬆開襯衫領口，低頭點了根菸，靜靜坐著。

男人也沒有上前來打擾，躊躇立在原地。

長巷靜謐無人，街燈昏黃地照著，飛蟲紛亂團團圍著那昏白的路燈。

如墨的長夜延伸在巷子的盡頭。

車內的男人面色冷淡地抽完一根菸，猩火燃至盡頭，他也沒滅，就那麼靜靜地夾在指間，搭在車窗外。

那彷徨無措的男人，瞧著車窗外那點即將碾滅的火星，心裡的希望也隨之熄滅，他慢慢轉過身，似乎準備離開。

身後車門，「砰」一聲！

徐燕時來到他面前，「找我有事？」

男人忽而變得驚慌失措，都不敢看他，微低著頭，喃喃地說：「沒事，沒事。只是路過，來看看你。」

「不用了，以後都不用來了。」

男人後脊背瞬間僵直，路燈下，他臉色英挺而慘白。

其實想像得出來，年輕時也是一張非常英俊的臉，只是眉宇間的畏懼跟徐燕時截然相反。

徐燕時坦蕩，有風度，不張揚，成熟得讓人安全感十足。

話未說完，人已走遠。

徐明啟眼神驟縮，表情頗為難，手機在口袋裡瘋狂地震，他緊緊咬牙，轉身跑到徐燕時面前，猝不及防狠狠給了自己一個大耳光！

「我不是東西！我確實不是東西！」

徐燕時停下腳步，淡淡看著他，「有意思嗎？」

徐明啟終於抬起頭瞧他，眼裡如同燒著一叢叢火焰，恨不得自焚謝罪。

徐燕時撇開頭，眼神投入無盡的黑夜中，沒再瞧他，卻聽徐明啟顫著嗓子說：「如果不是沒有辦法，我也不會來打擾你——」

燈光攏著，徐燕時後背恍如山石般僵硬。

四周靜謐，蠅蟲在月光下飛舞，樹梢間弱聞蟬鳴。

「你能不能……把上次我留給你的五十萬，先還給我……」徐明啟急切地解釋：「就當是我借你的，伊美弟弟要結婚，對方要五十萬彩禮錢，我沒辦法……我可以給你欠條——」

不等他說完，徐燕時甚至都沒瞧他，俐落地掏出錢包從夾層裡拿出一張卡，「兩百萬，五十萬還你，剩下的一百五十萬給徐成禮。」

徐明啟沒回過神，怔怔瞧著他手中那張卡。

「密碼是我老婆生日，九零零六一八。」徐燕時把卡丟過去。

徐明啟堪堪接住，卻沒回過神，「你結婚了？」

「對，我結婚了，」徐燕時說，「還有事嗎？」

徐明啟久久沒回神，不敢相信，卻也沒敢舔著臉皮問究竟是什麼樣的女孩子。

他想，他應該是澈底失去這個兒子了。

可這樣也好，伊美家庭複雜，他現在事業剛起步，斷了關係也怕伊美纏著他，如若不是走投入路，他斷斷不會舔著臉皮來打擾他，他跟成禮不一樣，他跟他母親像極了。

第二天，徐燕時在門口的牛奶箱裡收到一封信，裡面是一張卡和一張五十萬的欠條。卡裡一百五十萬，徐明啟原封不動還給他。

當天下午，向園從十三陵飛行基地提著行李回來。

當時，梁秦在他家，特地為那天的話來找他道歉，說不上道歉，畢竟這麼一德高望重的老學究跟一個晚輩道歉，說出去也不成樣子。要不是妻子在家裡一天到晚碎碎念，梁秦被她念得精神恍惚，上課都心不在焉，講錯了內容。

「我只是替你惋惜。如果你當初要是聽我的意見……」梁秦擺擺手，「算了，不提也罷，現在也來得及，我之前托老慶他們問過你，問你有沒有興趣進研究所，你當時身不由己，現在債都還清了吧？」

徐燕時靠著沙發，微點頭，「嗯，清了。」

梁秦頷首，抿了口茶水，繼續說：「那就行，今天十月份韋德校招開始，你要是有興趣，我跟幾個老師一起幫你寫推薦信。只不過進了研究所，跟你現在的行業會差太多，錢少，活多還枯燥。」

「校招？」

梁秦一笑，忙不迭解釋說：「今年校招跟社招同時進行，社招一般在二月，今年提前。但年齡僅限二十八歲以下，你還沒過二十八吧？」

往日，社招的年齡在三十五歲以下。

「沒。」

梁秦放心了：「這次的社招跟校招差不多，要寫論文，這應該難不倒你。不過到時候簡歷整理一份給我，我跟幾位老師先看一遍，再幫你寫推薦信，別謙虛，簡歷怎麼花俏怎麼寫，他們就愛看這個。」

話音剛落，有人砰砰砰敲門。

兩人齊齊看過去，徐燕時說了句抱歉，您等下。

門一打開。

向園直直撲進他懷裡，抱著他死活不肯放手。

向園明顯感覺到徐燕時僵了下，她心下一凜，都說男人得手後感情就會淡。此刻有點不敢相信地緊緊悶在他結實的懷抱裡，臉貼著他的胸膛，悶著聲非常委屈地說：「我就知道不該上床，這才一天，你連抱我都不用力了。」

「……」

「……」

下午，一束光斜斜地鋪陳進來，將昏暗潮濕的房間，照得通亮。

向園窩在他懷裡，屋內的視線被他的手臂擋了一大半，只有那束光裡坐著一雙腳，腳上的中年老皮鞋，像刀尖似的增光發亮。原本還挺悠哉地有一下沒一下地用腳尖點地。

聽聞那話，那雙腳驀地先是在半空中停了一瞬，彷彿怕被人發現那般，悄悄地、悄悄地，將腳尖慢慢放平……

梁秦本來還挺得意地點了根菸，隨即，菸也掉了，順著他褲腿輪廓落在腳邊，呆住。

有人？

向園心底瞬間如沸水那般滾燙起來，血液全往一處去，臉直接紅到脖子根，低頭臊眼地埋在他懷裡，用只有他們兩人能聽見的聲音說：「有人？」

徐燕時低頭瞧她，「嗯。」

「誰啊？」心頭突突地跳，向園恨不能原地劈條縫出來。

「梁老師。」

男人倒是很冷靜，一點也不尷尬。

向園心裡憋了一串說辭，想在這位老學究面前為徐燕時挽回一下形象，可顯然，老學究也是個老不正經的，趁徐燕時去幫她放行李的空隙，梁秦逗她：「妳不用太擔心，這小子做什麼事都不太用力，跟你們那個沒關係……」

向園低頭找縫。

梁秦又問：「在一起多久了？」

向園漲紅著臉：「半年。」

梁秦笑靠著沙發背：「妳主動追的？」

怎麼想自己學生那冷淡性子也不是主動會追的人，卻不料，徐燕時從房間出來，手上拿了杯水遞給向園，在她旁邊坐下，淡聲接了句嘴：「我追的。」

向園小口小口地低頭抿著水喝，心裡一萬個感激徐燕時這杯水。

徐燕時是怕她尷尬，特地倒滿的，沒想到——

梁秦似是驚訝地挑了下眉，翹起了二郎腿，直白地說：「什麼時候結婚啊？」

「咳咳……」向園直接嗆水。

徐燕時抽了張紙，給她拍背，話也很直白地回答梁秦：「不結。」

「為什麼啊，你們都快三十了吧？」梁秦小聲地湊到向園身旁：「怕他分妳家產啊？」

向園忽然有點理解，徐燕時那直白私底下又有點混的性子到底像誰了。

徐燕時笑了下，對梁秦說：「您別逗她了，她會當真的。」

隨即對向園說：「進去休息一下？我跟梁老師談點事。」

「好。」

等人進去，兩個男人瞧著那道慢慢鎖上的門，梁秦才又認真地問了句：「真的不結？」

徐燕時轉回頭，弓在沙發上，點了根菸，「嗯」了聲。

他怕向園聽了梁秦的話會有負擔，所以哄她去休息。

梁秦不再說話，兩人聊了下研究所具體的事宜便不再打擾他們起身走了。

行至門口，梁秦換好鞋在門口猶豫不定地杵了一下，還是忍不住語重心長地勸了句：

「我雖然知道現在的年輕人都喜歡玩新鮮，但人要順應社會的自然法則，你又不是那種結不起婚的低階人員，雖然跟那女孩的家境差距有點大，但我覺得人有時候該吃軟飯還得吃……」

梁秦苦口婆心：「真的，不結婚以後老了沒孩子養，我跟你說，很寂寞很孤獨。」

徐燕時以為梁秦是擔心他老無所依，畢竟他現在真的是黃金單身漢。

卻不料，梁秦後面那句才是重點，他痛心疾首地說——

「你的基因不能浪費了啊，不結婚生個孩子也行，」隨即，一邊說一邊從錢包裡掏出一張名片遞給徐燕時，「這是北京最好的男科醫院，醫生是我學生的老公，你先把你的精子冷凍起來，不然，等你上了三十歲，品質會受影響，我說認真的——」

臥室門被人推開。

向園瞧他進來，她坐在床邊，男人把書桌面前的椅子反過來，對著她坐下，人懶洋洋地靠上椅背，眉眼壓低去對她眼睛，低聲問：「害羞？」

屋內窗簾關著，昏暗。

約莫是瞧不清楚，徐燕時長手一伸打開床頭櫃上的檯燈，暈黃的光線瞬間撐亮整個房間。她的臉到脖子根甚至耳根都是紅的，心底灼熱如燒，低聲說：「沒有，梁老師怎麼在這——」

被他笑著打斷，拉住她的手，把人按到自己的腿上，微仰頭看她泛紅的耳根，逗她：「我是說昨晚。」

向園看他笑意湛湛的嘴角，氣惱地在他胸口狠狠一掐，「你是不是騙我，你昨晚都沒那什麼……」

他的大腿敞著讓她坐，人則靠在椅背上，也沒瞞著，挺誠實地墊了下腳點頭說：「是沒有。」

向園：「……」

「別想多了，」他哼哧一聲，眉心掛著散漫的笑，也不知道自己的口氣為什麼那麼酸，

「我聽見妳跟懷征哥說話了——」

向園叫誰都是連名帶姓的叫，唯獨陸懷征，一口一個懷征哥。

向園假裝沒抓到重點，驚慌地捂嘴，那雙水靈靈地眼睛緊緊盯著他，故意逗他：「對哦！懷征哥也在！」

徐燕時冷眼瞥過去。

向園氣他似的，笑盈盈地又叫了句：「懷征哥？懷征哥？」

「再叫一句？」聲音危險。

「懷征哥哥——」

向園摟著他的脖子，笑得跟花似的。

下一秒，嘴唇被他重重含住，舌頭不由分說地闖進來攪弄，一點都不客氣，比往日更緊密，甚至都不留她呼吸的空隙，重咬輕吮力道拿捏極好，向園沒兩下就意亂情迷，勾著他的脖子纏綿萬分，軟榻如水。

徐燕時惡劣心作祟，進退有度，親一半退開，懶懶地靠著椅背看她眼含春水欲罷不能地想要自己親她。

縱使湊過來，他也微微撇開頭，人往後仰，不肯親，冷淡睨她，「哥哥今天累了，想睡覺。」

向園小腦袋瓜一轉，作勢從他身上下來。

「好的呀，燕時哥哥。」

下一秒，被人牢牢按在腿上，動彈不得。

向園：「你快放開我呀。」

徐燕時靠著椅背，微抬著下巴，冷淡叫人駭然，「再叫一遍。」

「好話不說第二遍。」

兩人的心跳都如擂鼓般，向園其實挺心虛，怕真的把他惹急了，要推開些許。

他牢牢地將人按在腿上，徐燕時的手指拽上她的下巴，一抬，眼神清冷肅然，氣息卻熱：「妳故意的？」

向園笑著躲。

晚上，向園抱住他精瘦結實的腰，臉貼著那清秀乾淨的紋身，一點點貼著蹭，感受著他熨燙的體溫，一點點從心底漫上來，甚至要吞沒她所有的理智。

奇怪，怎麼一天比一天更愛他呢？

她好像快要被他治好對婚姻的恐懼了，如果生個跟他一樣的小孩，好像也挺好的，一大一小坐在沙發上打遊戲，或者聽徐燕時訓小孩，好像也挺有意思。

好像不管他做什麼，她都覺得很有意思。

「徐燕時，我有點想跟你結婚了。」

轉眼，七月。

圖斯蘭會議上了各大新聞網首頁。

圖斯蘭開幕式那天，代表團被媒體的長槍短炮團團圍住，新聞媒體逐一發問，幾人拍完照，準備離開之時，一位外國女記者忽然用英文向其中一位軍事專家發難。

「蔣教授，聽說貴國的韋德將在年底發射第二十顆全球定位衛星，我們有些好奇，既然已經有了美國的GPS，而且技術比任何國家都先進與方便，不明白你們為何還要多此一舉。」

代表團等人紛紛停下腳步。

這話聽起來有點挑釁的意思，整個會場瞬間寂靜，等待著對此作出完美的解釋。

梁秦跟蔣教授互視一眼，正在組織語言，如何把這話題說得婉轉而又不得罪人，面臨這種場合，攝影鏡頭記錄了每一幀畫面，稍有不慎，損毀的是國家形象。

然而，萬眾翹首以盼之際，卻聽見耳邊響起一道年輕男人的聲音，標準的英音——

「以前沒錢的時候，我也覺得租房比買房划算。」

一句話，將話題乾脆俐落的圓過，卻不失氣勢又頗具風度。

這個採訪影片，迅速在社群上流傳開，成了整個夏天的熱門話題。

這個年輕男人的一句話，讓國內的民眾為之振奮，舉旗高聲喝呼國家的未來！

而徐燕時則成了那年夏天最熱門的人物！

鋪天蓋地都是他的消息。

向園依稀記得，那天晚上，這個男人那句漫不經心又極其認真的回答言猶在耳。

「隨時恭候，園園。」

第十七章 東和集團

去圖斯蘭之前，徐燕時提前結束手裡的工作，在西安待了一週。

他不算太重欲，更多的時候是生活裡那些不如意的事壓得他有點透不過氣，沒多餘心思再去考慮這些，所以這麼多年都單著。這點快感還真不至於。

暮色漸沉，對岸漁火通明，平靜的湖面亮著色彩斑斕的光，像她抹了口紅的唇，在黑夜中熠熠發光。

隔著暮靄抽菸的男人，聽到樓下的停車聲，心裡一燥，不免笑自己跟個二十出頭的毛頭小子一般。

向園去洗澡，徐燕時窩在陽臺的沙發椅上吞雲吐霧，腦子裡蹦出的全都是淫詞豔曲。

「年少時，秉著好奇看了所謂禁書。」——《金瓶梅》。

他記性好，尤其小時候看得東西。他至今猶記得那句——「錦帳鴛鴦，繡衾鸞鳳。一種風流千種態：看香肌雙瑩，玉簫暗品，鸚舌偷嚐。」

他抽完一根菸，向園洗完澡出來，瞧見個半個身影，後腦勺剃削得乾淨俐落，不知道是不是梁教授要求的，他這次剃得特別短，連額際的髮梢都削剪乾淨了，襯得整個五官更是凌厲，不算精緻，卻更冷硬，很標緻。

他靠著，襯衫半開，手上的袖口全敞著，捲到手肘處，露出一截結實有力的手臂，手指堪堪地搭在椅子扶手上，手指間夾著根沒點燃的菸。領口釦子鬆到第四顆，露出赤裸的胸膛……

光這模樣，又讓她心動。

深夜，萬籟俱靜，幾乎聽不見任何聲音，男人的氣息被放大，成了行走的荷爾蒙，走到哪，向園的眼睛跟到哪，一寸不讓，直勾勾地盯著他，像一顆化不開的糖，牢牢地長在他身上了。

一顆心，在她的胸腔裡，突突突地狂跳。

她目不轉睛地看著，徐燕時未覺，拿起茶几上的空菸盒，隨手丟進一旁的垃圾桶裡，餘光瞥見身後有一道人影，才回頭瞥她一眼，轉回，低頭將手上最後一根菸吸燃，垂眸漫不經心問：「洗完了？」

向園走過去，手撫上他乾淨的後頸，順著頸椎一寸寸溫柔地往下滑，女人的手比水還軟，彷彿一陣輕緩而細膩的水流從皮膚表面流過，引人發顫。

不過男人很淡定，靠著沙發，長腿一伸，敞著，拍了拍大腿，示意她坐。

向園勾著他的脖子坐下去，腦袋枕著他，窩在他懷裡，蹭著他寬闊的胸膛，襯衫釦子開著，臉直接貼上了他溫熱的肌膚，心跳熱烈而有力，她覺得他好像在她面前穿得越來越少，以前襯衫釦子是決計不會這麼敞的，如今這敞著，倒像是給她一種「隨妳怎麼擺弄」的暗示。

男人一隻手夾菸搭著桌沿，一隻手掌著她的後腦勺，虛虛扶著，垂眼睨她，就著月光，那眼神幽暗，似深藏的海水，深不見底，海面卻亮著波光粼粼。

向園喘著氣說：「你這樣，像不像我養在金屋裡的小白臉。」

他懶洋洋靠著，單手壓著她的後腦勺，任由她沿著脖頸一路吻上來，頭微側，彈了下菸灰，向園順勢吮住他的耳垂，又學著他平時的樣子，技巧性十足地在他耳廓處旋了一圈，誘哄地說：「你乾脆別去上班了，做我的小白臉算了？我養你啊。」

徐燕時輕笑，把菸熄了：「那哪天妳玩膩了，我該找誰去？」

向園吻他的眉心，半開玩笑地說：「我把你介紹給我其他富婆，我很多小姐妹都很有錢的，只要你年老不色衰又精力充沛的，這碗飯吃到四十歲不是問題。」

他不笑了，撇了下頭，不給她親，冷睨她一眼：「捨得嗎？」

那一眼，彷彿只要她說捨得，似乎要將她拆了，向園敗下陣來。

「捨不得，」她嘆氣如實說，話鋒一轉，「我今天表現怎麼樣，堅持了一個半小時哦。」

「不得了。」

吻落到他的下顎，徐燕時一低頭，含住她的唇，同她密密接吻。

七月，整個圖斯蘭會議期間，與會人員都交了手機。所有人都不知道國內發生了什麼，直到陸懷征的直屬上司栗鴻文打來詢問電話，並且要求與徐燕時通話。

在祕書長的監視下，徐燕時跟栗鴻文做了次短暫的通話——

電話那頭栗鴻文的聲音洪亮且沉穩，張弛有度：『徐總？』

「栗參謀，您好。」

栗鴻文笑了，插科打諢了兩句，先前幾句都與陸懷征有關，徐燕時不卑不亢地聊了兩句，隨即栗鴻文道：『我們看了開幕式的影片，外交部的幾位長官都誇你機智，想問問你有沒有興趣考個公務員，來當外交官？』

徐燕時沒當真，只覺栗鴻文在開玩笑，別說他的專業不對，雖然英文不錯，但這麼多年沒學了，保留的都是基本的口語能力，真要他正經地跟那些外交學院的學生比，還不一定能比過，只笑笑地說：「過獎了。」

栗鴻文也笑：『我不是開玩笑的，你可以考慮一下，你的形象各方面都挺適合外交部的。聽老梁說，閉幕式你要總結發言？好好說啊，全網直播呢。我聽說你最近在網路上很紅呢。』

其實對栗鴻文來說，他也是出於自己的私心。

從國家宣傳層面來說，有這樣一個正面人物，各方媒體宣傳部肯定會爭相報導，為的也是激勵當下迷茫的年輕一代好好讀書，而不是整日荒廢，打遊戲追星度日。徐燕時這樣一個正面教材，長得帥，有能力讀書又好，加上現在在社群上又有人氣，完全可以樹立一個新時代的偶像標杆。

宣傳部說了，就應該多樹立這樣的偶像，讓孩子們知道讀書的重要性。

別人不清楚，梁秦太清楚了。栗鴻文捨不得自己下屬陸懷征抛頭露面的，這才想著讓徐燕時去做這個所謂的榜樣，但國內這個輿論環境，槍打出頭鳥，你站得越高，摔得也越慘。

你要成為大家的榜樣，那就必須在大眾面前，把自己扒得一乾二淨，包括你經歷過那些見得人、見不得人的。別人不瞭解，只有梁秦瞭解徐燕時經歷過什麼，難道要他在所有人面前，把自己曾經那些被父母抛棄的傷心事再揭出來？

梁秦可捨不得徐燕時出這個頭，也絲毫不顧及，直接奪過電話嗆了：「不好意思啊，老栗，你心疼你下屬，我也心疼我學生，你最好趕緊讓人把國內那些消息撤了，不然我回去就找軍分區最高長官說理去，陸懷征是軍人，他有保護，我也提前跟你打個招呼，我這學生不久也要進研究院的，也是保密人物！」

梁秦氣哄哄地掛了電話。

「什麼東西，別理他，敢打我的人主意。」

看徐燕時眼神含笑，梁秦約莫是覺得自己過激了，哼唧一聲：「你論文寫得怎麼樣了？」

「馬上要寫完了。」

梁秦怕自己太過武斷，還是問了句：「你對外交部有沒有興趣？」

徐燕時搖頭，直接說：「沒太大興趣，要是真的去，什麼還都要重新學，我的專業也不對。」

徐燕時還是偏理工科，梁秦一直這麼覺得，遂點頭：「那就行，還是做你的研究，論文寫好了早點給我，別拖了。」

「好。」

那邊，蔣元良跟陸懷征也在閒聊。

蔣元良：「你跟徐燕時認識？」

「我一個妹妹的朋友，見過一面，不太熟，」陸懷征瞇眼，笑容一如既往地清燦：「幹什麼，您看上了？想納入麾下？」

蔣元良白他，解釋：「剛剛美國代表團的那個克萊韋教授，跟祕書長在打聽他。」

那時，陸懷征跟徐燕時還不熟，徐燕時對他不太熱絡，陸懷征也不是喜歡熱戀貼冷屁股的人，除了開會，兩人沒什麼交流，對徐燕時他不太瞭解，沒發表什麼意見，只聽蔣元良道：「這位克萊韋教授也是出了名的惜才，還記得前幾年鬧那麼大的沃爾夫條款嗎？」

陸懷征沉吟片刻，點頭道：「記得，禁止我們兩國之間展開有關美國航天局的活動對吧？」

蔣元良點頭，眼神哀婉：「是的，後來還禁止我國籍的人員參與任何美國航天局的會議，大致就是這樣，這位克萊韋教授，是第一個提出反對的，因為他的噴氣推進實驗室裡，就有很多我國學生。我記得有年航太研究會上，克萊韋教授挖走了我們一個研究員加入了他的噴氣推進實驗室。直接入了美籍，我當時還挺氣的，但後來想想，這都是個人選擇。」

陸懷征沒說話，只聽蔣元良嘆口氣露出一種惋惜的眼神：「不知道這位年輕有為的徐總，會不會加入美籍？」

當天下午的會議中，就「水下航行器存在布設及校準問題」展開了一場激烈討論。包括在前幾天隱形飛機的設計上，哈德蘭跟蔣元良面紅耳赤的「死侍」爭論都令人目瞪口呆。

在哈德蘭眼裡，科學沒有人性化，只有怎麼樣將目前的科學技術發揮到極致，甚至提出了一個令在場所有人都瞠目結舌的理論——「水下航行器的設計在一開始就存在不合理，為什麼不能根據現有的情況改進，也許一開始就走錯了方向。就好比，人為什麼叫人？只不過是因為，我們生下來別人告訴我們，我們是人，而那些流著口水整天只會汪汪汪的生物叫狗，你們有沒有想過，其實很有可能，我們是狗，而那些小狗們才是人。」

話音剛落，當下整個會議廳譁然，克萊韋教授當下提醒他：「請不要用你學術界的詭辯放在會議上討論，哈德蘭先生。」

哈德蘭舉了手，「我只是借這個例子說明一個問題，水下航行器或許它並不叫水下航行器。有些認知，可能從一開始就是錯誤的。名稱只是個稱呼而已。」

克萊韋覺得哈德蘭一定是圖斯蘭本地政府派來的間諜搗亂，無理取鬧到令人髮指。

「但哈德蘭先生，我們現在並不是討論這個問題，你最近幾天提出的問題，毫無營養，甚至耽誤我們的會議進程，請你注意一下。」

哈德蘭壓根沒聽進去，還在喋喋不休地自顧自說：「克萊韋教授，或許您也不叫克萊韋？也許是糞金龜？」這全然是挑釁。

克萊韋始終全程保持禮貌的紳士風度：「謝謝，我很喜歡你給我的新名字。」

哈德蘭得意地倚著凳子，會議長敲了敲桌，示意他說話注意措辭，也僅此而已，沒說任何重話。

會議桌上，其餘人已經開始唏噓。

一旁，忽然插入一道年輕男人清冷的聲音：「打擾一下。」

所有齊齊望過去。

老教授身旁坐著一個模樣英俊，五官冷淡的年輕男人。

徐燕時看向哈德蘭，用流利的英文問道：「不知道您知道不知道一個著名的科學實驗？」

哈德蘭：「什麼？」

徐燕時：「David Reimer，他一出生就被父母送往醫院做了割包皮手術，手術失誤，將他整個生殖器官都摘了，醫生建議讓父母告訴他，他本身就是女孩，並且將他當成女孩來養。」

哈德蘭：「然後呢？」

徐燕時：「他在三十八歲的時候得了憂鬱症自殺，他的認知一開始就是被顛覆的，就像你說的，男人可能是女人，女人可能是男人，只不過是個稱呼問題，那為什麼他最後會自殺呢？是覺得自己長得像男人，可是卻沒有男人該有的器官，自我懷疑和糾葛了十幾年後自殺了？或者你又怎麼知道，在發明這些之前，我們的前輩們，沒有經歷過這種白馬非馬的階段呢？」

梁秦咳了下，示意他差不多適可而止了。

哈德蘭不理解白馬非馬。

徐燕時笑了下，建議他：「或許你可以嘗試學習中文，因為在我們國家，有種漢字叫甲骨文，他是根據象形字演化而來的，每個字和物體都有相對應的圖形解釋，比如人，這個字，一撇一捺，站的就是人，狗，四肢跪趴犬，那就是狗。所以人狗不分的問題，在我國不存在。」

「啪啪」，兩聲單調的掌聲響過，忽然響起一串熱烈的掌聲。

哈德蘭臉上的笑容隨著那消逝的掌聲一般，漸漸消失，淹沒，直至看不見。

會議結束，徐燕時在廁所抽菸的時候，被克萊韋教授的助理攔住。

七月，北京。

向園格外想念徐燕時，她每天必幹的一件事就是上網搜尋新聞，看看圖斯蘭今天有沒有媒體相關的照片，新聞上只要看到關於圖斯蘭的字眼，她都會忍不住留意，心下恍然，卻不覺，這個男人已經不知不覺鑽進她的生命裡了，無處不在，甚至她自己都毫無察覺。

下了班，回到家，彷彿滿腦子都是離開前那週，兩人在房間各個角落纏綿的氣息，甚至恍惚間，都能依稀看見他或站或坐著沉默抽菸的樣子。

或者是他一邊吸菸，一邊瞧著自己的樣子，深黑色的眼珠似乎又比一般人亮點，總像是帶著漩渦，要將她捲進去，一如汪洋大海，將她吞沒，深情地叫她心臟怦怦直跳。

儘管此時，人不在眼前，但她一閉眼，好似在眼前，那張臉莫名就在腦海中清晰起來了，很想知道他現在在做什麼。

想她嗎？

很忙吧，沒時間想她吧？

她喜歡他工作的樣子。電腦她沒動，還是他臨走前的樣子，桌面上的論文是他的，那一週其實他也沒閒著，她去上班，他就在家看資料寫論文，兩人有時候做完，他抽根菸還要繼續寫。

向園其實挺心疼他的，大好的青年，時間全用來熬夜。還偏偏不長黑眼圈。

徐燕時的消息，在那個夏天，幾乎是鋪天蓋地。

技術部門裡的人天天唯他馬首是瞻，莫名有種揚眉吐氣之感，別說高冷施天佑那幾個，偶爾公司裡的ＬＥＤ螢幕牆會閃過最新的早午間新聞消息。

那張臉在螢幕上一出現，都會引起公司裡一小波得騷動，女孩們會在私底下小聲地討論，偶爾在關係好的同事群組裡感嘆一下這男人好帥，怪自己當初眼瞎，沒把人拿下。現在出名了，怕是難追。

全公司上下，大概只有技術部的人知道真相了。

雖然徐燕時跟向園從來沒當他們的面承認過，但是他們大多也都機靈地猜到了，老大那所謂的女朋友絕對是向園，這兩人還玩地下戀情，雖不知道什麼原因，可能也是念及向園的身分，畢竟是老董事長的孫女，老大心裡也是有顧及的吧，於是他們很懂事的決定替老大保守這個祕密，並且要好好保護他們的大嫂。

那時候，向園才知道想一個人是什麼滋味。

她總是坐在他慣常抽菸的位子發呆，望著地上的影子，想他抽菸時的模樣，想他鬆開襯衫時的模樣，想他煩躁時、高興時、生氣時、哄她時的每個樣子。

她想，她不只是有點想跟他結婚。

她是很想跟他結婚。

牽腸掛肚的滋味，好像是春天的落花，讓她沉浸的，是他的深情。

那個夏天，過得特別漫長，像是終年不至的夏至，堪堪才等來七月。

七月底，賴飛白一個電話把向園召回北京。

老爺子入院，肺炎久治未癒，賴飛白不排除是最壞情況，向園立刻打了個電話給顧嚴，顧嚴讓她先確診，可司徒明天死活不肯做穿刺和氣管鏡，向園怎麼哄都沒用。

那幾天跟打仗似的，向園也沒工夫去想徐燕時了。

這天，司徒明天咳得有點厲害，向園不願再縱著他，直接讓賴飛白把他送進診室，老爺子差點從床上跳下去，向園急得掉淚：「爺爺，您能不能別鬧了！確診了我們才好治療！」

顧嚴是理解的。

老人在這個歲數，反而不願意確診，能撐多久是多久，有些確診下來，反而走得快，心態放輕鬆，看司徒明天這活蹦亂跳的狀態，問題應該不太嚴重，先拖著，別給他壓力，顧嚴勸說向園。

向園抹了把眼淚，「那會惡化嗎？」

顧嚴道：「說實話，到這個份上了，再惡化也差不到哪去，現在主要是哄他高興，別跟他對著幹，讓他保持愉悅輕鬆的心情，等有空，我再安排護士給他做檢查，兩三個月內都不會有太大變化。而且，妳爺爺每年都體檢，身體一直都挺好的，有點小情況都能解決，妳不用太緊張了。」

向園這才稍稍放下心，遠處腳步聲漸進，顧嚴看了一眼，對向園說：「我先撤，妳有事再叫我。」

向園「嗯」了聲，轉頭看了來人一眼，是賴飛白，她問：「爺爺怎麼樣了？」

賴飛白：「剛睡下。」

走廊靜謐，鼻尖充斥著難聞的藥水味。

「爺爺這段時間都很忙嗎？」她仰頭問。

賴飛白在他身邊坐下，西裝革履，尖頭皮鞋，一貫的規矩和拘謹，但是今晚，他的表情比往日更嚴肅，他靠著牆，微微翹起二郎腿，目光盯著遠處，似無力又自嘲地說：「很忙，每天都很忙。」

向園忽然沉默。

賴飛白：「董事長從創立東和至今，就沒有一天是休息過的，鐵打身子也要累垮的。妳爸爸專注畫畫無心家業，老夫人生妳爸爸時難產，董事長也不肯她再生，膝下就這麼一個兒子也沒撐過三十歲。或許他思想上有些古板和守舊，也跟不上你們年輕人的想法了，他總是問我，年輕人現在都玩什麼呀，我孫子孫女們都在幹什麼呀，為什麼總是讓我一個小老頭管這麼大一個公司，我也好想退休啊，我也好想去環遊世界……」

賴飛白一字一句，像是針扎一般戳在向園的心上，如刀絞，她整個人如墜入冰窟窿，從頭頂寒到了腳底心。腦袋像是灌了鉛一般昏沉，她慢慢低下頭，眼神的視線越來越模糊，直到滾燙的熱淚滴落在她的手背上，她的心跟著燙了下。

電梯裡，家冕飛奔而至，瘋狂地按著上升按鈕，不等電梯停穩，他如泥鰍般從人群中鑽出來，在靜謐的長廊裡汗水淋漓地飛奔，直到看見走廊盡頭處那坐著人影，耳邊隱隱傳來賴飛白的談話聲，他才失神地緩緩停下來……

醫院病房裡滴答滴答地儀器像是生命的指標，緩慢而沉重地在整個走廊迴響，也如寺廟裡沉悶壓抑的莊重筆直地撞進他們的心裡。

賴飛白聲音像是從遙遠的彼岸傳來：「員工對東和的不滿、對高層的不滿、對他的不滿，妳以為董事長不知道嗎，可有時候，企業做到這個份上，背後是國家，是利益，是不可能做到絕對的公平公正。」

賴飛白吸了口氣，他向來面無表情，微低頭說：「前兩天，楊平山提出撤股，要老爺子在一個月之內以現金的形式付清，加上一些亂七八糟的股權，總計金額近八千萬。」

西安這兩個月風平浪靜，卻不想總部腥風血雨。

「楊平山為什麼忽然撤股？」

賴飛白：「楊平山最近跟一個公司老總走得近，我找人跟蹤，發現他在私底下把我們公司的客戶資料都賣給對手公司，老爺子氣不過，去找他理論，兩人大吵了一架，我們手裡沒實質證據，只有一張照片，但楊平山咬死了說我們冤枉他，要辭職。」

「楊平山走了最好。」向園說。

賴飛白笑了下：「行銷部八十個人，五十個人同時提出辭職。」

向園一愣，隨即又聽他說出更震驚的一件事：「這都不算，總部網路安全中心總負責人和副總及幾位核心技術崗的幾位同事，全部跟隨楊平山提出辭職。」

「網路安全中心？」

這意味什麼？

意味著，但凡來個技術好點的駭客，都可以隨便翻開公司的資料庫，查看並且瀏覽所有的客戶保密資料。除非你在短期內找到一個非常懂技術且信得過的人。

所以，楊平山這哪是撤股。

他是要帶走東和的核心團隊，自己另立門戶了。

向園第一個想到的是薛逸程，賴飛白笑著搖搖頭說：「不太行，且不說他究竟有沒有這個能力勝任這個職位，他坐過牢，而且前科還是經濟犯罪，公司其他股東不可能同意讓他接觸這種核心崗位的。另外，就算大家都同意了，安全中心不是他一個人能撐起來，如果只是呂澤陽一個人走，我們頂多再耗點時間和精力再培養一個人出來，但現在是大批人辭職，」說到這，賴飛白忽然轉頭看她一眼，「而且，公司現在遇到麻煩了。」

向園心頭一凜，如巨石壓著，漸漸往下沉，有些魂不守舍地問：「什麼麻煩？」

賴飛白嘆了口氣，「算了，跟妳說了也沒用，妳解決不了，董事長這次也是被氣的，妳這段時間好好陪陪他吧，剩下的事情交給我。我會儘量想辦法的。」

長廊裡，人影寥寥，偶有護士推著手推車匆匆而過，車輪滾動的聲音卻像是坦克開過，轟隆隆地充斥著她的耳膜，震得她心頭酸澀，嘴角牽起一抹苦笑，想說：小白，你都快三十五了吧。青春都獻給東和了吧？這一天天的，有為自己考慮過嗎？連你都可以為東和奉獻一生，我是不是太自私了？

向園卻始終說不出半字，轉頭去看窗外，七月的季節，鬱鬱蔥蔥的樹苗，在太陽下長得茂密如常。嫩綠的葉尖在光線的折射下冒著刺眼的銀光，漸漸紅了眼眶，如鯁在喉。

靜謐的走廊忽然傳來緩慢低沉的腳步聲，向園和賴飛白齊齊抬頭。

向家冕站在五公尺外，表情頹然，眼眶也是紅的。

三人的目光在空中對上，他先是無措地別了下眼，不想讓人瞧出他哭過，索性別開頭問賴飛白：「公司到底出了什麼事？」

賴飛白站起來，不留餘地：「你幫不上忙的。」

靜默三秒，家冕一直抿著唇，側著頭，似乎卯足了勁在壓抑自己的情緒，最終，還是好聲好氣問了句：「你不說怎麼知道我幫不上忙？」

賴飛白搖頭：「你懂技術嗎？不說駭客這種專業性強的技術，你連基礎的公司管理都沒學過，當初上大學，董事長想讓你考金融系，你倒好，為了發散你那點廉價的愛心，跑去學獸醫。你說你學個臨床醫學，當個外科醫生，好歹現在董事長的病我們也不用求顧嚴醫生。」

向園有些失神，想到小時候，其實那時候她母親跟爺爺關係不算好，爺爺那麼精明的人會看不出自己母親不喜歡他兒子嗎，跟母親那邊的關係一向是不冷不熱。

生命儀器滴滴答答地在病房裡迴響，家冕的手，也跟著那緩慢的節奏，攥緊鬆開又攥緊。

「陸懷征去當兵，你也緊跟著開了飛行基地，想要實現你心中那些波瀾壯闊的英雄夢，特威風地給山區的留守兒童做飛行表演，他們是高興了，你有沒有回頭看看你爺爺，他高不高興？他一個人管這麼大一間公司累不累？」賴飛白從頭至尾，表情都幾乎與平常無異，就像個機器，只是刻板生硬地將腦中儲存已久的垃圾一股腦地倒出來了，「這話我很早就想說了，包括向園妳也是，你們從小生活在這樣的家庭裡，都是含著金湯勺出生的少爺小姐，享受了別人享受不了的，就應該承擔起別人承擔不了的。可你們從來沒有一天，為這個家考慮過，你們身邊的朋友，有哪個像你們這麼生活自如我行我素的？為什麼你們不能為他考慮一下。」

賴飛白差點失控，冷靜下來說：「說多了，言盡於此。」

司徒明天曾經問過賴飛白，問他有沒有興趣管理公司。

賴飛白當時挺難過的，兩個孩子，沒有一個願意犧牲的。他問司徒明天為什麼不逼一逼，司徒明天當時可無奈地說，我答應他們奶奶了，讓孩子自己選擇，不逼他們做任何選擇。

不然，下輩子就不跟他在一起了。

再說，只要東和能一直傳承下去，交到誰手裡有什麼關係？司徒明天是想得挺開的，他們不願意，自然有人願意，只要是為了公司好，這個公司是不是向家的又有什麼關係。

但他沒想到，是如今這種局面。

如果是敗在他手裡，怕是死也不能瞑目了。

圖斯蘭，梁秦跟徐燕時遭人伏擊。

徐燕時從梁秦房間離開，剛闔上門，腰間便被硬邦邦的東西頂住，他微低頭，瞧見地上的倒影，是一把槍的形狀。

男人用英文命令他：「舉手。」

第一次近距離接觸這種槍械物品，徐燕時難得不慌亂，而是鎮定地把抄在口袋裡的雙手慢慢舉起來，腦中思索，來人是雇傭兵還是本地的反政府武裝勢力。

他淡定地用英文回敬：「你想要什麼？」

男人又把槍往前頂了頂，徐燕時手抬高，神情不漏怯，笑著調侃了一句：「冷靜點，夥計。」

「開門。」

「我沒卡。」

「敲門。」

兩人在門口低聲交談，走廊一片寂靜，唯有窗口落下的月光證明這夜還亮著。

徐燕時一面漫不經心地同他交流，一面垂睨眼打量地上的影子，尋找脫身機會。

瞧這身量，他非常確定自己打不過他，這人足有兩個他的寬度與厚度，儘管他身手再快也快不過人家手裡的槍子彈。又怕時間耗下去，驚了梁教授，徐燕時琢磨，怎麼把人引開。

卻不料，他思慮之際，面前的門忽然開了。

兩人被捆上一輛裝甲車，眼睛嘴都被蒙著扔在後座，隨後一路塵土飛揚、顛簸，連夜被送往烏克察木鎮。

然而不湊巧的是，第二天圖斯蘭發生七點二級大地震，整個圖斯蘭混亂不堪。

起初以為是普通地震，武裝分子們還挺淡定地喝酒吃肉，瞧見鎮民們在漫天黃沙中拋頭鼠竄，結果這群反政府軍的武裝分子在這片混亂中舉著槍，不耐煩地朝天空放了兩槍！

所有人停下來，畫面彷彿靜止，鎮民們頭皮發緊，摟緊親人孩子瑟瑟發抖地縮在牆角。

梁秦跟徐燕時被關在一個土瓦房，摘了眼罩，手腳被交叉縛著，兩人都不慌，淡定地看著彼此，梁秦瞧著自己學生灰頭土臉也英俊的模樣，看他不動聲色的模樣，故意嚇他：「要不要就地寫封遺書給那女生，我們怕是凶多吉少了。」

兩人縛手的繩子是交疊捆在一起的，這種綁法是能解的，徐燕時記得在上海時教他玩火的那個魔術師跟他說過，他細細回憶了一下，嘗試著解了下，一邊拎著梁教授的手來回倒騰，一邊低聲哧笑說：「要是真的回不去，留那東西讓人家傷心幹什麼。」

梁秦心頭一凜，手上捆著的繩子，彷彿捆住了他的心口，狠狠一抽，眼神緊盯著徐燕時：「如果真的犧牲了，遺憾嗎？會不會後悔跟我來？」

徐燕時手上動作一頓，仍是低著頭。

「會。」

梁秦不說話了，眼神複雜地看著他，可又覺得這個答案也無可厚非。

下一秒，手上繩索一空，還真的抽出來了，兩人解體，梁秦怔愣，心想這小子怎麼解出來的，卻見他低頭去咬手上的繩結，額上沁著密密的汗珠，順著鬢角滑落，倒頗有男人味，沉穩得不像話：「會遺憾沒有陪她到最後，但不會後悔跟您來。」

梁秦挑眉，又問了句：「不覺得委屈嗎？」

「委屈？」徐燕時抬頭看他，那雙眼一如既往的乾淨，明亮深邃，笑著說，「您不是說，男人受的兩種委屈都不算委屈嗎？」

　　這話梁秦是私底下的跟他們幾個吃飯的時候，喝到慷慨激昂的時候說的，那時候老鬼哭訴自己寫論文太委屈了，梁秦聽後笑了笑，點了根菸，一本正經地訓話：「男人什麼委屈都能說，找人扛，唯獨兩種委屈，你不能說，還得自己扛。」他頓了頓，喝得面目緋紅靠在椅子上，夾著菸的手指輕點，告訴他們：「一種是為國家受的委屈，還有一種是為自己愛人受的委屈。」

　　為國家受的委屈不算委屈，那是榮耀；為愛人受的委屈也不算委屈，那是生活。

　　「這話你倒是記得清楚，」梁秦哼笑，「不說了，有命活著回去，我死也要把你搞進研究院。」

　　話音剛落，天地再次巨晃，牆上、頭頂上的泥灰開始撲簌簌地往下落，兩人眼神交換，心下湧過一陣不好的預感，卻聽窗外再次騷動起來，人群慌亂，鎮民們再次開始不要命地四處逃竄，這次連武裝分子都坐不住，腳步聲急促，耳邊是嘈雜的外文。

　　然後梁秦聽見頭頂殘舊的房梁發出「咯吱咯吱」的聲音，緊跟著，那半公尺寬的房梁搖搖欲墜，朝著他砸了下來！

　　梁秦瞳孔緊縮，心頭慌亂，來不及躲，下一秒，一個高大身影罩過來，拿手擋了下，那粗壯的梁木，不偏不倚地重重砸在徐燕時的肩背位置，男人悶吭一聲後，伏在他身上一動也不動。

梁秦嚇得渾身直哆嗦，驚恐地推他，連喘氣都不敢，小聲地叫他名字。

「徐燕時，燕時……」

下一秒，「砰」一聲巨響，有人踹開門。

徐燕時睜眼，噓了聲，示意他閉上眼。

梁秦心定了，顫顫巍巍地閉上眼，隨後聽見兩個武裝分子在身後用圖斯蘭語交談，談到一半，天地一晃，餘震再次來襲，比剛才那次更劇烈，兩武裝分子一對視，扛著槍轉頭就跑出去。

天地如被一條巨蟒絞著，地動山搖，天昏地暗間，黃沙飛揚，飛沙走石間，瞬夷平地。泥石坍塌，屋頂被掀翻，不知過了多久，劇烈震盪過後的世界顯得格外靜謐，那是死一般的寂靜。梁秦先是聽見耳邊響過兩次槍響，他緩緩睜開眼，視線模模糊糊，外面世界彷彿是遭到了洗劫，滿目瘡痍。天灰朦朦，像是攏著一層紗霧，他一度以為自己到了天堂，萬籟無聲，眼睛上全是塵土。

直到他聽見身後傳來對講機的電流聲，在空寂的廢墟裡，滋滋啦啦地響著，緊跟著，對講機裡傳出熟悉又久違的中文，是陳瑞的聲音，他在指揮：『飛鷹報告，所有人全部到三號屋集中！這邊有生命體徵！這邊有生命體徵！』

至此，梁秦才知道，他們剛才經歷了一場圖斯蘭五十年來最大的地震。

他扯了扯緊繃的嘴角，嗓音乾澀的疼，像個埋在地底下的老古董剛被人剖出來，冒著灰撲撲的土。

然而這位從沒哭過，擅於掩藏情緒的老教授，在那瞬間沒忍住，眼眶裡全是熱淚，和著灰，滾落下來。

不為什麼。

為這個一直拿自己後背替他擋住沉重房梁，一直失意從未得意的得意門生。

他曾經不甘，間接表達自己對他的失望，怒而拐彎抹角地嚴厲質問他，你還是曾經那個徐燕時嗎？

他始終不為自己的爭辯，他只是輕聲而又無奈地說，老師我沒變。

雖他後來也後悔不該說那些話，儘管真心誠意地找他道歉，可內心還是認為他變了，徐燕時這麼通透的學生會沒有察覺嗎，他沒有點破，也沒有怨言，還是放下案子陪他來了。

一邊是夢想，一邊是現實。他已經做得很好了。

梁秦，你總怪學生出了社會就變了，又何曾為他們想過，他們一路走來，拒絕了多少誘惑，你又何曾全部瞭解？

克萊韋教授私底下找過徐燕時，徐燕時回來就同他說了，克萊韋想邀請他去他美國的定位偏向實驗室。

徐燕時當時也挺誠實地跟他說了，有點心動，畢竟可克萊韋教授在國際上的名聲是有目共睹的，但克萊韋建議他加入美籍。

梁秦當時問他：「你怎麼想的？」

徐燕時搖頭，挺無奈地說：「我很想跟著克萊韋教授學習，可不想加入美籍，所以拒絕了。」

梁秦當下欣慰，難抑激動情緒，等人走後，找到祕書長在監控下撥了個電話出去，電話那頭的人似乎等這個電話很久，是一道溫婉卻幹練的女聲，中文不太流利。

『梁秦教授？』

「尊敬的伊莎貝拉女士，請不要再試探你兒子了，徐燕時他想留在中國。我之前就跟您說過，他是不會去美國的。」

女人聲音低了些：『梁教授，您不要緊張，我不會逼他的，我只是想如果他來美國，我可以照顧他。』

梁秦忍不住冷笑：「那您早幹什麼去了呢？在他最需要母親的時候，您不在，在他父親拋棄他的時候，您也不在，好不容易他撐過來了，您說想要照顧他，不免讓人笑話。如果他知道克萊韋教授找上他的原因很大一部分是因為您的話，我想他不會高興的。另外，伊莎貝拉女士，我承認，您是一位非常偉大的建築師，但是，您絕不是一位合格的母親！」

那晚電話掛斷，望著窗外鵝黃色的明月，梁秦久不能入眠。

有些話不敢說，怕太冒昧，也怕徐燕時心裡不舒服。

直到此刻，眼前的斷壁殘垣，滿目蕭然，他忍不住摟緊他，喃喃地說：「一日為師，終身為父。」

終身為父。

燕時，我帶你回家。

他閉上眼睛想。

東和集團辭職事件很快就上了熱搜，如此大規模的辭職，忽然在網路上掀起一陣辭職熱，甚至有人懷疑東和的管理運營方式是不是都存在問題，才會引起這次大規模辭職事件。

甚至還有知情人士出來爆料，東和內部腐敗不堪，領導階層之間明爭暗鬥，根本不考慮員工感受，有人說自己在東和做了三年，被頂頭上司壓榨了三年，成為了上司間權術玩弄的犧牲品。說得還挺有模有樣的。

職場權術話題忽然成了那年夏天的熱門，甚至有人頻繁在論壇開討論文章。

——說說你曾遭遇過的職場潛規則？

——你曾見過職場最黑暗的手段？

諸如此類，一時間，將東和集團推入了水深火熱中。

向園找人查，發現爆料者都是同一個ＩＤ和帳號，家冕氣急敗壞地要公司公關趕緊發公告澄清，被向園攔住。

網路輿論環境她太清楚了，公關做得好，輿論風向瞬間可以扭轉，公關做不好，輿論風向不僅一邊倒反而會越描越黑，越是這種時候，越不能著急發公關，越要沉住氣。

有時候公眾要得並不是真相，他們並不關心你們東和內部到底怎樣，是不是真的存在腐敗問題。有些事情，一旦揭露出來，公眾的視線會自然而然地偏向弱勢方。

大多數人是看客心態，站了他們自認為公正的一方。大多時候，自認為公正的，都是弱勢群體，更別提職場這個環境，大多數人都對工作和公司及上級抱有偏見，只會自我代入，就更義憤填膺。

賴飛白沒想到向園一個沒經歷過公司管理的小女生能想到這麼多，實屬不易，這些都是他們在屢次的失敗教訓中才得出的經驗。

聽聞此，他不由得看了躺在床上一言不發的司徒明天一眼。

司徒明天聽得入神，「那妳說怎麼辦？」

話音剛落，ＶＩＰ病房的電視上，忽然播出一則緊急新聞。

「圖斯蘭發生七點二級大地震，當地反政府武裝分子叛亂，多名華僑被困機場呼救！我國政府已派空軍救援！」

向園大腦轟然炸開，空白一片，耳邊嗡嗡嗡的不斷轟鳴，彷彿聽見了頭頂上空飛過的直升機的轟鳴聲，整個人呆呆地坐在病房裡。

家冕掏出手機看新聞，猛然發現前兩天居高不下的#東和集團#此刻已經退至幾十名開外，還有在一直往下掉的趨勢，熱搜前幾已經被圖斯蘭地震各種話題占滿。

前幾天還在網路上肆意謾罵的網友們，忽然在一瞬間，彷彿被一種莫名的力量牽引擰成了一股繩，也許是那抹堅定的愛國心，也許機場那些華僑渴求活下去的眼神觸動了他們本就虛無縹緲的心。

向園淡淡回過神，對賴飛白說：「現在是最好的時機，這幾天找人撤熱搜，不要做出任何回應，我們把所有事情的前因後果都順一下，把那些造謠的帳號一一截圖出來，你單發一張律師函是沒有公信力的，就這兩天，我們什麼都不做，只做一件事，把造謠過五百的帳號拉出來，直接提起訴訟。」隨後，她看向賴飛白：「楊平山的辭職報告批了嗎？」

賴飛白：「還沒批。」

「批了吧，」向園說，「我入職，我不懂技術，網路安全那塊我無能為力，楊平山這個吃飯喝喝酒的位子我還是可以的。至於網安部的呂澤陽，能拖多久拖多久，隨便找個理由把他搪塞過去，我在等一個人回來。至於其他人，想走就讓他們跟著楊平山走。」

「那剩下的位子，一時間上哪去招這麼多人。」

向園看向司徒明天：「西安。我建議您把西安分公司關了，統計八十個人，先入總部就職培訓，薛逸程跟尤智這兩個人，可以入網安部，我知道您對薛逸程有意見，但是這種時候，您得先把公司保下來再考慮後續問題。」

司徒明天見她安排地妥妥貼貼的，哪還有自己插話的份，也只是囁嚅著說了句：「話都讓妳說了，我還能說什麼。」

賴飛白插話：「可是還有個問題，離職裡，除了楊平山，還有幾位也是股東，退股金額加在一起總共一億兩千萬。董事長目前手裡沒有這麼多現金。」

家冕冷不防說：「我剛把飛行基地賣了，加上手頭上的錢，大概有四千萬左右。您差多少？不行我去借。」

向園經濟解禁，但前兩年她端著Ashers的架子，不開直播不要禮物，都沒怎麼賺錢，相比家冕在外頭時不時搞點小投資，囊中未免羞澀，總共資產也就幾千萬。

司徒明天忽說：「把別墅賣了吧，」旋即看著那倆人，「回老宅吧。」

老宅的記憶已經是許久之前，向園甚至都沒什麼記憶，只記得小時候一家人逢年過節就聚在一起看她和媽媽唱歌跳舞，一年三百六十五天裡，唯有那兩天是快樂的。

等她再懂事些，家裡就開始搬進了大別墅，媽媽終日不見蹤影，後來連過年索性也不出現了。

也不知道，那老城牆含羞帶怯的海棠花，是否還開著？

向園看著司徒明天：「回啊。」

靜默半瞬，向園才說：「把公司交給我跟哥哥吧，不會可以學，小時候您不也這麼教我們讀書寫字？」

「你們？」

「嗯，我們。」向園點頭。

「妹妹都這麼說了，」家冕緊跟著開口表態，「我這個當哥哥的，也必須表示一下，雖然我沒學過金融管理，但是我昨天晚上規劃了一下，其實我們可以不用這麼僵化地管理公司，比如說可以考慮一下，開個寵物連鎖店……」

不等他說完，三人齊齊：「滾。」

氛圍終於緩和，連賴飛白都忍不住勾了勾嘴角。

等兩人離開。

天色漸暗，燈火漸起，病房昏暗，亮著一盞昏黃的壁燈，電視亮著微弱的藍光，襯得整個病房幽幽亮。司徒明天躺下，賴飛白替他掖好被子，幫他將夜裡要喝的水溫好放在床頭，終是忍不住說了句：「潤生集團的周董前兩天聯絡我，說是想見見向園。」

瘦小的老爺子窩在被子裡，傳來一聲輕咳：「做什麼？」

賴飛白：「說是願意入股，填補楊平山的資金空缺。年前醫療ＡＩ的專案剛批下來，我們就把所有的資金都投進去了，現在帳面上剩餘的現金流不多，這陣子又出了這麼多事，員工遣散費、安撫費，處處都是用錢的地方，銀行那邊對我們的信用評比似乎有疑慮，遲遲沒批下貸款……」

司徒明天哼了聲，「有疑慮？我們以前有錢的時候，跟我們批業務的時候到沒見他們有什麼疑慮，現在跟他們借十億，倒有疑慮了？」

賴飛白：「我們現在公司事情多，人之常情。」

門外，護士推車過，哐啷哐啷作響，向園回來拿包，手剛扶上門把，便頓住了。

司徒明天：「現在帳上還有多少錢？夠不夠支付下期工程款？」

賴飛白：「暫時夠，但如果這十億不批下來，我們今年有一半的案子可能要停止，特別是醫療製藥那幾個專案，對方催得緊。楊平山這一走，又直接把幾個專案主管帶走了，我們不光沒錢，連人也沒有。所以周董那邊說，他給我們十億，專案入資，再分管幾個人給我們，先度過眼前這難關。西安那邊，能用得上的人沒幾個，周董這邊，確實是最好的選擇。」

向園緩緩鬆開門把，走廊的風陰涼灌入，人往邊上側了側，心莫名地開始怦怦狂跳。

司徒明天哼唧一聲，沒好氣：「他有這麼好心？總得有條件吧？」

賴飛白「嗯」了聲，把燈、電視都關了，房間瞬間陷入黑暗。

聲音未停：「他想讓周煜晨跟向園結婚。」

風呼呼颳著，樹葉搖晃在黑夜中如同幻影飄搖，如同她那顆飄搖不定的心。鵝黃色的月，在空中懸著，瞧不太真切，不知道圖斯蘭那邊的月是否跟這邊一樣？

小時候，向園聽過和親公主的故事，她不理解，問老爺子為什麼兩國邦交，要一個小女孩犧牲愛情嫁去一個人生地不熟的地方。

老爺子說，這就是中華傳統式婚姻。只有婚姻關係才是長久且永存的。

出生在這樣的皇室貴胄，註定了是集體利益高於個人利益，國家利益高於集體利益。如果妳是一國的公主，為了守護我國的子民不受戰爭塗擾，是否會犧牲自己的愛情遠嫁？

她坐在門外的長椅上，低頭自嘲地笑。

她哪裡還是公主，等徐燕時回來就會發現，她現在是個落魄公主，爺爺病了，別墅賣了，公司也快垮了。

病房裡黑漆漆的，顯得走廊的燈光格外幽暗，裡頭傳來幾聲嗆咳聲，她聽見司徒明天渾厚嘶啞的聲音：「你告訴周良生，我就是申請破產，我也不會為了十億就把我的孫女賣了！」

「好，您別氣。」

司徒明天罵人功力不減，像一隻巧嘴八哥：「我平日裡跟我孫女開開玩笑，一個痔瘡長臉上的傢伙他還真給我蹬鼻子上臉了，給他臉了？」

向園下樓，沒拿包，兩手空空，家冕瞧著奇怪，「妳回去幹什麼了？」

向園看著他：「去喝兩杯？」

「行啊。」

兩人興致勃勃找了家酒吧。

家冕原先還存了幾瓶酒，找人把酒全開了一一奉上，一攤手，尤其真誠地說：「行了，姑奶奶，今晚這些都給妳，有什麼傷心事，跟哥說說，我有酒，妳有故事。」

向園靠著沙發，抱著手臂看吧檯上那排得整整齊齊的一排紅酒，忍不住牽起嘴角笑了下，「我沒故事。」

家冕打開一瓶香檳，隔著昏暗的吧檯燈，笑咪咪地看著她：「妳沒故事，妳跟那小子有故事。在一起了吧？」

向園沒答，笑笑，撈過面前的一瓶紅酒，一仰而盡，「哥，如果我們沒錢了，以後怎麼過啊？公司破產，別墅也賣了，那些車大概也得賣了，搞不好還成了銀行的老賴，欠上一屁股債，不能住高級酒店，不能坐頭等艙……」

家冕邊倒酒邊看她：「太悲觀了吧，有這麼慘嗎？不就是大傢伙都辭職了？沒了他們還不能轉了？」

向園定定地看著他，那雙眼睛裡，沒有了往日的光彩，暗得朦朧暗淡：「公司資金鏈斷裂，銀行貸款批不下來，下期工程尾款支付完，資金鏈就會澈底斷裂，楊平山趁火打劫，帶走我們所有的核心技術人員，現在東和就是一盤散沙。」

家冕聽愣了，「這麼嚴重？」

酒吧裡交談聲輕淡，都是情人間細碎的調笑，要是往日，她會覺得臉紅心跳然後回去撲倒那個日思夜想的男人，可如今，這些東西，在她耳裡，彷彿螻蟻般渺小又不切實際。

燈光迷幻，她臉色清冷地坐在吧檯後面的沙發上，那張圓潤的小臉冷淡疏離，眉眼溫潤輕淡，瞧什麼都是一股冷冰冰的氣勢，家冕在某一瞬間，覺得她有點像她那個朋友，徐燕時。

向園「嗯」了聲，抬頭問他：「哥，假設如果有人願意給你十億，但是前提條件是你要跟一個你不愛的人結婚，你會同意嗎？」

酒吧裡音樂靜靜流淌，彷彿擁有一股撫平人心的力量。

家冕抿了口酒，非常冷靜地說：「園園，妳是不是遇上什麼事了？」

「你回答我，你會為了我跟爺爺放棄自己的愛情，去跟一個你不愛的人結婚嗎？」

DJ換了一首歌，是向園很喜歡的〈shape of you〉，那熟悉的旋律和曖昧的情調，換作往日她會心跳如擂鼓，可現在卻像是沉重的鼓點敲在她心上，一度喘不上氣。

家冕放下酒杯，雙手杵在膝蓋上，特別認真地看著她，「換作以前，可能不會，但是現在，我會，」他倒了杯酒，低笑著，「賴飛白說得沒錯，我們享受了別人享受不了的，就應該承擔起別人承擔不了的和這個家庭的責任，如果能幫爺爺度過難關，結個婚算什麼。」

向園心如同墜入萬丈深淵，漸漸沉下去。

誰料，家冕難得聰明一回：「但如果這件事換成是妳，我希望妳不要這麼做，爺爺不會同意我也不會同意。」

向園差點被他感動，卻聽他說：「十億太少，怎麼也得賣個一百億。」

「……」

徐燕時一回國，就被連夜送往三院。他昏迷了三天，第四天晚上才醒。梁秦夫婦一直陪在床邊，人一醒，立馬把醫生護士全叫過來，從上到下又檢查了一遍。這是三院加護病房，最特殊的病房，住的都是軍高的長官，或者是重要研究人員。在頂樓，每天樓梯裡來來去去都是一些穿軍裝的人。

徐燕時送進來那晚，整個醫院上下樓層亂成一鍋粥，醫生護士打仗似的樓上樓來回跑，向園去護士站換藥的時候，身後如疾風掠過，一群白大褂從她背後跑過，隨後聽見護士長在背後打電話，聲音急促——

「王醫生還沒下手術檯，趕緊打電話給劉醫生，肺積水，可能需要立馬開刀，不管是誰，先把人叫回來，這個病人真的非常重要！栗參謀長掛了電話人已經往這邊趕了！」

「我哪知道是不是栗參謀長的兒子，人我都沒見到，反正幾個長官都很緊張，一直在打電話聯絡專家，對，顧嚴，問一下顧嚴醫生在不在。」

向園喊了半天的換藥品也沒人理，一旁忙得團團轉的小護士直接提醒一句讓她別耗在這，去找分床的護士。口氣也挺著急。

沒人理，真成落魄公主了，向園氣哄哄地回到病房，家冕一瞧空手而歸，「藥呢？這瓶都快完了。」

「不知道哪來的大人物，所有人一門心思撲到樓上的高層病房去了，找了半天也沒找到病床的管理護士。」

自那天之後，向園不管是洗衣服還是下樓買早餐，看見穿軍裝的人都比以前多。

直到有天在洗衣房，碰見樓上下來洗衣服的阿姨，向園不經意瞥了眼，目光瞬間定住，那盆白色襯衫鬆鬆地丟在一起，其實只是一件無比普通甚至款式多到每個商場可能都會有上百件那樣的襯衫。

可在那個光線幽暗的洗衣房，她幾乎是在一瞬間，確定那件襯衫是徐燕時的。

她恍了恍神，覺得自己太想他，也覺得不可能，樓上是高層病房，徐燕時怎麼可能會在那裡面，圖斯蘭地震之後就沒有聯絡上他，聽說華僑大部分已經撤離，也不知道他們代表團現在回來沒，應該也是這幾天回來吧。

她在這期間打過電話給陸懷征，也沒聯絡上。

這群男人，就跟消失了似的。

她一邊哭，一邊幫爺爺洗衣服，誰料，讓家冕瞧見了，以為是不高興幫爺爺洗衣服，連忙奪過：「妳回病房去，我來洗，讓妳洗件衣服至於嗎。」

家冕剛要動手，望著那滿盆的泡沫，心生怯意，嘆了口氣：「算了，打電話叫劉姨，我們家現在還不至於落魄到要我們動手洗衣服吧？」

向園抹了抹淚，奪了他電話：「別打了，劉姨女兒剛生孩子，請了半年回去帶孩子，你忘了？」

「我們家沒保姆啦？」

「不好找，不熟悉的保姆你敢找？萬一等爺爺老了，老年癡呆，打他怎麼辦？劉姨要是願意照顧再照顧幾年，不能指望別人。」

向園說完把家冕轟走，誰料，一轉頭。

昏暗的洗衣房裡驀地閃過一道不易察覺的亮光，她望過去，瞧見那水淋淋的盥洗臺上，留下一顆閃著光的鑽石袖扣，跟她送給徐燕時的那顆一模一樣。

在暗淡的光線下，泛著熠熠生輝的藍光，像他深情的眼神。

向園找到頂樓，門口其中一個崗位居然是她小學同學，向園其實不記得了，對方一眼就認出她，笑咪咪地跟她打了聲招呼。向園這才想起來，這人好像叫什麼福。

「劉全福。」

向園忙點頭，「對。你當兵啦？」

劉全福莫名紅了耳朵，摸摸後腦勺：「高中沒畢業就去了，妳到這來幹什麼？」

有了老同學，向園自在多了：「我在樓下洗衣房撿到一個東西，應該是你們這病房的，就送過來了，這東西應該挺貴的。」

劉全福瞄一眼，「妳等等，我去問問。」

沒半分鐘，劉全福滿頭大汗回來：「是的，是我們一位教授的。」

劉全福也不知道該怎麼叫徐燕時，想了半天，就跟著梁秦的稱呼叫他一聲教授。

聽到教授兩字，向園心情複雜，既希望是他又希望不是他。

希望他早點回來，又不希望他出現在這種地方，畢竟那天晚上的情況看起來兇險。

她「哦」了聲，轉身往樓下走。

結果就在樓梯口碰見了林凱瑞，那狗娃子，看見她幾乎是掉頭就走，這要是在上海，向園可能還沒反應過來，這是在北京，林凱瑞來北京還能因為誰。

徐燕時那幾天的病房很熱鬧，他跟梁教授雙人房。來看梁教授的以及借著梁教授的名義來看他的人，絡繹不絕。

徐燕時的傷不算重，年輕人身體恢復快，他這兩天積極配合治療康復吃藥，只是為了早點出院。連護士都說，從沒見過他吃藥這麼準時，康復這麼勤快這麼愛惜生命的病人。

林凱瑞進門的時候，徐燕時康復差不多是最後一天，靠在床上跟人插科打諢地閒聊，整個病房迴盪著他清淺地的意。

病房門「嘎吱」被人輕輕推開。

先是林凱瑞悄悄冒了個頭，表情不算太好，徐燕時還沒察覺，淡聲說了句：「來了？」

林凱瑞沒回話，一副苦瓜臉。

向園聽見那聲輕淡的「來了」，隔著門縫輕飄飄傳進她的耳朵裡，時隔兩個多月，彷彿過去那些平淡卻刻骨的歲月在她面前一一鋪陳開來。

任由那些激蕩的情緒，在她心口氾濫。

隔著山風和海嘯，所有的委屈都有了宣洩的出口。

躲在門口的向園，忽地就哭了，她開始轉身往外走。

門內，林凱瑞無聲地用口型告訴他：「是向園。」

床上的男人，聽著走廊裡漸行漸遠的腳步聲，笑容忽然僵住。

沒走出幾步，猛地被人從後面緊緊抱住，溫熱的頸間，是他灼熱紊亂的呼吸和滿懷歉意聲音：「對不起，向園。」

幽暗寂靜的長廊，過堂風清涼，所有的熱意消散。

他寬闊結實的肩膀用力地抱著她，低頭在她頸間，一遍遍溫柔地哄她：「對不起，園園。」

走廊靜謐，風將樹葉吹得沙沙作響。

劉全福聽見聲響正要過來看看是什麼情況，就瞧見自己的小學同學被那人牢牢抱在懷裡，他對徐燕時不太熟悉，只知道是這人長得不錯，還是梁教授的得意門生，在圖斯蘭的會議上也大出風頭，而且這幾天來的長官都對他青眼有加。

心下不由一陣黯然，同事瞧見，也伸長了腦袋探過來，沒皮沒臉地跟他打趣：「看女生呢？」

長廊無餘人，空氣微微凝滯。聲音不重，只是這裡太靜，像是一滴水筆直落入平靜的水面，發出「叮咚」泉響，男人抬頭瞧過來，目光朝他們這邊淡瞥。

劉全福臉色頓紅，下意識瞪同事一眼，轉身推搡著身後的人到走廊外，怕這小情緒給向園帶來麻煩，故意大著聲說：「胡說什麼，我小學同學。」

片刻的喧鬧後，長廊恢復寧靜，廊內又只餘他們兩人。

徐燕時讓她坐到長椅上，自己沒有在她身旁坐下，而是走了兩步，靠到對面的牆上，面對面，能讓她瞧清楚自己。沒缺胳膊少腿，好著呢。

可向園擰著頭不看他。

他率先開口，打破沉默：「認識？」

向園沒反應過來，抬頭去瞧他，徐燕時用下巴指了指門口的劉全福。

她回過神，重新低下頭：「小學同學。」

他不再說話，靜靜地低頭凝視著她，等她抬頭瞧自己，心想，總有她憋不住的時候，這麼久沒見，不知道該想他想成什麼樣了。

時鐘滴答，光線漸弱，太陽緩慢下沉，也沒等來一句情話。

向園靜坐了半晌，直接站起來，甚至都沒瞧他一眼：「我先走了，等你出院了再談。」

他忽而一愣，「談什麼？」

向園心中如亂麻，如同山澗溪流匯入大海那般複雜，帶著她原本的泥沙，卻又覺得大海不該被她汙染。百流匯入，複雜難辨。

一面氣他這幾天不同自己聯絡，一面又嘲笑自己，都這時候了，妳要什麼大小姐脾氣，好好求求人家，讓他幫幫妳。可始終擰著一股勁，半個字沒開口。

窗外，暮雲四合。

徐燕時沒了耐性，從牆上直起身，一步步朝她過來，嗓音低沉而沙啞地問她：「我問妳，談什麼？」

向園立在原地，看著他過來，窗背後的餘暉落在地上，光影斑駁，她有一恍的失神。

男人已到她面前，居高臨下地睨著她。

向園這會才瞧清他的輪廓，兩個多月沒見，臉龐削瘦，眉眼都有傷，額角貼著紗布，襯得棱角更厲，更分明。眼尾輕勾，乾淨深沉，眼皮和唇都薄人三分，此刻卻緊抿著。

徐燕時低頭，兩人距離驟然拉近，熟悉的灼熱氣息融在一起，她像一條渴水的小魚，忽然被人放入大海那般自在。皮膚下的血管嘣嘣直躥，心跳熱烈而瘋狂。

直到那雙黑黢黢的瞳仁冷淡地在她臉上輕掃。

他輕輕捏住她的下巴，被迫抬起，那逼仄的氣息，令她心跳怦然的呼吸，從眉骨一路下移至她的唇角，若有似無的觸碰跟貓撓癢似的，低聲問她：「到底怎麼了？」

她再也克制不住，踮起腳尖，手勾住他的脖子抱住他，唇印上去。

時隔兩個多月的想念，兩人皆是大膽熱烈地回應對方，根本不顧及教授和長輩是否在隔壁，崗哨是否還在門口。向園勾著他的脖子往下坐頭仰著，徐燕時站著，順勢隨著她的唇彎下腰去，肩頸無力，忍著疼痛，一隻手扶著她的後腦勺壓向自己，與她親吻。

走廊靜謐異常，夕陽的餘暉從長廊盡頭微敞著紗窗裡慢慢灑進來，如同一方餘白的光影映在兩人臉上，萬籟俱靜，這聲音無處遁形……

屋內，梁教授跟人閒聊，話語間似乎聽見什麼奇怪的聲響，隨口問了句：「什麼奇怪的聲音？」

林凱瑞面紅耳赤又義正辭嚴非常機智地說：「有人在走廊吃橘子！」

囁聲時輕時重，幾不可聞，漸漸被談話聲淹沒……等房間靜下來，間或又聽聞，梁教授耐著性子對林凱瑞說：「小林，門口那橘子吃完沒？都他媽快吃了一箱了。」

烈日灼灼，原本陰涼的走廊，此刻也隨著那曖昧的聲響顯得燥熱。

徐燕時肩頸泛疼，他擰眉蹙了下，低嘶了聲，向園停下來，捧他的臉，「怎麼了？你到底哪裡受傷了。」徐燕時聽她這緊張樣，一隻手撐著她身後的牆，埋頭在她細膩柔滑的頸窩間，低笑著輕描淡寫說：「遇上地震。被房梁砸了下。」

「你說得跟趕著去買菜一樣輕鬆。」

「我醒來的時候，師母跟我說妳爺爺病了，在樓下病房，我怕妳擔心，怕妳為我分心，所以想等好了再去看你們，不信妳問護士長我大概是整個醫院最聽話的病人了。」

他捏了下她的臉，「還氣嗎？」

向園心疼又窩火，拿指尖戳他埋在自己肩頸處熱烘烘的腦袋：「怎麼沒把你砸死呢？」

他不動，任由她戳，等她舒坦了，一隻手仍撐著牆，腦袋在她肩頸處，歪頭看她，眼裡含笑地漫不經心地搖頭：「不行，不能死。」

向園又要罵他，徐燕時從她懷裡抬起頭，手撐著，低頭看她：「死了妳會哭的，還沒人哄妳高興。」

向園心頭彷彿被人狠狠一撞，燃著一小簇跳躍的火焰，漸漸熱烈而濕潤，難以抑制地就彷彿要從她心口裡竄出來，她盯著他喃喃地發顫：「徐燕時……」

你能不能幫幫我呀。

然而話落一半。病房門忽然被人打開，梁夫人出來，笑著對兩人說：「打擾你們了，燕時，但是老梁說剛剛接到一個消息，要不然你們兩個先進來一下？」

向園跟梁夫人是第一次見面，因為母親的關係，她對這位梁夫人多了絲打量，梁夫人格外親切和溫柔，相較她那冷血的母親，不奇怪梁教授的選擇。

林凱瑞也立在一旁，梁秦有點欲言又止，但終究還是在徐燕時允許的目光下，說：「是韋德研究院那邊來電話了，讓你把論文提前一個月交上去，論文審核通過之後，會由幾位教授同時跟你進行一對一面試，因為今年條件放寬，加上你之前在他們那邊有過建檔，大家心底都有數。」

也都是在社會打滾過的人精了，心裡也都清楚明白的知道這意味著什麼——其實就是韋德打算要他了，走個形式而已。

向園心裡說不出什麼感受，既為他高興，心頭又恍然。他忍了五年，等了五年，終於等來這麼一個機會，苦盡甘來，初心不改。

這事徐燕時去圖斯蘭之前就同林凱瑞商量過，說自己可能最後還是會辭職，林凱瑞從一開始的不理解，甚至跟他大吵過一架。到後來，看見他在圖斯蘭的影片以及那些鋪天蓋地的新聞和宣傳稿。林凱瑞其實也明白，他可能更適合留在實驗室。只是不承想，這天來得這麼快。他第一個跟徐燕時說了聲恭喜，「得償所願了兄弟。」

徐燕時則拍了下他的背，以示回應。

梁秦怕有人得意忘形，提醒了一句：「話是這麼說，別得意太早，有些事也不一定，誰知道後頭有什麼變數呢，萬一人家突然不要你了也有可能的。」

梁夫人狠掐了梁秦一手，「烏鴉嘴！」

徐燕時不介意地笑笑：「真的有那麼一天，我也不會太驚訝，早就適應了。」

有句話叫，前半生吃苦，後半生享福，其實哪是享福，只是當你經歷過足夠多的磨難，當再大的磨難來臨，你都能笑著面對。對徐燕時來說，大概就是這樣。

梁夫人知他心態好，旋即轉頭看向一直沒說話的向園，「我等等回家做點菜拿過來，大家就在這簡單地吃點慶祝一下吧。」隨後看向林凱瑞，「小林也留下，吃了飯再走。」

林凱瑞樂得嘴角咧後槽牙，摩拳擦掌地說：「好嘞。」

向園低聲說：「不了，梁夫人，我得下去看看我爺爺，出來得有些久了。」

梁夫人狐疑地看了梁秦一眼，又看看徐燕時，對向園說：「你們沒請看護阿姨？」

東和如今這情況，倒也不是請不起，只是對向園和家冕來說，他們更需要多點的時間陪老爺子。這裡的氣氛太和諧，向園覺得自己這個落魄公主有點格格不入。她輕點了下頭，對梁夫人說：「劉姨回家帶孩子了，我們不敢請不熟悉的阿姨，就我跟哥哥輪著陪爺爺。我先下去了。」

梁夫人聽著還挺感動，等人走遠了，還不住地點頭。

「這丫頭真是孝順。」

那晚之後，向園再也沒去看過徐燕時。沒日沒夜地守著司徒明天，幫他換衣服擦身體，家冕來換她，她也不走，只是坐在醫院的長椅上，一坐就坐到天亮。

有時候在樓梯口，「恰巧」碰見徐燕時，她也是沉默，看著他一直沉默嘆氣，然後靜靜地抱著他，腦袋蹭在他結實的懷抱裡，輕輕摩挲著。

徐燕時覺得她是最近照顧老爺子照顧得很累，也不敢跟她說什麼妳怎麼不來看我的話，只能任由她靜靜地抱著自己，兩人有時候在樓梯間一待就是一下午，什麼也不說，只是靜靜地抱著。

趁沒人的時候親密的待一下，直到她喘不上氣。

然而徐燕時越來越熱衷於跟她在樓梯間接吻。這層是高幹病房的轉角樓梯，沒什麼人會上來，大多時候都無人，徐燕時後背靠著窗，雙手摟著她的腰把人按在自己懷裡，用體溫去汲取彼此身上的溫度。聽著樓梯間裡低低淺淺、空靈的回音，向園感覺很刺激，兩顆心跳如擂鼓般轟烈，震得她耳膜都嗡嗡嗡直響，再也聽不見外界的任何聲音。

只有那瞬間，向園的心才是安定的，也只有在他身邊的時候，她才不會胡思亂想。

徐燕時出院那天。

兩人在樓梯間溫存，纏綿繾綣，比以往任何一次可能都強烈，向園力道一時沒守住，把他咬出血了，唇腔內血腥味彌漫。向園也不管不顧，仍是重重親他，直到把自己也咬出血，她卻彷彿察覺不到痛似的。

徐燕時這才停下來，把人從自己身上扯下來，耐著性子問她：「妳最近怎麼回事？」

向園勾著他脖子，不依不饒地要去親他，被他偏頭避過，把人拎開，數日來的反常，徐燕時急了：「我問妳最近怎麼回事？為什麼對我忽冷忽熱的？」

親吻的時候，明明很有感覺，那眼神騙不了他，可平時的態度也確實冷淡，不來看他，他假裝偶遇來找她，也都不冷不熱的，換作以前早就撲上來了，唯獨在這個樓梯間，她才能將那顆懸在空中的心壓回肚子裡，才能體會到生命的真實感。

她眨著眼睛，沒頭沒腦地忽然問了句：「你論文過了嗎？」說完，又撲過去。

男人靠著窗臺，側著頭，不讓她碰，斜睨她一眼，低「嗯」了一聲，「過了。」

她仰著脖子笑，真為他高興：「恭喜你啊，如願以償了。」

他沒理她，臉上沒什麼表情，眼神也寡淡，垂眼瞧著她：「我問妳，是不是膩了？」

「沒有呢。」她說。

他不說話，神情嚴肅。

「好吧，有點。」她從他身上下來，懨懨地說。

徐燕時不知道是笑還是生氣，有點氣急反笑地人又往後仰了仰，澈底拉開兩人的距離。從圖斯蘭回來她就變得有點冷淡，可一親上又特別黏人。

「是不是覺得在一起沒意思，想分手但是又捨不得？」他直白且戳人地問。

向園低著頭，心不在焉的，又輕「嗯」了聲。

走廊風靜謐，他聲音很低，輕輕擊打著她的耳膜。

然而男人一直冷冷冰冰地看著她，眼皮微垂，盯著她瞧。

女人濃密的睫毛輕輕發顫，像他年少時剛學寫毛筆字時，對著一張乾淨不染的宣紙無從下筆，只餘拎在指尖輕輕發顫，那般無措。

徐燕時很想問她，妳到底有沒有心？

最後還忍住了，他滾了滾喉嚨，潤了潤乾澀的嗓子，像是極力的隱忍，忍得他眼眶都是紅的，終究還是厚著臉皮去哄她，「可能是這段時間我太忙了，等我忙完這陣……」

「好，等你忙完這陣子我們再談。」

第十八章　十億婚約

徐燕時出院後回上海，處理手頭上最後的專案交接工作。

知道他要走，每天都有同事輪番大張旗鼓、熱鬧非凡地為他開歡送會。在他家，花他的錢，喝他那些藏酒。他很大方，來者皆是客，天天請客，誰來都請。看起來隨和，實則冷淡，對誰都心不在焉的。

等人散了，熱鬧過後的孤獨感像夏天掀開冷氣房走出去，一股熱風撲面而來，從四面八方襲來。林凱瑞沒走，留下來陪他。

徐燕時一個人坐在陽臺上，指間的星火燃至底，也沒抽，積了長長一段菸灰，一動不動。襯衫領口微敞，露出一小截胸膛，袖扣也捲到手肘處，眉頭微蹙，心情不太好的樣子。

林凱瑞拎了灌啤酒，到他身邊坐下，「怎麼了？有夢要展翅高飛了怎麼還彆扭上了？」

徐燕時回神，嘲諷地勾了下嘴角，收回手，菸灰撲簌簌往下落，傾身隨意在菸灰缸上按了兩下，隨即又抽出一根銜在唇間，邊吸燃邊人往後靠，垂眸輕彈，懶散道：「不是工作的事。」

林凱瑞洞若觀火，低聲問：「跟向園吵架了？」

徐燕時輕瞥了他一眼，漫不經心道：「女人是不是都特別善變？」

「那也要分什麼樣的女人，怎麼了，向園變心了？」

他一笑，頗冷淡：「我不知道，她最近對我淡了。」

林凱瑞嘿嘿一笑，「你是不是床上太冷淡了？女人都喜歡男人平日裡假正經，脫了衣服上了床要那什麼有什麼，你要是脫了衣服都一樣，女人才會覺得無味吧？」

徐燕時瞇著眼吸了口菸，慢吐出一口氣，認真地問了句：「比如？」

「問對人了，」林凱瑞笑咪咪掏出手機，打開一個影片，「給你看看，這是十八式，這都是我的寶藏……這都是夫妻間的情趣，我覺得你們多半是這個不太合，其他應該沒什麼問題吧。」

林凱瑞覺得，徐燕時大概在床上也端著。

徐燕時斜斜瞥了眼，發現也就那樣，於是沒什麼表情的轉回頭。

林凱瑞問道：「你可以適當地增加夫妻間的情趣，這是男人最性感的時候。」

私下雖不避諱這些，但是徐燕時也不太喜歡跟別人說太多床底上的事，顯得不太尊重向園，所以沒理他，懶洋洋地靠在椅子上，敞著腿，左手夾菸，右手壓上後頸，頭往後用力地抻著，清冷地眼神看著頭頂熠熠閃耀的星空，腦中也是無奈。

一時間無話，靜謐半瞬，明朗的夜空，高樓萬丈，五光十色的霓虹在底下閃爍，江面波光粼粼，兩岸燈火依舊，上海這座城市，似乎無論何時何地，都透著繁華。

林凱瑞不說話，一副苦大仇深地表情看著他。

徐燕時有些不適應，靠著椅子去拿酒喝，面前幾罐都空了，晃了晃，隨手又從旁邊拿了一罐新的，壓在桌上，「砰」，食指拉開，淡瞥他一眼，抿了口酒說：「別用這種眼神看著我。」

不等林凱瑞說話，他把啤酒罐輕放到桌上，又補充道：「感覺像被人戴綠帽了。」

「誰能給你戴綠帽？給你戴綠帽的女人怕不是眼睛長在頭頂上？」

他一笑，不甚在意，向園不太像喜歡別人的模樣，他覺得可能這丫頭到倦怠期了，異地戀時間一久是會沒有安全感，等他回北京就好了，他想。

林凱瑞話鋒一轉，「不過，我這裡有件事……」

他剎時擰眉，轉回頭瞧他：「什麼事？」

「向園調任到總部你知道吧？」

徐燕時點頭，這事兩人一見面就說了，老爺子入院，她臨危受命。

林凱瑞神祕道：「但最近北京新成立一個旺德科技，研究的是AI醫療的，主創團隊是誰你知道嗎？」

半截菸鬆鬆搭在一旁的菸灰缸上，徐燕時一動也不動地看著林凱瑞，等下文。

「東和的楊平山和呂澤陽。」

楊平山？徐燕時抿了口菸，「什麼時候的事？」

「你這陣子太忙了，向園大概不好意思跟你說，就是前陣子你去圖斯蘭時，楊平山帶著東和一大波人老員工和一些核心團隊的人才辭職。東和現在局面也挺尷尬的，圈裡都在傳，司徒明天為了東和要把北京那棟一億多的別墅賣了。」

➤

這幾天，向園跟家冕焦頭爛額地聯絡其他銀行貸款。各家銀行給的託辭都相當一致，就算能貸出來的也都是小額，幾千萬。還不夠她填補一個工程款的。她挺灰心，在停車場樓下抽菸的時候，碰見了楊平山。他似乎剛簽完單出來，讓司機朝她鳴了兩聲喇叭，車窗緩緩降下，對她淡淡一笑：「向園？」

向園轉身便走。

楊平山叫住她，真誠地給她一句建議：「小女孩的脾氣別這麼急躁，辦法總是比困難多的，相信我，順便替我跟老爺子問好，這麼多年承蒙他照顧，如今走到這一步，也算是各安天命了，東和的問題，不是我，也不是他，是這個社會，是這個國家，或許妳現在還不懂，等妳在商場打磨久了，就會明白當一個企業做大做強的時候，他就不再是個人企業，賺錢多少已經不重要。總會有人想要力壓妳一頭，槍打出頭鳥，這句話妳總聽過吧？」

楊平山說得委婉，向園實際明白，這段時間跟賴飛白對接東和的年報和所有資金對流情況，才知道有些東西真不如表面看上去那麼簡單。

早年時候，東和風頭正勁，鼎盛時期，一旦有貪官落馬，東和總是第一個盤查對象，時不時會有紀檢部門過來檢查；一旦發生天災人禍，地震海嘯塌方，司徒明天一準被叫去談話，這次準備捐多少？給個數。捐多了人家說你做作，捐少了，嫌你小氣。一雙雙眼睛都盯著。

另外，外憂內患俱在，賴飛白給她一份清單，有些人手頭緊，會挪動工程款，或者克扣工程款，如果老爺子不親自盯著，底下人為了賺錢什麼髒手段都用，偷工減料，豆腐渣工程，層出不窮，一層層剝皮下來，老爺子一個人坐鎮到現在，實屬不易。

「各安天命？」向園笑了下，一身簡單的西裝，在陽光下幾乎白得發光，西裝袖子微微拉到手肘上，露出一截纖細嫩白的手腕，身材修長且纖瘦，堪堪在那立著，單薄的如同秋葉，卻擁有不容忽視的氣場，聲音清麗地說：「您以為這事就這麼了了？楊總，未免太簡單了吧？」

楊平山不以為意的一笑，笑小丫頭沒見過世面，大言不慚，緩緩升上車窗。

向園再次見到徐燕時，是在那間熟悉的酒吧。自醫院那一別，兩人都各自忙，也沒找機會坐在一起談。她是怎麼也不捨得提分手那兩字。她想，總還有辦法。

那天她一進門就看見他和一群人坐在一起。

男人坐在吧檯中央，一身黑，頭髮剃削得更短，一股禁欲氣質。在昏暗環境襯托下，顯得格外乾淨俐落，看起來尤為年輕英俊，在人堆中惹眼。她立馬就被吸引了視線。

幾乎同時，他也朝門口這邊淡淡瞥了一眼，隨即不動聲色收回。昏暗的淡白色光線在他身上交錯，光影瞬息變幻，偶爾有白色的光點從他臉上滑過，冷硬的下巴線條緊繃，在這震耳欲聾的音樂聲中，倍顯性感。

周圍四五個男的圍著，向園一個都沒見過，應該都是他未來的同事。

然而，要命的是，周煜晨跟他其中幾個朋友似乎認識，率先走過去打了個招呼，一幫男人就著昏弱的光線，說說笑笑，勾肩搭背，氣氛和諧，他也笑。周煜晨將目光落在徐燕時身上，笑著點頭向其中一個戴眼鏡的男人問道：「不介紹一下？」

眼鏡男說：「我以前大學同學，失聯五年，最近聯絡上了，我之前跟你提過的，徐燕時，未來科院之光。」

周煜晨這人善交際，管他是不是真的佩服，顯露出一種崇拜之情跟人套套關係準沒錯：「就喜歡你們這種讀書好還長得帥的，」拍了拍徐燕時的肩，「下次有空聊。」旋即帶向園到一旁坐下。

徐燕時這才將目光再度落在她身上，仍是笑著，沒有一點不高興。

兩人就在隔壁桌，向園依稀還能聽見他們在討論什麼推進器的型號，徐燕時靠在一旁不怎麼搭腔，偶爾搭一句嘴，也是調侃性質的，酒倒是喝了不少。

他難得穿了件黑襯衫，領口敞了兩顆釦子，露出那截胸膛都是紅的，顯得臉更清白冷峻。

有人勸他：「真行，你喝多少了，來買醉的？」

他笑笑不答。

向園拿起包，轉身就走，「再聊。」

根本不等周煜晨反應過來，也不等他招呼，就從門口出去了。

許鳶等在門口，沒想她這麼快就出來了，「聊得怎麼樣了？」

向園掏出車鑰匙遞給她，「徐燕時在裡面，喝了不少，麻煩妳等一下送他回去。」

許鳶接過，忙問：「那妳呢？」

「我回醫院看一下爺爺。」

司徒明天最近情況好轉，在向園的勸說下，答應做穿刺，不過老人家做穿刺也受罪，這段時間向園讓他先調整一下身體狀態等舒服了一點再做。向園幫他掖好被子，關了燈，就在微弱的月色，兩人有一搭沒一搭地聊了一下，老頭越來越乏，眼睛漸漸閉上。向園又在床邊靜靜坐了一陣子才離開。

車燈剛打亮，明晃晃的光線打入灌木叢林裡。住院部的長椅上坐著一個人，不同於酒吧那時的鬆散，黑襯衫扣得一絲不苟，連袖釦都扣上了，袖口處的鑽石袖釦在黑夜裡閃著熠熠星光，車燈落上去，一閃一閃地刺她的眼睛。男人神情鬆散，微瞇著眼，透著前擋風玻璃淡淡地瞧她，那模樣顯然是喝了酒後的微醺狀態，眉梢都勾人……

車子四平八穩地行駛在平穩寬闊的公路上，夜空高懸，車廂寂靜，氣息逼仄。

兩人從上車到現在，一句話都沒說，向園對他家的路不太熟，問了他兩遍，他不理，闔著眼靠在副駕養神，她的手機又沒電，輕輕推他，想讓他研究一下導航。他仍是一副老神在在、老僧入定一動不動鐵了心將她徹底無視了。

向園放棄與他溝通，氣不過這德行，索性憑著記憶，胡亂開。

徐燕時全程一言不發，開錯路了也不提醒，任由她七歪八拐地離他家越來越遠……

直到轉進一條荒蕪人煙的小路，兩旁樹木高大幾乎擋住了所有慘白的月光，黑漆漆地伸手不見五指。徐燕時忽然開口讓她停車，隨後他二話不說推門下車。向園以為他醉酒要吐，立馬緊跟著下了車，誰知，這男人闊步迎面朝她走來，酒氣籠罩著她，高大的身子擋著她的去路，將她掉了頭，反手推推搡搡把她塞進汽車後座……

車門一關上，空間窄密，彼此的呼吸如擂鼓在耳邊，心臟快速跳動，耳膜一脹一脹，蟬鳴聲在車窗外漸弱。

徐燕時欺身過來，直接咬住她的唇，一邊密密親她，一邊調整姿勢。

向園將他抵在車座上跟他接吻，兩人誰也不說話，彷彿用接吻在宣洩，輕重慢咬，眼神直盯著彼此。

徐燕時更甚，索性咬著她的下唇、只是咬著，含著一動不動，微仰著頭，那雙深黑的眼，直勾勾又深情地看著她。

差點忍不住要在車上做了，但徐燕時最終不忍心，眼神軟下來，把人放下來，打開窗，點了根菸，黑襯衫凌亂，胸膛那塊仍是紅的，他手搭到窗外，輕彈了下菸灰，看著窗外，淡聲：「晚了，回去吧。」

突來的空虛，向園往他那邊靠了靠，「你不問我嗎？」

「問什麼？」他沒回頭，靠著座椅，視線仍然落在窗外，抽了口菸說。

「酒吧，為什麼跟男的去酒吧，為什麼坐了一下又走了。是不是出軌了，有沒有愛上別人？你還愛我嗎？諸如此類。」向園在腦中已經演了幾百遍這種你聽我解釋我不聽的戲碼。

徐燕時回頭，不帶任何情緒地問她：「我在想，我對妳來說到底算什麼，公司出了那麼大的事為什麼不告訴我？還是妳認為，妳跟周煜晨結婚拿到那十億，東和就萬事大吉了。一個腐爛到根子裡的公司，妳認為十億夠填補嗎？如果哪天又需要五十億，妳是不是要跟他離了，又找個能給妳五十億的男人結婚？」

那天林凱瑞告訴他之後，他一直在忍，看她究竟什麼時候會告訴他這件事，哪怕只是一句話，都沒有，手機裡連一則訊息都沒有。他表示理解，她現在應該也自顧不暇，焦頭爛額，直到今晚。

向園不說話，轉身要下車，被人牢牢拽住手腕扣在身旁，「去哪？」

「我要回家。」

他斜眼睨她，「妳認得路嗎？打算繞到天亮？」

向園掙了掙，沒掙脫，聽他緩吐了口氣，把菸熄了，「走吧，我幫妳指路。」

半小時後，在徐燕時認真且嚴謹的指導下，車子在一家酒店門口，停了下來。

向園：「這哪？」

「酒店。」男人一本正經的模樣，彷彿來到了神聖的研究所。

向園看著他從容淡定地解開安全帶下去，半天沒動，徐燕時過來輕敲了下車窗。

向園不理，賭氣似的在車裡坐著。

他沒理她，直接去前檯開了一間房，沒多手單手抄進口袋，靠著立在酒店門口朝她揚了揚手中的房卡，向園不動，轟了轟油門以示抗議。

緊跟著，手中的房卡換成了她的手機。

被劫持了妳就貶下眼啊。

進了門，徐燕時把兩支手機丟到桌上，邊鬆開襯衫領口邊對她說了句，「去洗澡，早點睡。」

自己則去陽臺抽菸了。向園沒動，站在套房的客廳裡靜靜看著他，他背倚著欄杆，取了根菸，低頭吸燃。

房間靜謐，打火機輕輕地發出「嚓」的一聲。

男人隨著吐出的煙霧，抬頭，視線也隨之落到她身上。

他叼著菸，隔著青白的霧氣，眼神裡藏著一些意味不明的情緒，熱烈克制，壓抑又深沉，像針一樣，狠狠地刺著她。

瞳仁比一般人黑，所以瞧起來總是冷淡。複雜的情緒，也比一般人多。

向園受不住他這樣的眼神，多瞧一眼，都覺得心悸，她收回神，心怦怦跳地跑去洗澡。

結果越洗越熱，氤氳的霧氣也蒙上了眼睛，心跳更劇烈，像一顆不斷膨脹的氣球，在她胸腔裡不斷發脹，最後脹到撐著她的胸口，完全喘不過氣。

下一秒，浴室門被人推開，廁所亮著紅光，瞧不太真切，向園以為是被風吹開了，誰料，一個修長挺拔的人影立在門口。

等人睡了，徐燕時從床上下來，襯衫一套，就這麼赤懷懶散地敞著，拿了包菸到陽臺上坐到天亮，直到天邊泛起魚肚白，如破曉的光傾瀉而入。

他寫了一則訊息給梁教授。

梁秦醒來沒看手機，是在幫學生上課的時候，發現手機裡躺著一則未讀訊息，他隨即點開。

怔了三秒。

那堂課，教師格外靜，頭頂的風扇在不知疲倦地嘩啦啦轉。

教室裡是一股股難以消散的熱風，窗外是夏日的蟬鳴，學生們都疲乏，卻在那年夏天，瞧見了這個鐵面無私的梁秦教授，在看了一則訊息後撐著頭，紅了眼。

『梁老師，出於個人原因可能無法參加這次面試，如若未來還有機會成為您的學生或戰友，打罵隨意。但這次，向園需要我，我不能放下她不管。承蒙您跟師母厚愛，不勝感激。抱歉。學生徐燕時。』

自那之後，兩人有一週沒見。

向園跟個陀螺似的，連軸轉的沒停過，沒日沒夜地跟股東開會，幾位股東都是開朝元老，算是當年一同與老爺子打拚下這半壁江山，說話份量也比她重，向園自是不敢得罪，儘量都讓著、忍著。

可股東間的分歧意見也頗多，跟樹杈似的，此消彼長，這邊剛解決，那邊又冒出個矛盾極待解決。

「我最近沒什麼錢，十億不是開玩笑的。」一面容剛毅，雙鬢斑白的老頭，帶著副金絲邊眼睛，穿著灰色三件式西裝，叫顧昌盛，說：「一億，大家拚拚湊湊可能興許還有，十億真的讓我上哪挖礦？」

「那是，一億您當然不在話下了。」向園也不點破，看著顧昌盛提點了一句，「我記得您前不久剛幫您大兒子在澳洲買了個農場？還有上個月幫小兒子在北京買的那間四合院怎麼也價值一億了吧？當然如果這是您的正當所得，我不發表什麼意見。也沒有讓你們掏錢的意思，現在這種時候，再拖下去，我只能申請破產了。」

顧昌盛不聽威脅，游刃有餘地跟她打太極：「說實話，小園，我們現在這把年紀了，考慮的風險肯定比你們多，這筆錢不是不願意掏，是數額大，大家一時間拿不出這麼多。」

向園跟賴飛白互視一眼，淡聲發問：「你能拿出多少？」

顧昌盛笑了下，眼角的皺紋如刀一般鋒利，說：「我有個前提，除非妳把妳爺爺手上的股份轉一半給我，我拿出兩億，這樣我出任董事長。」

算盤打在這，顧昌盛這是想趁火打劫徹底把東和變成他的。

向園面上淡定，只說考慮一下。散會後，人沒走，只餘她跟賴飛白還有家冕三人。

三人表情凝重，眉頭緊皺，連空氣都肅然。

光線從落地窗外射進來的，落下斑駁的光影，只餘一室靜謐。

向家冕率先打破沉默，「顧昌盛是不是和楊平山聯合起來故意想吞併公司啊？我真不信楊平山會就這麼輕易離開他腐朽了這麼久的老巢，他們弄這一齣，就等這一天呢是不是？」

向園一身灰色西裝，偏休閒，光線落在她身上，手腕白得透光，腕上戴著一支金光閃閃的情侶手錶，錶盤上的鑽石在光線發出耀眼的光芒。整個人彷彿在發光。她默不作聲，睏乏地揉了揉太陽穴。

賴飛白接話：「也不是不可能，顧昌盛手裡餘錢肯定不只兩個億，就這幾年他手裡克扣的工程款，都不是小數目。」

向園靠在椅子上，打開面前的電腦，「現在說這些都來不及了，先想想有什麼辦法讓顧昌盛把錢拿出來。還有，呂澤陽那邊怎樣了？」

賴飛白說：「拖不下去了，我只說讓他這個月底走。」

「先讓尤智接替他的工作，」

賴飛白：「尤智畢竟不是電腦專科出身，跟呂澤陽還是差一大截。」

「薛逸程呢？」

「那幾個老頭不同意。」

「先讓尤智學著，獵頭那邊找怎麼樣了？」

「難找，呂澤陽這種我們花了幾年時間培養出來的，上哪去找個跟他差不多的？而且真正厲害的，給他錢，他都不願意來。我只能再托人從別的公司挖挖看。」

話音剛落，桌上電話驀然響起，

向園接起來：『向總，有位叫梁秦的先生找您，說是您朋友的老師。』

向園眉心突得一跳，忙把人請進來，「讓梁老師到三樓會議室等我，我馬上過去。」

梁秦在偌大的會議室等了片刻，隨後聽見高跟鞋在走廊裡噔噔噔作響，一轉眼，門口進來個漂亮精緻的女人，梁秦心下有些怔愣，那疾風勁馳的幹練樣，像極了她母親。他跟向園的見面次數並不多，大多都是有徐燕時在場，在他學生旁邊，她永遠像個長不大的小女孩似的撒嬌。

這是第一次見工作上的她，這樣一瞧，倒是跟他的學生般配。

向園很客氣，親自倒了杯水，坐到他對面，禮貌地問他：「梁老師，您找我有事？」

梁秦雙手握著茶杯，笑容苦澀，不同於顧昌盛那陰險狡詐的模樣，梁秦臉上都是被歲月碾磨下的痕跡，看起來柔和很多，他艱難地啟了唇：「向園，本來不應該來找妳，但是我實在忍不住，也不想事情到這就結束了。儘管徐燕時以後若是恨我，不承我這份師生情，今天這話，我也一定要跟妳說。」

向園臉上笑容微僵，卻仍是禮貌地說：「您說。」

梁秦深深吸了口氣，先是小聲地問了句：「妳公司最近遇上麻煩了？」

會議室噤若寒蟬，落針可聞。

風一颮，窗外的樹木沙沙作響，跟屋內的氣氛交輝相映，襯得兩人低沉的交談聲更顯壓抑。

向園也沒瞞，如實跟梁秦說：「確實遇到一點麻煩，徐燕時跟您說了？」

門外，家冕剛接到一個電話，下來找向園，手剛扶上會議室的門把，聽見裡頭傳來若有似無的說話聲。

梁秦三緘其口，也不再轉彎抹角，眼神也嘲諷：「他是跟我說了，不過他跟我說的是，他要退出韋德的面試。」

向園一愣，「什麼意思？為什麼退出？」

梁秦一臉的束手無策：「因為他覺得妳更需要他。」

向園整個人僵住，心口卻熱，又漲，「什麼時候跟您說的？」

「上週三的早晨，傳訊息給我。」

自那次之後，兩人沒再見過，確切地說徐燕時消失了，向園找不到人，以為他在準備韋德的面試，也不敢多打擾他，然而他沒有在準備面試？

向園心頭一凜，不知怎的，心突然慌亂，掏出手機要打電話給他。

梁秦卻說：「不用打了，他最近出國了。」

「出國？」向園慢半拍，「他沒跟我說啊。」

「他應該是去美國了。」

向園再抬頭，發現梁秦眼眶微紅，有些怨怪地看著她直言不諱道：「向園，我今天來找妳，是希望妳能站在他的立場為他考慮一下，如果妳是發自內心的喜歡他，就不要讓他放棄自己的理想去為妳守家業。人有多大能力就掌控多少東西，妳如果沒能力掌管好自己的公司，為什麼要強求別人呢？徐燕時他不應該在這裡浪費時間和生命。」

向園僵住，眼角的笑容消散。

門外，家冕攥著門把的手不斷收緊，直到指尖都泛了白。

樹葉風沙聲不斷，屋內，梁秦越說越激動，越發義憤填膺起來，每個字都跟針似的，狠狠扎在她身上：「愛一個人，應該是互相忍讓，互相付出，而不是他一味地為妳付出，妳又為他做過什麼？說實話，我一開始挺喜歡妳的，覺得妳挺懂事的，但是現在，我發現妳跟妳的母親一樣冷血。」

向園的臉色愈漸慘白。

梁秦意識到話語裡的不妥，咳了聲繼而道：「這個機會千載難逢，如果錯過，是不會有下次了，他這輩子都別想再進研究院，所以你們自己考慮清楚，是否真的要放棄，距離最後一次複試還有一個月的準備時間，我等你們的答覆。」

「不用了，」向園冷靜地撇開眼說，「我會讓他去的。」

說完，她站起來，就著窗外的風沙聲，她朝著梁秦禮貌地微微鞠了一躬，「梁老師，說我可以，請不要說我母親，她好歹曾經喜歡過您。祝您身體健康，徐燕時以後還是您的學生，請您多多照顧他。」

徐燕時從美國回來，一身簡裝，白色短袖黑長褲，背上挎著個大大的黑色斜背包，走進巷口的時候，昏黃的街燈下，茂密的綠草盡頭，站著幾個男人圍在一起抽菸、喝酒、閒聊。

徐燕時的腳步停在巷口，雙手抄在口袋裡，路燈暈黃的光虛虛攏攏地將他罩得模模糊糊，只見地上一條斜長的影子，乾淨俐落。幾人紛紛回頭。

老慶手裡捏著罐啤酒瞇眼瞧那人影說：「老徐回來了？」

老鬼應和，「應該是吧，應該是老徐。」

男人頓了一瞬，聽見熟悉的說話聲，朝他們闊步過去，與他們彙聚在路燈下，接過老慶手中的分菸，單手抄在口袋裡，順勢有人點了火，他就著低頭吸燃，靠著燈杆吞雲吐霧道：「你們在這幹什麼？」

幾人面面相覷，你看看我，我看看你，各自不說話。

徐燕時也不急，慢條斯理地抽著菸，等他們開口，菸抽完一根了，還是沒人開口，他沒了耐心，在地上踩滅，低著頭說：「不說我上去了。」

到底是張毅開口：「梁教授找老鬼了，說你拒絕了研究所的面試，老鬼就來找我們了，覺得該勸勸你，但是我覺得這事你肯定有自己的意思。」說到這，張毅看了另外幾人一眼，除了老慶一臉嚴肅，老鬼和蕭霖皆是顫顫巍巍地看著徐燕時，也都知道自己根本勸不動，更何況這事還是跟向園有關，他們也是冒死前來諫言。

徐燕時擰了擰眉，張毅謹慎措辭，生怕惹了這暴君。

「是這樣，我們兄弟幾個商量著，畢竟瞧這情況，向園以後也是我們嫂子無疑了，瞧你這模樣也是不會換了，如果真是這樣，向園要是遇上什麼事，我們能幫忙的肯定幫。」

話雖這麼說，好意徐燕時也心領了，但這事他們還真幫不了，十億把他們賣了也沒用，論技術倒是可以，但不能讓他們辭了自己好好的工作跑去一家前途未卜甚至他自己在那待了那麼幾年，也可以知道究竟是怎樣的結局，他為了向園心甘情願，但是老慶他們又憑什麼替他去承擔這些？

「謝了。但這事你們別管了。」徐燕時說。

靜默三秒，忽然「砰」一聲巨響，似乎整個矮樓都隨之一晃，黯淡的路燈也跟著晃，啤酒罐被猛烈地砸向地面，發出破碎的悲鳴聲，可見主人之憤怒。

「我他媽就管了！」老慶怒罵，那臉因為憤怒扭曲，漲紅成豬肝色，聲音竄在雲層裡。

他看著徐燕時，氣急了，瘋狂喘著粗氣，一字一句說：「徐燕時，你能不能為自己活一次？」

老鬼嚇住，忍不住拉了拉老慶的手臂，老慶不理，眼神筆直地看著面前這個高挑、眉宇間沉穩如斯的男人。

徐燕時依舊是懶散地插著口袋靠著路燈，整個人清清冷冷，全無情緒。老慶則面紅耳赤，情緒激動，眼神緊盯著他，在張毅的勸說下，他的情緒穩定下來：「我找人打聽了，東和網安現在需要人，呂澤陽月底辭職，他們目前還沒找到人接上，那位賴祕書最近瘋了似的在私底下挖人，圈子就這麼點大，傳得都是風言風語，你想去挑大梁，可以，我陪你去。」

原是漫不經心斜靠著燈杆的徐燕時，在瞬間，忽然抬起頭，目光凝滯地盯著老慶，昏黃的路燈照得他神色晦暗不明，瞧不太清楚情緒。

老慶毫不客氣地說：「雖然技術上我不一定能比過你，但是徐燕時，我告訴你，我在阿里網安這麼多年，人家鐵定是要我不要你，到時候你給我老老實實回去考試！」

徐燕時笑著撇開頭，耐著性子勸了句：「別發瘋。」

說完，不再理他，直接上樓。

不顧老慶在他身後揮舞著手腳，聲嘶力竭地對他大聲疾呼，激他——

「我告訴你，老子去定了！你要是害怕，就給我乖乖準備考試！」

喊完，還不解氣似的，狠踹了剛剛摔落在地上的啤酒罐一腳，乒乓聲四起，引得樓上那老太太呼啦扯開窗，劈頭蓋臉就是一聲京罵：「大半夜的讓不讓人睡覺了，夜壺嘴上鑲狗屎的東西！」

這天，賴飛白收到一封簡歷，轉寄給向園，向園一看名字有點熟悉，再一看照片，這不是老慶嗎？再定睛一瞧，工作經歷一欄很簡單，只兩項，就職於阿里網安部。

向園乍然一懵，尋思半忖還是打了個電話給老慶，「你瘋啦？好好的阿里不待朝我這投什麼簡歷？」

老慶半晌沒說話，沉默良久，才沙啞著開口：『我知道你們缺人，但老徐他真的耽誤不起，我知道這事妳也委屈，老徐是真的愛妳，所以義無反顧拋棄了他那麼多年的理想。但我們都不想他再錯過這次機會，所以，我覺得，如果有這個機會，我可以代替他來。』

向園掛了電話，手骨節攥著手機，不斷收緊，她忍著眼淚，吸了口氣，打了個電話給賴飛白：「把簡歷退回去，就說不錄用。」

賴飛白：『為什麼，他再合適不過了？阿里的人想挖都挖不到。』

向園看著窗外，高樓林立，不遠處正在開荒一片工地，吊頂機在空中不斷上升，她盯著看了一陣子，彷彿瞧見了那高樓平地而起，又瞧見了那高樓裡賓客高朋滿座，來去歡喜，緊接著，樓塌了，恍若瞧見了一場海市蜃樓。

她閉了閉眼，眼角熱淚滾落，只說：「他叫王慶義，是我男朋友的朋友，辭了阿里的工作，我們能給他什麼？別耽誤人家，退了吧。」

彼時，徐燕時在司徒明天的病房。

司徒明天瞧見他也不震驚，小老頭從床上坐起來，靠坐在床頭，讓看護倒了杯茶水給他，便讓人出去，房間只餘兩人，他率先開口：「怎麼樣，在上海過得還好嗎？」

徐燕時坐在窗對面的椅子上，「挺好的，不過也回來挺久了。」

司徒明天點點頭，「小白跟我說了，說你想回來接替呂澤陽的位子，你以前有做過這方面的技術嗎？」

徐燕時不卑不亢，說，「我跟阿里的王慶義，以前都是駭客出身，只不過我大學改了科系，學了測繪。」

現在各大公司的網路安全負責人都是當年他們那波駭客裡的大拿，只不過現在不叫駭客，現在在國內叫紅客，偶爾技術性之間無惡意地可能會切磋一下，大多時候都以負責公司網路資料各方面的安全為主。

徐燕時跟老慶是當年那波駭客裡最出名的兩個，只不過後來徐燕時學了測繪，老慶則直接進了阿里。在經驗上來說老慶確實比他豐富。

「當年離開的時候，替園園揹了黑鍋，是不是覺得挺委屈的？」

「沒有。」這是實話。

男人的眼神太過坦誠，司徒明天從沒有見過一個男人眼神這麼乾淨，他忽然覺得自己可能真的老了，看人眼光不太行，笑了笑，還是不相信地問了句：「真的沒有？」

「沒有。」

司徒明天笑容淡去，「當初在西安的時候，園園為了你跟我吵了很多次，覺得我蠻橫、專制，不懂得發現人才，你覺得，我是這樣的人嗎？」

徐燕時挺誠懇地說：「蠻橫專制看不出來，確實不太惜才。」

司徒明天一愣，不料他這麼直接，氣呼呼地一揮手，被子一掖：「滾滾滾，找小白去，我要養病了。」

徐燕時站起來，「好，那祝您早日康復。」

「等一下，」他聲音從被子裡悶悶地傳出來，「幫我把尿壺拿出去。」

這東西不是自家人，也不會讓人拿，徐燕時很聽話地倒乾淨，幫他放回去。

看護回來瞧見這空蕩蕩的尿壺，奇了怪了，「老爺子，您今天怎麼沒尿啊？」

老頭：「倒了。」似乎還帶著哭腔。

看護：「誰倒的？」

老頭不耐煩，「妳問那麼多幹什麼，一個騙了我家丫頭的男人，我指使指使他倒尿壺怎麼了？」

徐燕時入職那天，向園從早晨開會開到下午，緊鑼密鼓連喝口水的功夫都沒有，三點部門例會剛結束，四點又是股東大會。

「我建議今年所有案子都停工。」

向園穿著套黑色西裝，高馬尾，面容清麗，脖頸細白纖瘦，盈盈一陣風就能倒，賴飛白瞧她日漸消瘦的模樣都有些不忍心。

勸多了又怎樣呢。

家冕最近也不知道上哪去了，股東會議也不參加，每天喝到爛醉才回家，所有重擔又全落到向園身上，女孩倒也堅強，叫人瞧不出一點倦意，儘管昨晚只睡了兩個小時，現在開會時，說話還是鏗鏘有力，聽得一堆老頭子都一愣一愣的。

她單刀直入：「專案停工，手頭上的工程款先支付，餘錢看能開幾個專案，全部開是不可能的，如果導致員工薪水發不出，鬧上新聞，我們的公眾形象會更差，銀行本就對我們有疑慮，現在先撐過這個時期，如果貸款能下來，案子再開工。」

顧昌盛第一個不同意，舉手反對，聲音洪亮：「不行，其他案子都可以停，我手裡的不能停，這個案子停了，會影響公司明年的效益。」

有人帶頭，於是眾老頭紛紛開始抱怨：

「我手裡這個也不行，這個是去年就已經預付的專案，如果算入半竣工，進度拖慢，對所有工程都有影響。」

「我也不行啊，馬上又到支付下個工程款了，大家都很難做……」

也有人替向園嗚不平：「你們一個兩個都不願意停自己的案子，那好辦啊，你們讓銀行把貸款批下來，搞搞清楚，現在是沒錢，要是有錢，誰沒事停你們案子？」

那人話語激進，惹顧昌盛不快，直接說：「說實話，我們留在這裡是念著對公司的情分，不然我們也跟著楊總自立門戶去了！輪到你說話的份？」

「你！」那人被氣到，手指直指向他！

向園笑了下，淡聲說：「顧爺爺，尊敬稱您一聲爺爺，您要跟楊總去自立門戶，您放心我一點意見都沒，真的。順便問一句，這裡還有誰要跟楊總去自立門戶的，請舉個手，這件事我本來不想提，既然顧總提出來，那我這裡也提一句。」

「楊總這次離職，確實給公司造成了很大的麻煩，說句難聽的，我對公司本來就有很大的意見，人口老齡化，吸收不進新鮮的血液，年輕有能力的一個個被埋沒，留下來的，拿了薪水不幹事，順便還挪用點公司的工程款。這事我就不點名了，顧爺爺對吧？」

向園說到，清咳一聲，用食指曲起輕敲桌子，「叩叩」嚴肅又平和的兩聲，卻提了整個會議室所有人的注意力。

「順便，提醒一下各位。我現在是代理董事，我沒我爺爺那麼好說話，我這個人從小最擅長破罐子破摔，既然已經到了這份上，我沒什麼豁不出去的。大不了就是申請破產，我跟我爺爺磕頭認錯，罪名我來擔，既然這個公司已經到了這個地步，我也不怕跟你們亮底牌，現在是沒錢，你們手裡幾個有錢的，到底挪用了多少工程款，我跟小白這邊都記著帳呢，我不計較不代表我默許，有良心的自己掏出來墊付。顧總您要真想走，沒人攔您。」

顧昌盛哼笑一聲，「呂澤陽的位子還沒補上，妳這邊就開始趕我這個老頭子了，怎麼了，向園，妳爺爺給妳這麼大權力讓妳在這胡作非為——」

「抱歉，來遲了。」

顧昌盛話音未落，忽然插進一道冷淡卻叫她心驀然一跳的聲音，再抬頭，那熟悉的臉，一身西裝革履，從沒見他如此正式，褲腿挺闊，露出一截乾淨修長的腳踝，套著黑色襪子。皮鞋的鞋尖微亮。

將他整個人襯得極簡、俐落。

手腕上是跟她情侶款的錶。

一週不見，五官似乎更銳利，頭髮剃短，眼窩深邃，從上到下，透著一股不耐。向園想到那晚在浴室，他用嘴餵酒給她時，他就是這副表情，不耐煩地餵，偏掐著她的下巴度進去給她。一邊問她還要嗎，一邊自顧自去拿酒，根本不等她說話，咬住她的唇就餵進去。

光是想到那畫面，向園不由又一陣心悸，心跳加速，她不動聲色地別開頭。

會議室議論聲四起，許是想要問這誰，連向園也下意識看了賴飛白一眼，他才不緊不慢地介紹說：「這是我們以前西安維林分公司的技術部組長徐燕時，他將接替呂澤陽呂總的網安首席官的位子。」

第十九章　分手，不分手

兩人許久未見，那天清晨五點，天剛濛濛亮。拂曉將至，星辰逐漸黯淡，黎明的街道寬闊空蕩，靜謐如煙，整齊劃一的路燈散發著幽幽亮的光，晨曦如薄紗，淡淡攏著這座城市。

徐燕時一夜未眠。在陽臺上坐了一整夜，他寫完訊息，沒有發出，將手機丟到桌上，順勢從菸盒裡取了根菸銜在唇間，打火機在安靜的清晨發出輕響，怕驚醒臥室裡的女人，他點菸的那瞬間，回頭瞧了眼。

床上的女人睡得香酣，側躺，素面朝天對著他，眉峰秀氣入鬢，鼻挺而巧，薄唇紅潤緊抿。其實長得很清秀漂亮，穿西裝的時候很幹練，有一股禁欲氣質，只是那雙含光脈脈的眼睛，添了三分靈動和調皮。烏黑的長髮如黑流的瀑布散在雪白的枕頭上，兩頰仍是酡紅。

心下又怦動。

徐燕時轉回頭，笑自己沒出息。他調開視線，落入前方破曉的晨光中。江面泛著薄霧，灰白的天空未亮透，灰濛濛地壓在頭頂，夏日蟬蟲掩在草木中，發出微弱的啼鳴聲。

徐燕時叼著根菸仰在坐椅裡，視線光亮乾淨，腦中畫面若是投映出來，定叫人心跳如千百擂鼓齊鳴，狂跳不已……

可面上清冷，叫人絲毫瞧不出異樣。

徐燕時瞇著眼，彈了下菸灰。想起以前高中的時候，他那時瞞著所有人喜歡她，是不打算與她產生任何交集，卻不想命運百般地把這個人送到他面前。

一次、兩次，出現的次數多了，他終究沒忍住，主動追她。

哪能想過還有今天，當初只不過是怕一個「他們從來沒在一起」過的遺憾，更沒盼過要同她朝朝暮暮，攜手到老。起初他甚至都告訴自己不要太投入，他這個人一旦正經地告訴自己要怎麼樣怎麼樣，效果都是反其道而行之。

他其實本來不抽菸，那時候封俊他們無論怎麼慫恿，他都沒學。

直到有一天聽見她跟一個男生在打鬧，那男生嬉皮笑臉地告訴她：「封俊又在廁所抽菸了，妳怎麼不管管？」她笑吟吟地回：「我就喜歡抽菸的，多酷。」

不知道她說的喜歡是真喜歡還是假喜歡，那天晚上他回家經過商店的時候，破天荒買了一包菸，坐在樓下抽。

從那之後就沒斷過，直到畢業進入維林工作，他開始戒菸，其實菸癮不算重，有時候在上海半天想不到要抽一根，偶爾幾個男人聚在一起聊天的時候，接過對方的分菸才抽一根。但唯獨在她面前，菸抽不斷。

想什麼呢？想她更愛自己一點，想她離不開自己，做盡她喜歡的所有事情，討她歡心；

又怕她在這份感情裡，付出比自己多，受了委屈他也不知道，所以有時候情感不敢太過外放。也深知，男人的感情太過外放都會顯得不牢靠。

他低頭看訊息，那句，「倘若以後再有機會成為您的學生或戰友」是託辭。也知道以後大概是沒機會了，心有不甘，也知對不起梁教授，可如果讓他看著向園為那十億嫁給別人，那麼這種挫敗感無論在他進了韋德，即使成功發射了衛星也無法消弭的。往後回想起來：你看你再厲害，也無法阻止她為了家族犧牲自己，有什麼好得意的。

八點，向園轉醒，天光大亮，一縷輕薄的陽光從窗外落進來。陽臺上的男人仍是坐著，手機反蓋在桌上。屋內衣服凌亂地散落一地，纏綿悱惻的畫面如海嘯般倒來，向園忍不住紅臉，隨後套了件酒店的浴袍朝他走過去。

拖鞋聲趿拉，徐燕時聞聲回頭瞧了眼，淡淡轉回頭，眉眼如薄暮的寒霜，沒什麼情緒，「醒了？」

向園點頭，靠門框站著，用腳尖輕輕抵著地上的菸頭，低聲問：「你昨晚沒睡嗎？」

「睡了，剛醒。」他點了根菸，打火機隨即丟回桌上。

男人敞著襯衫，露出緊實的身軀，懶洋洋靠著，腿敞著，中間留了點距離，向園盯著瞧了一下，鬼使神差地走進他敞著的兩腿間，然後坐在他大腿上，手勾上他脖子，蹭在他溫熱的頸窩間，悄悄在他耳邊說，「徐燕時。」

「嗯？」男人把菸搭在一旁的菸灰缸上，低頭看自己懷裡的女人。

「我好像還是很睏。」她打了個哈欠，在他懷裡使勁蹭，溫香軟玉在懷，餘光底下是她浴袍下一雙筆直的長腿勻稱細膩，髮絲柔軟地貼在他胸口。

徐燕時腦中想得是《子夜歌》裡的「宿昔不梳頭，絲髮披兩肩。」

向園抱著他，浴袍漸鬆，露出一小截光白的鎖骨，底下風光一覽無餘。

徐燕時腦中想得是陳玉璂的《沁園春》——「擁雪成峰，小綴珊瑚。」而腿上交疊的雙腿細長纖瘦，含羞帶怯。

徐燕時腦中想得是《子夜歌》裡的「婉伸郎膝下，何處不可憐。」面上卻只是不冷不淡地說了一句：「那就接著睡。」

向園未覺他冷淡，勾著他的肩，悶聲問她：「你把我的內褲丟哪了？」

徐燕時想了想說：「妳自己洗澡的時候脫哪了？我沒脫過。」

向園這才想起來，好像是這樣。

天一點點亮起來，曦光在晨霧中綻放，兩人俱是沉默，隨後桌邊手機驀地一震，是訊息，他也沒管，直到兩人停下來，向園渾身氣力卸盡，他仍是一副懶洋洋、精力百倍的模樣。

「剛剛你的手機好像響了，不看看嗎？」

「等等看。」

向園擰了他一下，小聲說：「有祕密啊？」

他噗哧一笑，「不是分手炮嗎？還在乎我有沒有祕密？」

「這不是還沒分嗎？」

徐燕時仰在椅子上，下巴頦微抬，斜眼睨她：「我以為昨晚就已經成了前男友了呢。」

「你想分嗎？」

他不耐煩地撇開眼，說話也嗆人：「不分留著過年？不是都見了那姓周的？」

向園牢牢看著他，忽然覺得徐燕時這樣的男人，要是渣起來大概會渣破天際，又渣又勾人，讓人欲罷不能的那種。

兩人都不再說話，向園靜靜地靠在他懷裡，許久後，天光越來越亮，如流水一般撕開這清晨，馬路上汽笛聲漸鳴，行人匆匆。兩人仍是抱在陽臺上一動也不動。

➤

散了會，顧昌盛等人面色陰沉地離席。幾個老頭面面相覷後心照不宣地跟著顧昌盛進了辦公室，祕書輕闔上門，確認無外人後，才有老頭子按耐不住誠惶誠恐地發問：「老顧，現在這是什麼情況？」

顧昌盛面色凝重地背手立在窗前，沉默許久。

「老顧，你倒是說句話呀，現在到底是什麼情況，向園那小丫頭手裡似乎真的有什麼證據，你說這錢，我們到底是給不給？」久得不到回應，老頭又心急如焚地追問。

顧昌盛想說給個屁，現在是什麼情況看不出來嗎？這小丫頭除了嘴皮子溜了點，她能有什麼辦法？他們向家清高自傲，想在商界標新立異，但公司如今已發展至此，司徒明天尚且無法扭轉，她哪來那麼大的能耐。

幾個股東手裡，恐怕就屬老頭子手裡最沒錢，司徒明天沒有灰色收入，除了那些變不了現的股份股權之外，每年還得往外掏大把錢用於建小學、建導盲犬基地等各種慈善。

如今公司面臨這現狀，他們幾個不掏錢，銀行又不批貸款，除非有人免費送幾億給這兄妹倆，不然等資金鏈一斷，員工薪水發不出，到時候又會在網路上掀起一陣軒然大波。

顧昌盛幾個如意算盤打得精，楊平山一走，趁著這個資金鏈緊缺的節骨眼，他們幾個趁火打劫逼老爺子退位。至於向家，向園要願意待著，他們幾個老頭也不會跟個小女孩過不去。

然而，沒想到橫生枝節。

「這徐燕時又是誰？從哪冒出來的？老楊不是放了話，這個節骨眼上，沒人想跟我們東和往來嗎？本來等呂澤陽一走，這小丫頭就要手忙腳亂了，網安沒人把持大局，我看她怎麼折騰？」

顧昌盛不耐煩打斷：「著什麼急？一個西安分公司的小組長有什麼好緊張的，呂澤陽這位子一般人敢坐？司徒當年培養他花了多少錢我們又不是不知道，送國外進修、培訓，那一年年的來來回回，大家都看在眼裡，徐燕時沒資歷也沒背景，賴飛白真是瘋了，想再花時間培養個呂澤陽出來？來得及嗎？一個跟頭摔了還沒吃夠教訓？」

說到這，顧昌盛低頭撥弄盆景上的葉子，語重心長地長長嘆了一口氣，「司徒這人啊——有時候就是對自己太自信，又倔，當初我勸過他吧，既然花了這麼多心血培養一個人才，也不忌憚，讓老楊鑽了空子。」

幾人覺得他的話甚有道理，可心中總覺不妥，一時委決不下，猶猶豫豫地說：「我聽說賴飛白前陣子在各大公司到處挖人，引了幾家公司老闆的不快，飯局上還跟人編排我們東和，我們還是儘快把這件事辦了，再拖下去，對公司聲譽不太好。」

顧昌盛心裡又何嘗不想儘快解決，顯然是向園這對兄妹在有意拖延時間，手上力道不自覺加重，沉聲問了句：「西安那邊現在是什麼情況？」

「清算報帳中，除了財務部，其餘人都在休假等候通知，按照他們的意思，是想把那邊的人安插到總部來先頂替一陣。不過報帳出了點問題。」

顧昌盛：「什麼問題？」

「黃啟明的單子今年剛簽，合約是一年，一批貨年底要出，現在西安臨時要關門，年底那批貨出不了，黃啟明天天上門來要錢，這黃啟明又是個二流子，天天找人來堵門，弄得現在財務部那幾個小女生都不敢出門。」

「你下週找人約一下黃啟明。」

那人一愣，忙擺手，一副事不關己高高掛起的模樣：「那可是個地頭蛇，一言不合能拔刀的那種，我可勸不動。」

誰料，顧昌盛淡聲說：「你找個人提點他一下，讓他到總部來要錢，不僅要錢，還要違約金，精神損失費。就找他們要，把向園照片給他。順便給這小丫頭一點教訓。」

黃昏，斜陽西斜，屋外如同紅雲燃燒。

會議室寂寂無聲，賴飛白已經離開，只剩下兩人，靜靜坐著，誰都不說話。

那天算是不歡而散，後來送她回去的路上，兩人也沒什麼交流，他開車，她低頭看手機，跟賴飛白傳訊息，確定下午的行程，如果不是梁教授來找她，她也不知道，那天早上他究竟做了什麼打算。

兩人不知道坐了多久，窗外的斜陽一寸寸挪進來，直到那抹餘暉落到徐燕時的身上，烘得那冷淡清晰的眉眼稍稍有了些許溫度，向園瞧著這張愛得發瘋的臉，心中千百種委屈，可她也說不出來，只是說了句：「我讓小白送你回去，東和這趟渾水，你別摻了，好好準備一個月後的複試——」

被他打斷，猝不及防的——

「向園，妳愛我嗎？」

男人沉默許久，聲音嘶啞，低沉。聽在她耳朵裡為之一澀，心跳驟然漏了一拍，猛地一抬頭。

瞧見徐燕時眼神深沉而冷淡地盯著自己，那麼深情的一句話被他問的輕描淡寫，他眼神筆直且不帶任何感情地又問了一遍：「愛嗎？」

她耳熱心跳地看著他。心想：愛吧，可不也是你自己說的，這個年紀還談什麼愛不愛？

「愛。」

遠比她想像中的更多。

徐燕時一怔，那冷淡如斯的眼神裡，似乎是燒了些未明的情緒，一下子讓他沒有反應過來，眼底稍有了些溫度，他低頭笑笑，也是沒想到是這個答案，他以為向園會說，不愛，分手然後把他趕出去，讓他千萬不要為了自己放棄夢想，又或者，如果他不同意，她哭著鬧著要跟他分手。

沒想到，她回答的倒是乾脆。

徐燕時站起來，走到她位子旁，靠著桌沿半坐著，雙手抱胸地低頭看著坐在椅子上的女孩：「如果我跟別人結婚，心裡難受嗎？」

「會，」她仰頭回視，眼裡像是有光，明明滅滅，掙扎片刻後，那光熄滅了妥協了，「但是徐燕時，我們都過了有情飲水飽的年紀了。如果最後我們因為種種原因沒有走到一起，你難道真的會因為我打一輩子光棍嗎？」

「妳呢，妳希望我為妳打一輩子光棍嗎？只守著妳一個人？」他撇開頭去，盯著窗外淡紅色的晚霞，眼睛被霞光映得微紅，像是極度壓抑，隨即轉回頭，捏住她的下巴，迫使她仰頭對上自己的眼睛。

「我要是說我願意守著妳，以後誰也不娶，妳怎麼辦？這份感情，妳怎麼還我？」

儘管徐燕時真的這麼想，也不能說出來，這麼沉重的感情壓在她身上她怎麼可能還會真的快樂。到哪都覺得是虧欠。

向園知道他說話嗆人，諷刺起人來也很直白。

她偏偏就愛他這股勁，心裡又氣又難受，繃著臉別開頭，冷聲說：「我不是這個意思，這麼糾纏下去沒意思，東和不需要你，我跟賴飛白說，你回去找梁教授——」

說完，她拿起一旁的座機準備打電話給賴飛白。

驀地被人按回去，下一秒，唇被人咬住。

會議室四周玻璃全透明，雖然在走廊的盡頭，但只要有人上來便瞧得一清二楚。

這是兩人親過最冷淡最讓徐燕時窩火的一次。

向園始終沉默，低著頭一言不發，他冷淡，她更冷淡，不知是在懲罰誰，始終都不肯與他對視。她在逃避，徐燕時很清楚，卻也知道一下子沒辦法打開她的心結。他也沉默地看著她。

半晌後，他雙手抄回口袋裡，自嘲笑：「說吧，要怎樣？分手？」

「我又沒說分手。」她小聲嘟囔。

他挑眉，舒舒服服地半坐著，低頭心不在焉地笑，心說，那妳剛才裝什麼？

向園淡淡撇開眼，低聲說：「前提是，你要回去找梁老師，我們就不分手，如果你非要留在這，我們現在就分手。」

那天又是不歡而散，兩人有陣子沒再見面，直到月底，徐燕時跟賴飛白去參加了兩天北京市網路安全交流大會。回來的時候，一向沉默寡言的賴飛白在向園耳邊跟打了雞血似的碎碎念：「徐燕時人脈很廣。那個網路安全會議上，去的都是各個公司的網安首席官，他好像大部分都認識。」

向園淡定地翻文件，電腦螢幕亮著，頭也沒抬地說：「他高中就混駭客圈了，他跟他朋友那時候在駭客圈裡名氣很大。即時通帳號都是五位數的那種。」

賴飛白：「帳號越短越厲害？」

「說明越早接觸電腦，還有一些是內部號，只限給一些特殊駭客的。」

「家冕要是能有他一半，公司也不至於全讓妳一人擔著。」

向園笑笑，「家冕可不願意幹這個，他恨死駭客了。他高中的時候為了幫我追那兩百塊錢，結果被一個自稱是駭客的騙子騙了兩千塊錢。他到現在都還記得對方的帳號和ＩＤ。」

「是該記得，那時候兩千塊錢多大。」賴飛白點頭，聽隨意地提了一嘴：「不過這麼說來這個圈子好像挺小的，而且還有女駭客。平虎那個網安首席官，就是個女的，大家都是同一個圈子的，吃飯的時候我還聽他們調侃徐總和那個女首席官。」

「調侃什麼？」

「說他們是天造地設的一對啊，聽說當年那個女首席官還追過徐燕時。這週還約了吃飯。」

「你今天怎麼廢話這麼多？煩不煩？」向園忽然脾氣上來，「滾出去。」

賴飛白正要走，聽聞她又問：「對了，徐燕時入職這件事我還沒跟你算帳呢，為什麼他入職這件事你沒告訴我？」

賴飛白說：「這是老爺子同意的，這事妳怪不了我，老爺子說話我也不敢不從啊。」

「什麼時候？」

「就前兩天啊，徐總好像去醫院看老爺子了，還幫老爺子倒尿壺。到底談了什麼我也不太清楚，老爺子的心思我可不敢瞎猜。」

向園筆丟過去，「那是因為你一猜一個準！」

人跑了，向園越想越氣，掏出手機打了個電話給老爺子，那邊響了好久才接起來，也不等那邊開口，劈頭蓋臉一頓臭罵：「你怎麼能讓徐燕時幫你倒尿壺呢？我不是幫你請了看護嗎？這種事情以後別麻煩人家——」

『不麻煩。』

電話裡傳來一道意料之外的低沉男音。

向園腦中轟然炸開，臉騰地燒起來，下意識脫口而出：「徐燕時？」

電話那頭，男人低沉一笑，『嗯』了聲。

不是跟你的女駭客去吃飯了嗎？在我爺爺病房幹什麼？

「啪！」電話毫不留情被掛斷。

司徒明天吊完點滴，上完廁所回來，接過徐燕時手中的手機。兩人站在陽臺，司徒明天遠眺了一下，三院後山鬱鬱蔥蔥，蒼翠松柏，凝露清新。清透的光線落下一地金片，灑在山坡上。光線充裕。

「向園說了什麼？」司徒明天問。

徐燕時雙手抄進口袋裡，立他背後，靠著門框道隨口說了句：「問您吃了沒？」

司徒明天哼唧一聲，笑笑沒說話，半晌後，轉過身來，拄著拐杖慢慢踱回房裡，沒頭沒腦地忽問了句：「你們吵架了？」

「不是，是鬧分手。」

司徒明天掀起被子坐進去，挺沒良心地說：「分了好。」

「……」

說完又厲聲警告了一句：「鬧鬧脾氣就算了，別真的把她惹急了，惹急了什麼事都幹得出來，我這丫頭，心特狠，」說到這，司徒明天嘆了口氣，「她跟她奶奶一個樣，心很軟，對誰都心軟，唯獨對她自己，心特狠。要是真把她惹急了，她就算再喜歡你，也會跟你分。管自己痛不痛呢。」

黃啟明是決然想不到，自己來要錢會是這幅光景，向園更想不到，自己憋了這麼久的情緒，忽然在一個陌生人面前全然崩塌了。

下班前，她準備去趟銀行，結果路上車子被人堵了，一瞧那人，還有點眼熟，再一定睛，這不是黃總嗎？向園笑咪咪地跟人打招呼，黃啟明一手揮開：「去去去，別套關係，向園啊，我們好好找個地方敘敘舊。」

於是就來到公司附近的路邊攤，向園說請他吃日本料理，黃啟明表示他不愛吃那些，就愛路邊攤。向園也只能隨他意，到公司附近的一條宵夜街找了個位子。

頂上一盞燈，暗黃，不太敞亮，但總歸能瞧見彼此的面容，這樣方便接下來的溝通。

黃啟明瞧著這小女生越發漂亮了，來提點那人也沒說什麼，只說讓他來總部找向總，必要時可以耍點小手段，這個向總畢竟是個女人，還是膽小怕事的。後來一瞧照片，這個向總他認識啊，於是二話不說就買了機票，立馬找來了。

「想不到妳這麼短的時間，都成了向總，」黃啟明說不套近乎，自己反倒開始了，「不過這麼瞧著，妳是不是成熟些了，我記得妳剛來西安時，就是什麼都不懂的小女孩，莽莽撞撞的，現在跟人喝酒還吐嗎？」

向園一揮手，「現在喝得少，你說吧，來找我什麼事。」

黃啟明見她爽快，也不扭捏，開門見山地說：「年底那批貨，我們年初簽的訂單，錢都給出去了，你們這時要是關門，我們當然要拿到貨啊，妳要麼把錢給我，要麼年底交貨，不然我沒法跟領導交代。」

「西安那邊沒跟你談？」

黃啟明哼唧一聲，「陳書辭職了，我現在對接的經理都找不到，誰找我談？我天天去堵門，也不見得有人理我。」

向園一點頭，「多少錢？」

黃啟明：「三千萬呢，我不管啊，這事我交給妳處理了，要是拿不回錢，我……」停了一下，說，「我就從你們東和大樓跳下去。」

「您黃總還會拿跳樓威脅人呢？」向園笑得前仰後合，抿了口酒，「當初灌我……」一愣，「我們徐總的時候，可沒見你膽子這麼小。」提到那人，腦子便發了瘋似的想，心跟空了一塊似的，漸漸往下沉，笑意漸漸消散。

黃啟明毫無察覺地說：「徐燕時現在做什麼。」

「網安首席官。」

向園一點點抿著酒，面無表情地說，好像有些醉了，從坐下開始，她一口菜沒吃，光喝酒，情緒很低落。

黃啟明就多嘴問了句：「幹什麼，徐燕時對妳不好？」

「好，」向園有點呆呆地說，「就是太好了，覺得怎麼都是我欠他的。」

黃啟明搖搖頭，年輕人談戀愛就是麻煩，什麼你欠我我欠你的，矯情！他時刻提醒自己千萬別被這丫頭繞進去了，這丫頭詭計多著呢，可要防著點，剛要不耐煩地說我管妳誰欠誰，妳趕緊把欠我的三千萬還了！

向園忽然哭了。

她這股情緒壓抑太久，從老爺子入院那天開始，她腦中緊緊繃著一根隨時會斷的弦，此刻也不知是觸碰到她哪根神經了，彷彿清晰地聽見自己腦海中啪嗒一聲，那根弦斷了，她澈底失控。

而這些情緒，換作是任何一個熟悉的人，徐燕時、家冕、爺爺，或者許鳶、賴飛白等等這些人面前，她都無法宣洩，甚至只會更壓抑自己。反而在黃啟明這樣的陌生人面前，她可以肆無忌憚地哭，跟他說些不著三不著兩的話，不用擔心他追問什麼。

然而黃啟明只是非常冷靜地看她哭了之後，淡定地給掏出手機傳訊息給徐燕時。

很快那邊就回了兩個字：『地址。』

接著，黃啟明開始心不在焉地聽向園訴苦，心裡盼著徐燕時趕緊來把這個女人接走，太恐怖了，不就是跟她要個三千萬的債嗎？用不用這麼一瓢一瓢地眼淚澆他啊。

向園是純發洩。

黃啟明是覺得她不想付錢扯的藉口，心想這小丫頭演技還真好，哭起來真讓人心疼。這兩人不在同一個頻率上，向園也隱隱感覺到黃啟明的不理解，甚至還有點鄙視她，卻還是有一搭沒一搭地心不在焉地磕著瓜子安撫她，向園太喜歡這種可以肆無忌憚說祕密的感受了，甚至在黃啟明眼裡，她都不如那袋瓜子重要。

徐燕時將車停在路邊，他沒急著下車，降了車窗，靜靜坐在車裡看她。

向園側對他坐著，昏黃的路燈攏著她柔和而圓潤細緻的小臉，那雙眼睛像是浸了水似的黑亮亮的，耳環跟他的袖釦似乎是一對的，在燈光下閃著熠熠星光。

只是她有點茫然無措地坐在那，像個做錯事的小孩。

對面的黃啟明一臉嫌棄，甚至防備地看著她，根本沒有在聽她說什麼。

徐燕時第一次知道心疼到化了是什麼感受。

到底有多難受，才要將這些不敢對他們講的情緒，要對一個陌生人講。

「他老師說向園妳太冷血了，妳不應該讓他為了妳放棄他的生活和理想，我沒有啊。我甚至都不敢告訴他，我家裡到底出了什麼事情，好像所有人都斷定了我對不起他。可是我也有我的難處啊，我爺爺打拚了這麼久的企業，周伯伯說，妳明明有機會可以讓它起死回生，可是妳卻因為你的自私放棄了，當然妳爺爺和哥哥不會怪妳，但是我可能會後悔一輩子。沒人體諒我啊，不管是他的朋友和老師，都覺得他付出比我多，每個人都來指責我。」

黃啟明磕著瓜子沒什麼耐心地說：「麵包重要。」

向園噎了噎不理他，她有點自暴自棄地說：「小白指責我不為爺爺考慮，老師指責我不為他考慮，」她忽然用手捂住眼睛，放聲痛哭起來，眼淚從指縫間溢出，「我就是為了他們考慮我才想把自己賣了算了。」

黃啟明有點被她觸動了，怔怔地看著她，有點感動地想說，妳先別衝動萬事好商量。

下一秒，小女生捂著臉，敞著指縫，兩隻眼睛骨碌碌地看著他，俏生生地問了句：「你有錢嗎？」

黃啟明心下閃過一絲不祥的預感：「……妳、妳要幹什麼？」

「我忘了帶錢包了。」

哇的一聲又哭出來！

黃啟明不耐煩地結完帳，錢沒要到，請人吃了頓飯，把醉醺醺的女人安安全全一根毛沒少地交到徐燕時手裡，著急地撇清關係：「我沒灌她，我來找她要尾款的，誰知道她一坐下就自己拿了瓶白的，跟我訴苦公司最近怎麼怎麼缺錢，資金鏈短缺還說什麼要賣身給誰還我錢，你好好勸勸她，這丫頭瘋了，還說自己能賣十億呢，身上也就兩顆腎值錢，在黑市上才賣三十萬一顆，讓她千萬別想不開，那人肯定是個騙子。」

車停在她家樓下，慣常的位子，頭頂是一顆歪脖子樹，樹杈分出來，綠茵茵的葉子能遮點白日的光，晚上儘管沒太陽他也習慣往這邊停，頭頂月光穿過稀疏的葉縫隙鋪灑下來，在車頂上落下斑駁的光影，恰巧幫她遮了點路燈和月光，光沒那麼刺眼，睡得更舒坦了些，連剛剛緊皺的眉頭，此刻都鬆開了。

徐燕時沒叫醒她，靜靜地坐在車內抽菸，人懶洋洋地靠著，襯衫捋到手肘出露出一截結實乾淨的手臂閒散地掛在車窗外，指尖的猩紅在黑夜裡明明滅滅，微側著臉，一直在打量熟睡中的向園。

風一吹，女人的碎髮被吹到臉頰上，有些癢，她嚶嚀一聲，不太滿意。

徐燕時吸了口菸，將她那戳頭髮撥到耳後。

向園渾渾噩噩睜眼，男人這才收回視線，將菸熄了。

向園抱著他的腦袋，蹭了蹭，聲音帶著剛睡醒時的鼻音和低喃：「我喝醉了，所以接下來要做的事情，明天我就不認了。」

「做什麼？」

男人聲音的更沉，更沙啞，向園那時渾然不覺，酒精在腦袋裡作祟，意識不清地說：「不是說愛一個人願意為他做任何事嗎？我現在想做一件我從沒做過的事，為了你。」

她如果抬頭再看一眼，就能看見身下這個男人的眼睛是紅的。

剛為她哭過。

此刻正哭笑不得地看著她，被水浸濕過，眼睛在月下更亮，嗓音暗啞：「向園，我答應妳，一個月後我去複試。」

她手上動作停下來，「真的？」

他「嗯」了聲。

然後，車外砰一聲，後行李廂彈開，他把人從駕駛座上放下去，隨即自己也兩腳踩地，關上車門，將人帶到後行李廂的位置，整個後行李廂塞滿了大小不一的禮物盒。

向園怔愣。

越野車後行李箱空位，徐燕時坐著，隨手從裡頭拿了個盒子遞給她。

向園看到上面寫著——「三十七歲生日禮物。」

「不是送過了？而且我今年二十七，哪有三十七。」

誰料他閒閒地坐在後行李箱，靠著車框，表情懶散，漫不經心地說：「分手禮物。」

向園心頭一滯，一抽抽地疼，他還是想跟她分手嗎？

「攢到一百歲了，以後每年過生日自己拆一個，別全部一起拆了。」男人腿鬆鬆地搭著地面，沒什麼情緒地看著她說。

他居然幫她準備到了一百歲的生日禮物！

「你存心讓我未來的老公鬱悶吧？」

「嗯，存心的。」他毫不避諱且臭不要臉地大方承認了。

下一秒，他把人拉到懷裡，「還分嗎？」

「能不分嗎？」她可憐兮兮地看著他，眼底蘊含著霧氣，小聲地問他，卻又莫名委屈。

能說什麼呢，時至今日，分手也是她提的，可她又有什麼辦法，能不分嗎？她埋在他懷裡，一遍遍地，帶著哭腔地問他。

能不分嗎？

她覺得這個男人，不能沾，不能沾，一點都不能沾。

男人垂眸看了她一下，

「不分。」

兩人又在車裡難捨難分地親了一陣子，蟬鳴微弱，不敢驚擾，最後，向園醉醺醺地靠在徐燕時懷裡，摟他的脖子，看他抽了張紙巾漫不經心的擦，時不時餘光瞥她一眼，眼尾上翹，帶著笑。

他今天看起來確實比之前更精神一些，見他神色愜然。

兩人話題重拾，向園清咳一聲說：「我說你回研究院的事別忘了，聽到沒？」

月華如水，曖昧氣氛散去，蟬鳴聲忽而又起，縈繞在樹梢頭。

徐燕時看著她，久沒答話，向園瞧他眼神直勾又透著某種隱忍，心下一緊，輕輕搡了他一下，「聽見沒？」

卻見他眼神牢牢地盯著她，那雙眼睛不知是蘊著嘲諷還是什麼，在月光下，眼睛裡彷彿有星星，眼窩深邃而凝重，極其鄭重其事地跟她說了聲：「對不起。」

向園怔怔地看著他，沒回過神來。以為他要反悔了，卻見他微低了下頭，自嘲地一笑，說：「我代梁老師跟你道歉。他一心撲在學術上，對我恨鐵不成鋼。但他是我老師，對我有知遇之恩，我只能代他跟妳道歉。」

向園打斷：「我知道。我沒恨梁老師，他也沒罵我，他說的沒錯，我不該耽誤你，所以你千萬不要為了我放棄研究院，東和的事情我自己能解決，實在不行，我跟我爺爺也說了，申請破產。」

說到這，她苦澀地笑了下，「就是以後不能坐頭等艙，不能去高檔消費場所，更不能住五星級酒店。怎麼樣，你願意跟著我嗎？」

「這麼慘？」他挑眉，似乎難以理解，「我考慮一下，我現在頭等艙坐慣了，經濟艙的環境可能不太適應，還有高檔消費場所？我現在一週不打高爾夫手就癢，酒店不住套房好像睡不著了怎麼辦？」

向園急了，捶了他一下：「你什麼時候養成這些臭習慣？？」

他笑而不答。

「逗我的？」

徐燕時捏她的臉，「傻不傻，妳什麼時候見我打過高爾夫？」

向園樂了，抱著他的脖子說：「你等等啊，等這件事過去了，我就找個機會跟爺爺說我們的事。」

「嗯。」

「不過你前幾天在我爺爺病房幹什麼？」

「彙報工作。」

「後面一個月的彙報工作，別找我爺爺了，找我，聽到沒？我才是你的老闆。」

他敷衍：「嗯。」

「但是一切以研究院那邊為主，」想到這，向園作勢要掏出手機打電話給賴飛白，「人家要讓你去上班面試，你給我聽話立馬走，別把時間浪費在這，我會馬上找人頂替你的位子。」

這節骨眼上，東和又是風口浪尖上，挖人難，這麼一個位子要找一知名度高的，更是難上加難。

徐燕時不想打擊她的積極性。點下頭，「慢慢找，不著急。」

聊得差不多，向園依依不捨地進去。徐燕時的車沒走，在樓下停了一陣子，抽了根菸，才驅車朝梁秦家去。

➤

又一週，顧昌盛跟楊平山在高爾夫球場碰了頭。

那陣子陰雨連綿，從高爾夫球場往外看，山坡上滿眼是蒼翠蓊鬱的綠茵，雨剛停歇，空氣清新濕濘，透著一股暴風雨前的寧靜。雨後起了太陽，落在山坡上，斜掛著一道彩虹，像是一座風雨橋，即將迎來一個殷實的秋天。

顧昌盛剛放下球杆，就見楊平山帶著一頂白色鴨舌帽，一身白色運動服從遠處不緊不慢走過來。兩人打了個招呼，楊平山摘下帽子，喝了口一旁球僮遞過來的水，抿抿唇說：「顧總今天這麼閒？」

顧昌盛一笑，「還行，公司事情不多，出來放鬆放鬆。」

楊平山點頭，「聽澤陽說，他走之後，現在東和一盤散沙，怎麼，你們跟那兩位還沒談好？」

顧昌盛哼地一笑，「司徒出了名的固執，你又不是不瞭解。」

「那小丫頭也這麼固執？」

顧昌盛：「比她爺爺還固執，不到三十的毛丫頭，也不知道哪來的膽子，跟我們叫板。這公司都這樣了，也不知道還在堅持什麼，他向家後繼無人，還不能把公司交出來麼？愚蠢。」

楊平山知道顧昌盛打什麼如意算盤，他在職的時候，東和高層就已經分崩離析，派系鬥爭複雜，拋開他不說，以顧昌盛為首的那派老古董天天想著把東和賣了，最後撈一筆乾脆養老去。

他原本還想在東和頤養天年，但司徒明天這幾年決策頻頻失誤，他才萌生自立門戶的想法，於是非常不厚道地帶走了東和核心團隊幾個人。顧昌盛這群老狐狸趁火打劫，想逼老爺子退位，尋個好時機將東和賣了。

楊平山不認為自己錯了，人往高處走，水往低處流而已。

他笑著問顧昌盛：「顧總，有沒有想過自己自立門戶啊？其實，東和再撐下去也就這樣了，我們明人也不說暗話，其實東和現在只剩下一個框架子，回天乏術，除非司徒大砍，把那些亂七八糟的支脈砍了，不然照這麼下去，你就算接手過來也是一團糟，能賣幾個錢。還不如趁現在油水撈得差不多了，自己自立門戶。」

顧昌盛哼一聲，「自立門戶，你說得倒簡單，我們都一把年紀了，不敵你楊總，五十出頭也是正芳華的年紀。別說自立門戶，梅開二度也不是什麼不可能。」

楊平山笑笑，「顧總要是願意，我們公司也隨時歡迎您。」

說完他也不等他回覆，拍拍他的肩走了。

顧昌盛站了一下，反應過來，楊平山這是在邀請他入資。

旋即哼笑一聲，這楊平山真不是東西，撬走了東和的核心技術團隊，現在連他們幾個老頭子他也不放過。

然而顧昌盛沒想到，楊平山拋出橄欖枝的同時，公司裡幾個跟他差不多輩分的老頭也都接到了這根橄欖枝，老朱已經蠢蠢欲動了，「老楊那邊給的條件還真不錯，他計畫五年內上市，我怎麼看都比這邊划算。」

顧昌盛臉色陰沉一言不發。

王老頭也猶豫著說：「老顧，說句老實話，東和目前這情況，就算接過來，我們也難以起死回生，老楊說的沒錯，這到手可能就是個爛攤子，賣不了多少錢了，你別想著這董事長的頭銜了，還不如找家可靠的公司頤養天年吧，我真的受不住這一天天熬的。你看司徒躺在醫院都多久了，說不定就是肺癌了。」

這裡頭也只有顧昌盛對這東和董事長的位子念念不忘，從司徒上任開始，他日日想，夜夜想，等得就是這麼一天，如今眼看就要到手了讓他怎麼可能放棄，不管其餘幾個老頭怎麼勸，怎麼舌燦蓮花，顧昌盛巍然不動，只沉著臉說了句：「要去你們去。」

這話也是說給他們聽聽，沒有他發話，哪敢去。

卻不料，王老頭第一個站起來：「好，既然顧總這麼說，我就去了。」

顧昌盛一愣，不可思議地看著這個平日裡素來沒什麼主見的老頭，此刻竟然如此果決要離開，「楊平山對你灌什麼迷魂湯了？」

王老頭道：「老顧，你怕是還不知道，昨天公司帳上進了十八億。」

顧昌盛一愣，太陽穴忽然開始劇烈跳動，心頭湧下不好的預感：「誰的錢？銀行那邊不是已經拒絕了？」

王老頭面不改色地說：「家冕結婚了，對方是江氏集團的千金，江小滿。老丈人當天下午就給東和帳上打了八億。」

顧昌盛面色難看如鐵，空氣彷彿凝滯，手顫顫巍巍，眼前昏白，渾身力氣消散，整個人重重跌回椅子裡，所有人屏息看著王老頭，死一般的寂靜。

卻聽王老頭又道：「另外十億，是外幣。以美元的形式劃入公司帳上。」

「美元？」

「是美國的一家建築公司 MILO，著名建築師伊莎貝爾女士親自寄的郵件，」王老頭嘆氣，「說是向園的聘禮。」

親愛的明天司徒先生：

很抱歉，以這種形式跟您第一次交流，我從小在美國生長，不太中文流利，望諒您解。（但我兒子說，其實中文的字亂序並不會影響閱讀。）對於貴公司的遭遇我深遺表憾，如果說我現在高興有點，是不是對您不太尊敬？但是確實是我兒子第一次來美國找我。我很高興他遇到了一個喜歡的女孩。但我跟他沒什麼感情，您不用擔心婆媳問題。結婚後我也不會來中國，我在美國買了一棟房子給他們，要是願意，隨時可以帶著您一起來住。

非常感謝，以後我兒子就託付給您了。

十億夠不夠？不夠我還有。

司徒明天當天下午回了一封信，只有一句話。

親愛的伊莎貝爾女士：

我叫司徒明天。

家冕登記結婚的事情並沒有通知老爺子，跟江小滿上午登記，下午資金便到位了。財務過來報帳的時候，向園再打電話給他，已經關機了，隨後一連消失了好幾天都沒再出現，誰也沒聯絡上。

一週後，徐燕時在酒吧找到家冕。是林凱瑞托人找到的。電話裡，林凱瑞交代了下家冕的情況，『在狄朗的酒吧裡，不過狄朗沒為難他，看模樣應該沒醉，反正就是坐著發呆。』

徐燕時到的時候，酒吧裡人不多，一眼就瞧見了角落裡的家冕，面前擺了兩三個啤酒空瓶，倒不是買醉。瞧見他過來，燈紅酒綠裡的男人似是回過神，擰了擰鼻子調整坐姿，幫自己倒了杯酒，笑咪咪地拖長音叫了聲，「妹夫啊——」

徐燕時跟陸懷征還挺有共同語言的，兩人碰面什麼都能聊，接話也自然，聊軍事、聊新聞、聊生活，甚至聊女人，也挺有共同語言的。雖然于好跟向園的性子截然相反，但他們在處理感情問題上其實還挺相似，或者說直白點，就是在哄女人上，都挺有一手的。

加上徐燕時不是熱絡的性子，兩人之間互動大多是陸懷征主動，陸懷征性子隨和，誰也不忌憚，誰的玩笑都開，人緣特別好。向園說陸懷征是她見過長得帥裡最隨和卻又不花心的。以前是十八中校草的時候就很招女孩子喜歡。但這麼多年，喜歡的也只有于好一個。

徐燕時當時心裡想，誰不是呢。不過到底是沒說出口，只是靜靜地看著她笑。

然而，跟家冕不同，基於哥哥對妹妹的保護，家冕對他有一種天然的敵意。徐燕時挺理解，給自己開了瓶啤酒，人靠著，倒滿：「登記了嗎？」

家冕一愣，點頭。

徐燕時無話可說，抿了口酒，得到這個答案，似乎再說什麼都是徒勞，不管是真心實意還是為了錢，去捅破那層窗戶紙都沒有必要。不過是給人徒增煩惱，他人靠著座椅，英俊的眉眼在酒吧變幻莫測的燈光裡清白，時不時有幾道炙熱、興奮的視線轉向這個冷淡的帥哥。

徐燕時靜了幾秒，拿起酒杯，輕輕碰了下家冕面前的酒杯，「恭喜。」

家冕忽然笑了，舉杯回敬，「謝謝。」

他的人生行差踏錯至這步，那便一錯再錯。或許也能收穫另一番風景也不定，他對江小滿不是沒有感覺，只是那晚兩人都喝多，在明明滅滅的光影裡，他忽覺心跳加速，一時分不清是酒精作祟還是心動。

然而，跌破所有人眼鏡的是，向園於第二天下午就讓財務公司把美國的十億全數退了回去，一分錢也沒動。賴飛白問她為什麼，向園那時沒答，只說了句，我現在還不想結婚。

「還恐婚？」

向園笑笑不答。卻聽聞，賴飛白又說，「我們尊重妳的想法，不過，只是我們以為妳對他應該是不一樣的。」

向園卻充耳不聞地只問了句：「如果，最終因為我，公司垮了，你們會怪我嗎？」

賴飛白說不會，笑著說：「正好我也累了，該給自己放假了。」

向園卻說：「放心，我不會讓你休假的。」

那陣子她跟徐燕時私底下都沒見面，在公司也是各忙各的，向園偶爾會下班直接去他家裡，兩人話不多，一進屋就接吻，熱火朝天地跌跌撞撞倒在床上，拿捏輕送，徐燕時更凶戾，動作幅度比以往大，連眼神都凶。

將她壓在床上低頭瞧她時，額角沁著密密的汗，力道漸緩，盯著她，機械又規律地一下一下，眼裡不是情欲，是冷淡。向園目含春水，髮絲如瀑散著，指腹順著他眉骨一路描到他的嘴唇，渾然不覺：「怎麼了？為什麼這麼看著我？」

他回神，低下頭，加快，語氣不善：「不能看？」

「你最近好凶。」她斷斷續續地說。

「有嗎？」

向園仰著脖子，「尤智說你昨天下午在辦公室訓人了，說你有點像我沒去西安的那時候，徐總，有人惹你生氣了？」

他不答，專心致志與她深淺，半天才說：「我早就跟妳說過我不是什麼紳士，對妳溫柔不代表我對所有人都溫柔。」

向園哼唧：「你現在對我也不溫柔。」

他哭笑不得，「哪裡不溫柔？」

「現在。」

「要求別太高，又要爽又要溫柔，我自認沒那個功力。」

「……」

第二十章 百年情書

老朱和王老頭都提出要撤資。向園將十億原封不動還給伊莎貝爾之後，又將剩餘的八億還給了家冕，希望他考慮清楚，東和是否重要到需要他拿自己下半輩子的幸福去換。

家冕似是沒有聽見，直到向園說，「哥，如果是奶奶在，她一定不希望我們家最後是這個結局，我也不希望你耽誤小滿。」

他才猛然抬起頭，向園說：「你好好考慮。」

不等向園起身，家冕就說，「不用考慮了，我確實喜歡小滿，這錢我跟她爸說好了，當是借的，等以後有錢了還。」

「哥——」

被家冕打斷，他笑著說：「我是認真的，我結個婚把你們緊張的。倒是妳，可別把自己搭進去。」他笑瞇瞇地說：「一定要跟妳喜歡並且百看不厭的人在一起，我已經找到了，向園。」

「真的？」

家冕吸了口氣，認真地點了頭看著她道：「我喜歡她，只不過恰好她有錢，這是老天爺在幫我們。如果我不喜歡小滿，誰能強迫我？」他笑，眼神微亮，「我從小什麼德行妳又不是不知道，以前喜歡胡思琪的時候，發了瘋地想要把她娶回家，後來她跟別人結婚，我看著她嫁給狄朗，看著自己十二年的感情打水漂，我現在該學會珍惜現在了，懂嗎，好不容易遇上個動心的人，妳怎麼還勸妳哥離婚呢？」

向園看了他許久，咬唇說：「行。」還是把支票推過去，「哥，那這筆錢你還是還給小滿，既然你們結婚是因為喜歡，跟東和沒關係，那就更用不上這筆錢了。也是為了尊重小滿，如果用這筆錢救了東和，這筆錢就會成為你們兩個日後夫妻生活中不可磨滅的隔閡。這筆錢如果我們用了，就算你不是為了錢，但在她父親眼裡，我們就是為了錢，我不想你以後在江家抬不起頭來。」

家冕心中大慟，胸腔彷彿被人狠狠搥了一下，心酸難抑，笑自己還不如妹妹看得透，微撇開頭，「那公司怎麼辦？妳已經把十億還給徐燕時的媽媽了，我這八億再還了，東和帳面上還有多少錢，妳知道嗎？老朱跟老王聽說也蠢蠢欲動要走人，難道真讓那姓顧的來掌權？」

「你還了就行了，東和我再想辦法。」

兩筆錢都如數全額轉出，驚掉了全公司人的下巴，老朱和王老頭已經按捺不住。向園這舉動，連其餘部門的人都開始坐立難安，除了有徐燕時坐鎮的網安部還安分些外，日夜加班更勤快之外，其餘部門的一些中階領導層已經頻頻開始往醫院跑，跟老爺子控訴向園這種不負責任的行為。

「她身為集團繼承人居然一點都沒有責任心，十八億說轉就全都轉出去了，也不問問我們這些董事的意見，公司現在是這種危急存亡的關頭，她怎麼能只考慮自己呢？司徒董事長，這事我覺得您還是要教育一下，集團利益大於個人利益——」

被司徒明天不耐煩打斷：「你也是老董事了，既然集團利益大於個人利益，你怎麼不在這種時候站出來呢？為難兩孩子幹什麼？家冕婚都已經結了，你還要他怎麼辦？園園不想她哥受苦在他老丈人面前抬不起頭來，有什麼毛病？我這兩個孩子性格都有缺陷，不太討人喜歡，但是他們是我太太最喜歡的兩個孩子，拿他們的幸福來換集團的安穩，你不怕我太太晚上找你算帳？」

那人噎了，半個字憋不出來，隨即被司徒明天轟走。

瞧這模樣，老頭鐵定是不管了。

遂回公司後，煽風點火散播謠言：「大限將至啦，大家還是趕緊找下家吧，下個月薪水能不能發出來都是個問題啦！」一瞬間，謠言四起，每個角落都充斥著對集團、對向園的質疑。

網安部彷彿成了另一個部門，對外界這些流言蜚語充耳不聞，全員在徐燕時的帶領下，日夜加班。

一週後，西安人員一一插入，高冷張駿等人進入了市場部，應茵茵等人進總銷售部，施天佑則辭職沒有再回來，餘下的幾人編進其他部門，薛逸程和尤智跟著徐燕時在網安部。

這群人從沒想到，竟然還能以這種方式再重聚。

高冷一進公司馬不停蹄先去網安部找以前的老夥計，看見戴眼鏡的徐燕時迎面就是一個大熊抱，蹭在他懷裡，眼淚差點下來，徐燕時這次沒把他推開，任由他抱著，薛逸程和尤智互視一眼，不知為何，忽有些感觸。

低頭一笑，這樣的見面，對他們來說，彷彿已經是上個世紀的事情了。

尤智問了句，「老施呢？他在哪個部門？」

高冷哼哼唧唧擦著眼淚，「他辭職了，老爹逼他在家考公務員呢。」

尤智淡淡轉回頭，「也好。」

高冷環視一圈，「向組長在哪呢？」

尤智指了指樓上的總裁辦公室，「樓上呢，獨立辦公室，女總裁。」

高冷莫名打了個寒噤，「厲害。」

隨即又找死地去揉了下徐燕時的手臂，「還是你強，找女朋友的眼光多毒啊。」

徐燕時大喇喇敞著腿靠在椅子上，表情冷淡。

高冷不知道，尤智是知道，女朋友這麼厲害也是挺慘的，兩人這段時間為了忙公司的事情，向園成天地往外跑應酬，徐燕時則窩在部門加班，兩人見面次數甚少。

高冷不解其意：「不過外面都在傳什麼呀，說我們集團要破產了連薪水都發不出了？怎麼回事呀？」

尤智剛要說話，徐燕時卻靠在椅子上，淡淡問：「薪水發不出了你還幹嗎？」

高冷猶豫片刻說，「你們幹，我就幹啊，為什麼不幹。」

「那就乖乖幹活去，聽他們說什麼。」

誰料，謠言愈演愈烈，在老朱和王老頭的撤股離開後，終於有人坐不住了，將此事事件澈底推向風口浪尖！

市場部部長林海提出辭職，辭職信直接打到向園的辦公室，賴飛白攔都攔不住。繼楊平山後，第二大主力再次提出辭職。彼時徐燕時在向園辦公室，門外是市場部部長跟幾位祕書在高聲爭吵。

「我不管之後怎樣，今天我一定要找向園要個說法，不然我明天就打辭職報告，公司這樣一日一日混下去，到底還能撐多久？連老朱和老王都走了，公司內部到底是不是出了資金問題，請向總出來做個解釋。」

祕書為難，「林總，向總說了，稍安勿躁，讓您再等幾日。」

「等？再等下去，怕是吃屎都趕不上熱的了，這話我早就想說了，你們向家要是當不了這個家，做不了這個主，就麻煩你們早點把位子讓出來給有能耐的人！」
如此鬧了幾回，弄得公司裡人心惶惶，各個部門都有人提出要辭職。
東和第二波辭職危機就在這瞬間猝不及防爆發了！

門內，向園拿額頭有一下沒一下地磕著桌面，砰砰砰聲直響。
徐燕時靠著桌沿，聞聲低頭見她自虐，手伸過去，墊在她額頭正下方，向園那下沒留力，狠狠砸在他的手心上，手指節狠狠磕在硬實的桌板上，向園下意識抬頭看他，男人眉頭沒皺一下，低頭含笑地看著她，「惱了？」
她癟嘴，嘆了口氣：「也不是，只是覺得大家都太無情了。這麼點時間都不願給，只要再給我一點時間，我就能跟俱樂部那邊談妥了。」
徐燕時雙手環在胸前，「真的決定要跟他們合作？妳爺爺同意嗎？電子競技這塊，他老人家接受不了吧？」
「不同意也沒辦法，公司可以慢慢轉型，我唯一能弄到錢的途徑只有這塊了，而且Few他們戰隊剛拿了冠軍，手裡還有資金，再拖下去，他們也沒錢了。」
「我沒意見，但妳要好好說服妳爺爺。」
向園俏生生地比了個OK的手勢，徐燕時摸了摸她的臉，陽光透過落地窗在身後，拇指在她臉頰上輕輕摩挲，兩人靜靜對視了一下，他的手順著她纖細的脖頸慢慢往下滑，眼神似深沉的黑海水，深不見底，眉微蹙著，又透著一點漫不經心。

向園沉浸在他這種心不在焉的挑逗中，「今晚我不回家去你家？」

他仍是漫不經心，手還在她衣領裡，嘴角勾笑說：「加班。」

「老闆允許你今晚不加班。」

「謝謝老闆，」他挑眉，把手抽出來，一本正經地說，「但還是算了，年紀大了，不能老是以色侍人。妳自己去玩吧。」

話音剛落，電腦叮咚一聲，跳出一則訊息。

向園下意識瞥了眼，一愣，旋即抬頭看想徐燕時，「是陳書。」

陳書離職後去了上海一家銷售公司，短短半年做到了分區經理，混得相當不錯。

「怎麼？」

向園看了他一眼，說：「陳書說，她已經辭職了，在回北京的路上了，聽說市場部林海鬧辭職，她要回來幫我們。」

陳書當過八年市場部經理，如果她願意回來，最適合不過，哪怕林海那個老頑固鬧著明天要走也沒問題。向園還在猶豫之時，陳書又傳了訊息。

『不用覺得為難，我只是覺得在東和待習慣了，在外面不太適應了。』

『好。北京等妳。』

緊跟著，老慶、蕭霖、張毅，一一出現在公司門口。

向園怔愣地看了徐燕時一眼。

張毅撓了撓頭，率先開口：「需要幫忙嗎？」

醫院，賴飛白幫老爺子點了香，老爺子昏昏欲睡，嘴上卻還說：「聽說那丫頭想搞電子競技？」

賴飛白說，「是的，拉了兩億資金，還在談合約的細節。」

「人家憑什麼給她這麼多錢？」

「她以前有個遊戲帳號，叫 Ashers，挺出名的，粉絲也多，她好像答應跟對方合開一個電子競技培訓中心，就用 Ashers 的名號。」

司徒明天不懂什麼培訓班要這麼多錢，這丫頭願意去折騰也隨她了，「老朱跟老王走了？」

「走了，市場部林海也鬧著要辭職。」

司徒明天咬牙，「這群沒良心的白眼狼，公司有困難只想著自己拍拍屁股走人。我都養了什麼狗東西，顧昌盛呢？」

「沒走，他大概還等著股權呢。」

司徒明天冷笑，「讓他慢慢等。」

「有件事——」

「說。」

「西安市場部的陳書，昨天從上海回來，投了簡歷來，說是想回來幫忙，還有阿里的王慶義，以及明德科技的張毅幾個人都主動投了簡歷過來，說是要入職。」

「他們幾個是喜歡打遊戲還是怎麼的？」

賴飛白笑了下，「都是向園跟徐燕時的朋友，二話不說拋下自己手頭的工作，說要來幫忙。阿里的王慶義，我之前也應該跟您提過這個人，向園拒絕過他一次，他這次直接跟阿里辭職了，非要來我們公司。天天賴在向園的辦公室。」

司徒明天聲音悶悶的，「徐燕時研究院那邊複試是不是快到了？」

「下週。」

「把他檔案拿出來準備好，讓他儘快去報到，別耽誤人家。」

「好，」賴飛白問，「那王慶義那群人？」

「交給孩子們自己處理吧，這樣的感情，我們沒辦法插手，他們來幫園園，是重情重義，可園園也是個重情義的孩子，會有自己的判斷的。我們已經做不了主了，當初那十億，她能問也不問我就打回去。十億啊，這個傻孩子。」

辦公室，老慶翹著二郎腿，「我真的回不去了，我都已經辭職了。」

徐燕時坐在沙發上，無奈地說：「你們到底幹什麼？」

張毅說，「老徐，與其說是來幫你們，不如說是我們來找工作的，你也知道我這幾年幹的工作，跟我們當年的科系專業沒有半毛錢關係，一聽你女朋友這有個機會，網安不是還缺人嗎，我就來試試。」

徐燕時擰眉，「你原先的工作呢？」

「辭了啊，」張毅面不紅心不跳地說，「我上司老想著吃我豆腐，占我便宜，我好煩啊，我就辭職了。」

徐燕時將目光轉向老慶，「你呢，你的上司應該不想吃你的豆腐吧？」

老慶眼珠子一轉，「他給我穿小鞋啊，我早他媽不想幹了。這次你真別勸我了，這麼些年我也算是看清楚職場了，工作嘛，還是跟你們在一起比較舒服。」

「我下週去研究院了。」

「沒事啊，你走了，我幫你照顧園園啊。這麼大個網安部沒有專業的人怎麼行，你還沒我有經驗呢。」

話落一半，陳書進來報到。

老慶眼睛一亮，目光沒從她身上挪開過，陳書把向園喊出去，關上門，屋內只餘幾個大老爺們，說出口的話也直白了許多，「誰啊？」

徐燕時：「市場部的。」

老慶：「介紹一下唄，老徐，這麼漂亮的妞。我不管啊，我說什麼都留下了，這妞叫什麼？」

徐燕時頭疼，瞥了他一眼，冷淡地說：「想追，自己去問。老慶，你真的想好了？你們要是為了我真沒必要，我下週就走了。」

蕭霖這才開口，「說實話，燕時，我們去找梁教授了，也知道你回來後去找過他。我們跟梁夫人他們聊了很多，我忽然覺得我這幾年活得挺沒滋沒味的，你傳給梁教授的訊息我們都看到了，我當時看的心頭一熱，就覺得自己這幾年過的沒滋沒味，哪怕是為愛情衝動一次也好，可我一次也沒有，按部就班地畢業，找工作，哪怕跟自己專業無關也沒關係，覺得活下去就行了。」

那天送向園回家後，徐燕時隨後驅車開往梁秦家，他沒有上去，而是在梁教授家的樓下坐了一夜，直到第二天早晨梁夫人下樓買菜的時候，看見他坐在花壇旁的長椅上，一個人，孤零零卻背脊直挺地坐著。

梁夫人瞧那模樣像是坐了一個晚上，忙把丈夫從樓上叫下來，說自己再去買點午飯讓徐燕時留下來吃午飯，徐燕時第一次拒絕，禮貌而疏離地說：「師母，我跟老師說兩句話就走。」

梁夫人不再挽留，目光猶豫地看了一旁的梁秦，欲言又止，隨即，只聽徐燕時轉身對梁秦說：「老師，您打我罵我我都不會難受，因為我知道您是為我好，可您指責她，她會以為您是真的討厭她。您總跟我說，有些人生下來是被賦予使命的，其實我真的不介意自己只是個湊數的。您也沒錯，只是我可能達不到您的要求。對不起，讓您失望了。我答應她了，複試會去的，但如果以後做得可能沒有您想像中那麼好時，你罵我打我都行，別責怪她，是我自己能力不夠，跟她無關。」

梁夫人後來跟蕭霖幾個描述那天的徐燕時，一直在數落梁秦：「我第一次見他紅著眼睛來找老梁，跟我們說話也很拘謹，跟老梁那些話的時候，好像是真的傷了心。我之前就一直勸老梁，不要去找那女孩，他不聽，非要去。現在好了，兩人關係這麼僵。」

老慶當時還說，老徐應該不至於吧。

梁夫人嘆了口氣，「是不至於，燕時那麼孝順的一個孩子，又怎麼會真的跟他老師生氣呢，說話還很婉轉，最終又全都怪到自己身上。」

老慶說到這，想起來：「下個月梁老師生日，你帶向園一起去吧。」

徐燕時「嗯」了聲。

「順便排解排解。」

他低頭，「沒什麼好排解，他是老師我是學生，訓罵都是常態，我只是心疼向園，因為跟我談戀愛，別人總是對她要求苛刻，」說完，他站起來，手抄在口袋裡往外走，頭也不回地說，「包括我的朋友和老師。」

之後幾日向園都睡在徐燕時那邊。

那一個月彷彿成了他們最後的日子，真的進了研究院，以後怕又是聚少離多。

向園有天晚上半夜爬起來，寫了封郵件。徐燕時睡眠淺，她下床的那瞬間也醒了，他撐著床頭做起來，睡前兩人都沒穿衣服，此刻也打著赤膊懶洋洋地靠著床頭，扯過被子，低頭點了根菸，視線落在書房那縫隙裡露出的黃光。

夜靜謐，落針可聞，打火機輕聲嚓響。

徐燕時吞雲吐霧間，凝神聽著書房傳來劈里啪啦流暢又急促地敲鍵盤聲。

等人再出來，向園睏倦地窩進他懷裡，臉貼著他寬敞結實的胸膛，鑽進被子裡，懶懶地叫他名字，徐燕時「嗯」了聲，一隻手夾著菸，彈了彈菸灰，另隻手把人摟進懷裡。

臥室亮著一盞昏黃溫馨的壁燈，在牆上落下斑駁的光影，在狹窄的空間裡燈燭晃動。

徐燕時靠在床頭不為所動，指間燃至一絲星火，青煙嫋嫋，攏得整個臥室氣氛更為曖昧旖旎，如同電影那般鏡頭停格。男人一動也不動的將目光盯著前方白牆上那一小方晃動的光影。

徐燕時微低頭，與她接吻。牆上那方影子，已糾纏不休。

他旋即掐了菸，隨手關了床頭的燈。

直到後來，他去研究院複試的前一晚，在書房整理電腦裡的資料，在電腦裡，看見了那晚的文件，她先是用中文寫了一遍，怕對方看不明白，又用英文翻譯了一遍。

伊莎貝爾女士：

您好，我是徐燕時的女朋友，向園。十億已全數返回您的公司帳戶，這筆錢，我不能拿。當我知道他為了我去美國找您的時候，我很心疼他。或許您不知道，我們是高中同學，曾見過幾次他跟您打電話，他的聲音聽起來非常沒有耐心，幾次催促您掛電話，可他永遠都沒有主動掛過您電話，永遠是等您掛了電話，他才會收起手機。我非常理解，因為我母親每次從研究院給我電話時，我也是這樣，嘴裡不耐煩，卻也從來不主動掛她電話，因為沒有安全感又特別彆扭地希望得到你們的關注。我爺爺常常問我要不要帶我去研究院找媽媽，我說不要，爺爺問我為什麼，大概是源自於內心的執著，我希望是我媽媽主動來找我，而不是我跑過去找她。所以我一次都沒有去過我母親工作的地方。徐燕時堅持這麼多年都不來美國，我想他跟我是一樣的，也希望是媽媽想起他來找他，而不是他跑過去看您。

我不收這筆錢，是不想給我跟他的感情裡添上一些複雜的東西，更不想他向您低頭。

也謝謝您，讓我有了他。如果有機會，可以邀請您來參加我們的婚禮，希望那時候，您能抱一抱他。

祝您健康。

徐燕時走了之後，向園才知道這一個月通宵加班他究竟在忙什麼。

「ＡＩ安全大戰？」

薛逸程點頭，解釋說：「對的，就是人工智慧安全對抗，徐總做的只是簡單的一些病毒入侵防禦機制，」說到這，薛逸程打開電腦，快速做了個小演示，「電腦安全雲盾識別到有病毒入侵的時候，就會自動開啟反駭模式，不需要電腦再進行病毒查殺。但凡有病毒入侵，人工智慧會自動識別，於是自動查殺。這是系統內網的保護。」

薛逸程抿了口水，繼續說，「接下來，就是外網的保護，就是我們東和集團整個機房的資料庫，會有些不法駭客，就比如上次我去西安的第一天駭了高冷的電腦查看了西安分公司的資料庫，徐總這段時間研發了一種人工智慧安全守護系統，簡單點說，就比如呂澤陽辭職，公司數據客戶資訊受到威脅，作為領導高層就很被動，資料一旦洩漏，客戶對我們的信任度就會降低，所以，有了這個，人智安網，只要開啟這個安網，整個集團上下所有的資料全部進入人智識別狀態，但凡有駭客入侵，安網會反入侵系統，並且追蹤。這樣的話，即使在這中途有人突然辭職，只要開啟人智，就可以了。」

「那這樣的話，網安這個部門是不是可以撤了？」

「……」薛逸程說，「先別想著節約人力成本，這只是個試行階段，人工智能畢竟還不成熟，等發展成熟了，網安這個部門確實可以撤了。但現階段很難，這個專案工程量很大，一個月時間遠遠不夠，徐總這一個月已經把所有的企劃和技術內容都做好了，餘下的，得靠我們自己了。」

公司新進老慶幾個員工，老面孔全換了，現在全是朝氣蓬勃的年輕人，偶有幾顆躁動的心，向園找兩次談話也就老實了，陳書坐鎮市場部，老慶坐鎮安全部，銷售部則是應茵茵的伯父趙錢，財務部仍由之前的老李接管，還挺井然有序的。老股東剩下不多，除去跟司徒明天關係不錯的，就剩下個顧昌盛，跟個坑底裡的蘿蔔似的，拔不動也埋不回去，就這麼冒著個小頭，凡事不聞不問，也不怎麼管事，就掛著個股東的頭銜，班也不上了。

一週後，Few 打來電話。電競俱樂部 A U 合約通過，可以正式簽訂，第二天上午，兩億到帳。東和集團才終於像一顆磐石沉入海水裡，沉穩下來。

然而，令人意外的是，兩週後，楊平山被抓了。

這個消息還是陳書告訴她的，楊平山被抓當晚，是梁教授生日，向園跟徐燕時還有老慶幾個在梁教授家。梁秦哪能是跟人道歉的人，從向園一進門開始，梁秦就躲在書房不肯出來，無論梁夫人說什麼都不肯出來，其實是不好意思，也不知道該怎麼跟小女生說話，道歉不對，放低姿態也不對，一上桌，板著臉，見向園還沒筷子，板著臉訓梁夫人，「筷子呢，上桌還不給人筷子，用手抓著吃嗎？」

梁夫人知道他什麼德行，準是不好意思：「著什麼急，這就去拿了？」

向園率先解圍，大大方方敬了梁教授一杯，本想說，您不喝酒就喝點水，誰料這個除了他們畢業那次喝過一次酒之外俗稱酒桌上的鐵樹，今晚不知道怎麼了，仰頭對著就是一杯下肚，辛辣味一度刺穿他的脾胃，老頭被辣得直吐舌頭，「這酒味道怎麼怪怪的？」

所有人相勸都已經來不及了，這老頭手腳飛快，看也不看拿起面前的杯子都就往下灌。

梁夫人悠悠地說：「那是辣椒水。」

梁秦辣得說不出話，吐著舌頭，特別滑稽，老慶幾個都爆笑，梁夫人也憋不住笑，順口罵了句，「活該。」

吃完飯，梁夫人忽然把向園叫進去。

整屋唯兩個女人進了房間，一群大老爺們則分成兩堆，張毅陪梁秦在下棋，幾個年輕男人都聚在陽臺上抽菸。

老慶：「怎麼樣，研究院生活是不是挺無趣的？」

徐燕時穿著件白襯衫，釦子一絲不苟地扣著，連袖口都扣得整整齊齊的，難得戴了副眼鏡，顯得臉部輪廓棱角分明，又乾淨。他人倚著欄杆，單手抄口袋，另隻手夾著菸停在嘴邊，隨即轉過身，說：「嗯，挺無趣的。」

老慶跟老鬼互視一眼，跟著轉過去，「不會吧，後悔了？」

「那倒沒有，」他把菸熄了，在菸灰缸上按了兩下，笑說，「說實話，比以前充實，錢不多，但踏實。但你要說生活，也就那樣，實驗室，食堂，偶爾打個球。」

「說到打球，」老慶惋惜地看著自己胖乎乎的身材，「唉，你們到底什麼時候結婚，我要把我這身材先瘦下來。不然當伴郎太給你當背景板。」

「背景板？」徐燕時笑了下，「背景磚吧。」

老慶：「放屁，你求婚了沒啊？」

徐燕時斜睨他，「我跟她現在一個月見不到一次面，今天還是請假出來的。」他哼笑，「還是托你們的福，我才能見她一面。」

等向園出來，兩人下樓，向園才跟徐燕時說，「陳書剛剛打電話給我，說楊平山被抓了。有人入侵楊平山的電腦，把他的帳本挖出來了，關於東和這幾年他送老婆孩子出國的錢，包括送黎沁出國的錢，都記得一清二楚，全都是東和被克扣的工程款。我要回公司連夜讓財務把這幾年的所有工程款拉出來看看，明天就有紀檢部門的人過來調查了。」

於是兩人最終還是回了公司。

向園對著電腦查資料，徐燕時則坐在對面的椅子上，盯著她。向園忽視那道直白戳人的視線，把注意力集中在資料上，然而集中失敗，這麼一個英俊要命的男人坐在自己面前，還拿那種深情款款的眼神看著自己，誰能扛得住。

徐燕時鬆了鬆襯衫釦子，深情鬆散地窩在椅子裡，敞著的胸膛裡不知道為什麼隱隱泛著紅，可他今晚好像沒喝酒，那道深凹的胸肌弧線，似乎比前段時間更明顯了，若隱若現地遮在襯衫領口下，好像最近線條又緊了……

他窩著，袖釦不知道什麼時候解了，捲到手肘位置，露出一截手臂，青筋凸顯，怎麼一個月不見，男人味越來越明顯，怎麼還越長越有味道。

「你為什麼這麼盯著我？」

「不讓看？」他懶洋洋地靠著，一隻手支著。

向園敗下陣來，走過去，坐到他敞著的腿上，低低叫他名字：「徐燕時。」

「嗯。」

「今晚回去嗎？」

「要回。」

「我那天聽見有人在電話裡叫你徐教授欸。」

「實驗室裡有老師帶的研究生，跟著亂叫的。」

兩人的視線在空中糾纏，如煙花炸開，火光四濺，向園低頭親他，被人偏頭躲過，垂眼冷睨她「聽說妳招了個男祕書？」

「……誰告訴你的？」向園一愣。

「聽說還是個九八年的，北影畢業的？怎麼樣，很帥嗎？」

「真的不是我招的，是我遠方的小表弟，喜歡表演，找不著工作，我爺爺呢，讓他來我們這實習，真的是實打實的小表弟。」

「你就想像你那些小妹妹，一個小屁孩。」

「我沒有妹妹。」

向園撒嬌地抱著他，「我也是妳的妹妹呀。」

氣息漸起，徐燕時的手從她腰間探入，懶洋洋地看著她，聽她氣息漸促，他則仍是一臉散漫，手忽輕忽重，低頭含住她的唇，「想了？」

「砰！」

會議室大門被人恨一腳踹開，兩人唇剛貼上，向園嚇得一個激靈，直接從他身上彈起來，只見男祕書站在門口，一臉不可思議地，反應也很快。

那所謂學表演系的表弟，在迅速確定這位帥哥的身分之後，白眼一翻，兩手摸索著前行，學盲人有板有眼的，摸了一圈，全當兩人不存在，轉身摸出去，一邊摸索一邊說，「我的拐杖呢，咦……」

小表弟為了學得逼真一點，在門上結結實實地連撞了兩下，才跌跌撞撞地走出去。

徐燕時靠在沙發上，非常冷靜地摘下眼鏡，用手揉搓著鼻梁，沒有一點不耐煩的樣子。

三個月後。

東和集團的挪用集體資金案子落下帷幕，楊平山獲刑十五年，顧昌盛獲刑十年。而這個案子在社群上議論紛紛，成為了本年度最啼笑皆非的案子。開始的突然，結束的也快，甚至在所有人都不知道，到底是誰入侵了楊平山的電腦。這問題在網路上，一度激烈地展開過一場關於入侵這個電腦洩漏出帳本的駭客是否應該獲刑。

然而，關於這個駭客他們始終一無所知，更別說獲刑，後來人們幫他取名叫X。

第二年，X再度在社群上掀翻了輿論熱潮。

那年因外文網站發生一起事件，塗抹國旗，當天晚上，外文網站被駭，國旗在網站掛了整整一週，對方伺服器至今未恢復，國旗的正下方，留有一個X印記。

第三年，戀童癖網站頻頻被駭，右下角仍是一個X。

每一年，似乎只要有熱點事件出現，X就必定會出現。

直到第五年。

X自首，一一交代了從楊平山的案子，到國旗，到網站。交代的事無巨細。

而那年楊平山事件落幕後，東和集團逐漸步入正軌，旗下買了兩個電競戰隊，成績斐然。老爺子大病初癒，在度假村的海灘上辦了個露天party。張毅、老鬼還有蕭霖在打沙灘排球，幾個美女被他們逗得哈哈笑。整個沙灘都是他們的歡聲笑語，如婦婦餘音在空中環繞，穿透清澈的河水，盤桓在山頂上，似聞鷗鷺在空中回應。

陳書在烤肉，老慶和高冷黏黏糊糊坐在一旁講冷笑話，陳書翻了個白眼，「你們的笑話，一個賽一個冷，火都被講滅了，閉嘴！」

老慶跟高冷互視一眼，哼唧一聲，誰也不理誰。

小表弟正在揣摩演盲人的精髓，老慶問他你在幹什麼，「演盲人。」

「為什麼？下部戲要接的？」

小表弟義正言辭地說：「不是，在這個家的生存技巧。」

因為這裡有兩對甜膩的情侶，見識過家冕跟江小滿之後，忽然發現那天在辦公室看見姐夫跟姐姐接吻已經算是清湯寡水了，主要是姐夫太高冷了。不像家冕那麼熱情似火。

老慶聽完，欸，小表弟，這你可就誤會你姐夫了，你姐夫才是畜生中的老畜生，禽獸中的戰鬥機。私底下的樣子，你可是沒見過。他的段數一般人見不到。

江小滿懷孕三個月，正在哭為什麼今晚的月亮不圓，家冕在一旁哄：「因為今天不是十五啊，寶貝。」

江小滿問：「那為什麼今天不是十五啊！」

家冕說：「因為今天是八號，要買包給妳啊。我們不是說好了嘛，日子要一天天過。要不然我明天幫妳問問九號，願不願意跟十五換一天。」

徐燕時跟向園坐在後頭笑得不行，向園笑倒在徐燕時的懷裡，花枝亂顫地說：「我以後要是這樣，你千萬記得打死我。」

徐燕時摟著她，低頭含笑瞧她，眉梢眼角都是成熟男人的味道，勾人的很。向園抬頭親了他一下。男人裝得挺正經，要換作平時早就吻下來了。自從進了研究院，他似乎就變得悶騷了很多，不知道是不是裡頭太壓抑了。

向園忽然想起來，「你最近怎麼用左手吃飯了。」

「練大腦，院裡要求的。」他當時漫不經心地答。

後來生下小湯圓，向園才明白過來，他為什麼忽然在那陣子改成用左手吃飯。也是那個時候才知道，院裡的一個阿姨，剛生完孩子，天天吐槽抱孩子累，家裡男人不管，自己為了抱孩子手脫臼，都快得憂鬱症了。

徐燕時為了右手能抱孩子，特地改成了左手吃飯。

她那時候還沒發現，她沒什麼力氣，沒抱一下就累了，湯圓不知道是隨了他還是隨了誰，骨頭沉，比一般小孩重，大部分都是徐燕時抱。

不過這都是後話。

「對了，那天你跟我爺爺在書房說什麼？」

「獲獎感言。」

人生哪有什麼對錯。

也不過就是在恰好的年紀，愛上了一個人，想同她百年同衾，死後合棺，永不分離。
園園，一百歲快樂哦。

——徐燕時百年情書

——《三分野》正文完——

番外一　X

（一）

封俊剛去美國的第一年，跟國內的朋友都斷了聯絡。但他偶爾會在網路上搜尋關於徐燕時的消息，都無果。徐燕時那幾年窩在維林電子科技做車用導航技術，幾乎與過去那些輝煌的歷史告別，駭客圈裡再也看不到他的蹤跡，澈底從駭客圈消失。封俊明知道徐燕時是因為自己揹了黑鍋，才被陳珊趁虛而入。封俊一開始是出於愧疚不敢聯絡徐燕時，後來是混得不好，他一個半路出家的工程師，又沒了那群兄弟，單槍匹馬顯得勢單力薄了些。根本入不了國外那些技術大牛的眼，儘管他家裡挺有錢，但那些人心高氣傲得很，大多都是徐燕時那種性子，看不上錢，只看技術。

工程師多少都有點自己的傲骨。他想，如果徐燕時老慶他們在，沒人會看不起他。尤其徐燕時，只要有他在的地方，就是焦點，除了那張臉，哪怕只是安安靜靜坐在那，什麼都不說，點根菸抽著，封俊便有安全感。這個男人身上永遠有一股不畏懼的氣質，哪怕對面站著的男人比他帥比他優秀，他也是平平靜靜地該做什麼做什麼，不卑不亢，不嫉妒，不詆毀。

封俊記得很清楚，那時候高中，大家都開玩笑的叫徐燕時「校草」，加上他英文好，經常代表學校出去競賽、演講等等，在學校裡很出名。封俊開玩笑地叫他校草，私底下親密些，直接叫「草」。算是他們之間的暱稱，後來這個昵稱流傳出去，學校裡的女孩們，尤其是他們班的同學，都跟著封俊親切地叫他草。有調侃的意思，也是真的覺得他帥。後來高二班裡轉學來了一個男生，長得跟徐燕時不相上下，性子比徐燕時更陽光些。徐燕時算不上高冷，他是悶騷，冷冷淡淡禁欲型，而那個男生就是典型的小奶狗，因為跳級插進他們班，成績好，陽光，個性又柔和，嘴甜，跟在這群人後面一點不害臊地哥哥姐姐地聲聲叫著，還別說，聽起來討喜。姐姐們喜歡，小夥子確實也優秀，不僅英文好，法、日語也好，平時喜歡看動漫，什麼都能聊上一嘴。於是，自從他來之後，便分走了女生們對徐燕時的一半注意力。

徐燕時沒什麼感覺，但封俊可不喜歡那小子了。覺得他就是一油嘴滑舌的小白臉，時不時還在徐燕時耳邊吹點恨鐵不成鋼的耳風：「你能不能有點當『校草』的自覺，那小子都快搶了你頭銜了，你就不能表現出一些微微的危機感？」

徐燕時當時挺無語的低頭算著題目，頭都沒抬，一行行掃著卷子，翻了個面，懶洋洋地轉著筆說，「有這個時間，你不如多關心一下你的語文考卷，老楊警告了，你的封俊托爾夫斯基的名言下次寫作文不能用了。」

說這話時，教室內的風扇呼呼轉著，那時少年臉上全是剛打完球的汗，意氣風發得很，徐燕時出身不算寒門，母親雖然不怎麼聯絡，在美國也是著名的建築設計師，父親曾經也是叱吒風雲的商人，他從小也算含著金湯匙出生，只是後來父親的企業被祕書虧空公款，捲走了所有的錢，只留下一個負債累累的空殼公司，初中之後，他的人生便一落千丈，家裡的別墅被法院強行拍賣還不夠抵債的，父親揹上巨額欠款，家裡從此落入泥潭。那幾年，應該是他最落魄的幾年，他當時做駭客賺生活費，還替父親還了不少債。

封俊是知道的，他自己也是個含著金湯匙出生的少爺，不過跟他不同的是，封俊從小順風順水，家裡生意越做越大，他幾乎沒吃過什麼苦，偶爾吃點虧便怨天尤人的，不算壞，只是有點耐不住性子。之所以能跟徐燕時成為朋友，也是因為徐燕時身上那股壓不垮搗不毀的意志很吸引人。真的。無論別人問起多少次，無論後來他曾跟多少人講起過去他跟徐燕時的情分，他永遠只重複那一句——這個人很能扛事。

真的也從來不抱怨，不詆毀，不遷怒。

他永遠努力自己的努力，哪怕結果不盡如人意。

別說跟他談過戀愛，知道這個男人有多難忘，哪怕跟他做過兄弟，也很難忘。

那幾年，封俊跟國內的朋友斷了聯絡，在國外也沒交上真心的朋友，他大多時候都是一個人窩在家裡啃三明治偷偷關注著國內每年的紅客大賽。然而，徐燕時從來不參加，他們過去那群朋友好像也突然消失了一般，誰都沒有再在這個比賽上露過臉。後來他忍不住，變著方法地跟過去的同學打聽徐燕時，知道他進了維林電子，也知道他在研究車用導航，更知道他混得普通。維林那家公司，他不知道是向園老爺子家的，只是偶爾聽父親提過那麼一嘴，公司裡頭縈縈繞繞，全是盤根錯節的關係戶，腐敗潰爛到骨子裡，裡頭的派系鬥爭尤為複雜。徐燕時那樣的人，難怪得不到司徒老爺子的重用。

誰知道呢，徐燕時說他也曾為了轉A類合約，跟黎沁妥協過，順水推舟承下黎沁分公司副總這份情，出面保下了李馳。然而沒想到，不知道是他太天真被黎沁擺了一道，還是真的那麼時運不濟，那年西安沒有名額。兩人當時在上海的會議上見面，封俊聽他輕描淡寫地、略帶嘲諷地口氣說起這些的時候，心裡其實也唏噓，但又覺得無可厚非。於是他嘗試著勸徐燕時出國，不出所料，他並沒有答應。哪怕他搬出他那個沒什麼感情的著名建築師母親。

雖然不意外，但那時候的徐燕時給了封俊一點不同於往常的人氣，是以前跟他在一起從來沒有過的，那時候他就應該有所察覺，儘管徐燕時這人平時骨子裡也很正，但那時骨子裡毫不猶豫地拒絕和堅定，多少跟女人也是有點關係，他應該是有女人了。但封俊當時沒往那方面猜，只是因為他平時對女人太過冷淡、太禁欲，他根本沒想到，那時候的徐燕時，是個隨時隨地都散發著成熟魅力的成熟男人，談戀愛太正常了。

只是不正常的事，是跟他的前女友——向園。

封俊後來回想，那天在上海會議中心，說他不坦蕩嗎？不，他也坦蕩，徐燕時這人就是這樣，做什麼都坦蕩蕩，什麼齷齪事在他身上發生，都只顯得是我們眼界不夠開闊。

被徐燕時拒絕後的封俊，開始著手準備回國的事情，他計畫了一連串的公司專案，準備回國跟徐燕時大幹一場東山再起。那時封俊懷懷著澎湃久違的熱血去找他，心想，無論怎麼樣，只要徐燕時願意，做什麼他都願意跟著他，錢，他去搞，人脈他去找，酒，他去喝，只要是徐燕時想做的，封俊都會不惜一切去為他鋪路，哪怕徐燕時他只是想進研究所。只要他不要這麼消沉下去。老慶在電話裡說他這股勁像是追老婆，封俊當即讓他滾，他直得不能再直了。可徐燕時在他這裡，就是不一樣，跟誰都不一樣。

然而，他萬萬沒想到，徐燕時跟向園戀愛了。

那是種什麼感覺呢，就好像看見自己的偶像跟自己的前女友談戀愛，說不出是什麼滋味，封俊只是覺得，他喜歡誰也不能喜歡他的前女友啊，更何況還是向園，向園家裡有錢他是知道的，他那時候腦子裡第一個反應，徐燕時是屈於現實了，鐵定是向園追他，他這種高嶺之花，怎麼可能追女人，更可況這個女人還是他的前女友。徐燕時墮落了。

封俊也不是看不起向園，向園長得漂亮，家教好，人又開朗樂觀，自信。沒什麼不好的。只是封俊覺得，她戀愛經驗豐富，怕徐燕時玩不過她。自己都在她手裡栽過，更何況徐燕時這種沒談過戀愛的校園男神？

他從頭到尾都沒吃向園的醋，也不覺得徐燕時不夠兄弟，只是怕兄弟吃虧。畢竟向園這女人分手時真的狠心，當時年少輕狂不懂事，拿自殺要脅她，其實也只是這麼說說，他哪敢，他怕死得很。他真的快氣死了，那天在球場看他們接吻，顯然不是剛開始交往，他當時真的完全喪失理智，才會在同學會上說那些話，變著方法地激怒他，想讓他們分手。封俊始終覺得，你是徐燕時，你喜歡的人，一定是高高在上，比你還拽還冷的。向園是拽，但她不太冷。而且這個女人不太專情的，談戀愛跟玩似的。他就記得那次，兩人在外面吃飯，有個小學弟跑過來跟她要帳號，她當著他的面給得很痛快，一點面子也沒給他。不過後來老慶有句話說得挺在理。

「你見過誰家裡放兩臺冰箱的？冰箱這種東西一臺就夠了，而且你對徐燕時有誤解，這傢伙也不是什麼高冷，你沒見過他跟向園在一起的時候，又騷又不要臉，因為園子，老徐這幾年變化也挺大的。」

說這話的時候，老慶在他家樓下，兩人蹲著看月亮。

那天同學會封俊喝醉了，徐燕時第一次跟他動了手，走了之後，封俊蹲在地上，手上拎著一罐啤酒，仰頭看著樹縫間那囫圇的月亮，看得不太真切，他都沒分清，那到底是不是月亮，後來第二天酒醒，趴在陽臺的欄杆上看見了對面頂樓的電線杆上，掛著一件老年卡通內褲，屁股上印著一個黃色月亮。老慶沒走，也蹲在樓下，仰著頭，不知道是不是也盯著內褲上那個月亮，點著一根菸，有一搭沒一搭地跟他講他們的事：「阿俊，向園跟徐燕時挺好的。而且，他們在一起也挺難的，燕時追她之前猶豫了很久。我那時候不知道還有你這麼一層元素在，他心裡怎麼想的沒人知道，但我們都知道，他是真的喜歡她，喜歡到什麼程度呢？」

小巷子的路燈亮著微弱的光，螢火撲哧撲哧地在光下飛舞。整條巷子靜得出奇，依稀能聽見他們的菸絲滋滋拉拉燒著的聲音。封俊自始至終都低著頭，蹲在牆角，有一下沒一下地撻著手上的菸蒂，也不知有沒有在聽。

老慶狠狠吸了口菸說：「你可能無法想像，徐燕時會為了向她表白，開光了一桶油在山上打電話給我讓我送油過去的樣子。你不知道吧，那個Down，他的《魔獸》帳號，早年因為粉絲太瘋狂，差點把他的個資全部找出來，鬧得還挺大，你知道他煩這些，當年一聲不吭地退了圈。後來為了幫向園救場，把自己扒了個一乾二淨給別人看。」說完，老慶掃了他一眼，「而且，園子對他也很好，早年你們不懂事，那過家家的東西就別拿出來說了吧，我都替你覺得臊。」

封俊哼一聲，冷笑道：「反正你們從來都這樣，無論發生什麼事，誰對誰錯，無條件站在他那邊。」

老慶低頭笑了下，把手上的菸熄了，攏緊身上的小皮夾克，深深地吸了口氣，轉頭看著封俊，「那你知道為什麼，我跟張毅老鬼他們都無條件站在他那邊嗎？」

封俊下意識抬起頭。

老慶吐了口氣，轉回頭，繼續看著那內褲上的月亮說：「不是因為過去他替我們抗下那件事，我們才狗腿的站在他那邊。」隨後，他重重嘆了口氣，手撐在封俊地肩膀上，用力撐了撐，站起來說：「我們不知道他當男朋友夠不夠格，看向園那愛得死去活來的模樣，總歸也不會太差，但做兄弟，他確確實實沒話說，你挑不著他一點毛病。」

封俊整個人怔在原地，是的，徐燕時這人，從上到下，真是一點都讓人挑不出毛病。

老慶最後勸了句：「真的，別執著了，封俊，我們都開始新生活了。只有你還在執著那些過去的事情。你看，張毅都他媽快二婚了。你還前女友個屁啊。」

封俊仍是蹲在地上，捏了捏鼻梁，似是無奈：「不管你信不信，我不是因為向園。」

老慶一臉了然，低頭看他一眼，眼神最後落在地上的枯葉上：「我知道，你是在乎徐燕時，你其實是怕因為你跟向園這層尷尬的關係，徐燕時以後也不太願意跟你來往了是吧？怕他避諱，怕他跟你不交心，所以你才想讓他們分手。我說你也是笨，開誠布公把想法跟他們聊一下，都比現在這情況好，看你把他氣得，反正最近是不可能理你了，等過段時間吧，我找找機會，讓你們再聊聊。」

之後便沒再見過了。

後來向園公司出了事，老慶跟張毅為了徐燕時能按時複試，幾個人紛紛辭了職，準備入職向園那家前途堪憂的公司——維林電子。那時封俊已經回了美國，老慶在電話裡振振有詞地告訴他，『這次換我們替他扛，無論怎麼樣，都不能讓他錯失這次面試的機會。』

「張毅和小霖哥他們我能理解，你跟著發什麼瘋？你以為你那公司是誰都能進的？」封俊說。

老慶幾乎是嘲諷地口氣回敬他：『你看，你這麼多年還是沒變，還是這麼不夠兄弟。行了，你在國外待著吧，我們從來就沒指望你。』

（二）

X自首，是第五年。向園剛生下第二胎，還沒從月子中心出來，老慶這個當叔叔的，抱著孩子正得意地跟老鬼視訊的時候，看見了電視上的新聞。

整個病房出奇的安靜，徐燕時不在，在研究所，病房裡只有老慶和向園，還有一個月嫂。

那一瞬間，月嫂看見向園和老慶看著電視，彷彿被雷電劈中。

「啪嗒——」老慶手中的奶瓶掉了，畫面像靜止了一樣。連小年糕看起來都有點不知所措。

因為他們在那個小小的電視機螢幕上，看到一張熟悉的臉，一樣的邊框眼鏡，一樣的輪廓，其實封俊長得挺好看的，清秀乾淨，只是這麼多年跟在徐燕時身邊，多少顯得有那麼一點不太突出，放在路人堆中，可就鶴立雞群了。

封俊那五年在美國，楊平山的帳本，駭掉戀童癖的網站那些事情，都是他。

他是X。

為什麼是X。X的含義是什麼。員警當時問封俊。

封俊坐在明亮的審訊室，推了一下眼鏡，說：「X可以代表很多，一個錯誤的叉號，函數，人類染色體，或者是未知，又或者是時間維度，空間維度，罪與罰等等。」

也可以是徐燕時的徐，X。

是他活了這麼久，見過骨子裡最正的人。

番外二

（一）吃醋

徐燕時跟向園是旅行結婚，他們並沒有大張旗鼓地找人擺婚宴。老爺子沒什麼意見，所以在向園跟 Few 的電競俱樂部聊完所有合作專案對接之後，東和正式步入電子競技的轉型期。向園將公司一切事物交由家冕處理，給自己放了一個長假。

那時候年末，家冕跟小滿剛舉行完婚禮，在戶外，星空草地，盛大又浪漫，小滿哭得眼淚鼻涕橫流，攝影師拍出來的照片妝全是花的，晚上選照片的時候，小滿又是哭得一把鼻涕一把眼淚。

向園覺得小滿太有意思了，總喜歡調戲她。家冕有時候恨不得抽向園，但今時不同往日了，女孩有人罩了。還沒動手呢，轉頭找傢伙的時候，就看見跟老爺子下棋的徐燕時，淡淡地盯著他。超他媽恐怖。

不過有時候向園自己找打，徐燕時是不管的，真的被家冕揍了，她哭唧唧地撅著嘴跑過來跟他告狀。徐燕時翻著書，頭也不抬，「妳少招惹家冕，你們打起來，我要替妳出頭，爺爺還說我小肚雞腸。」

「混蛋，你不愛我了。」向園故意說。

徐燕時看書剝著花生，表情冷淡如慣常地說：「我愛死妳了。但我也不能打妳哥。他那點腦子，打壞了，累的還不是妳。還是那句話，妳少招他，他打人沒輕沒重的。」

家冕揍她是真的沒輕重，不過向園打他也一樣，反正兄妹兩人從小身上都是青一塊紅一塊，就沒好過。

「完蛋，家冕會不會有暴力傾向。」

「你們都有。」

向園這才嘆了口氣，索性盤腿坐在地上，看著他說：「我才沒有，我就是跟我哥習慣了。家冕就是那種口嫌體直，別看他平時揍我揍挺狠的，但別人欺負我就不行，以前上學的時候，學校裡如果有男生敢欺負我，他永遠第一個帶著人衝到學校為我出頭。反正啊，他真的不懂什麼叫溫柔。我有時候還挺羨慕的，有個溫柔的哥哥是什麼樣子。比如懷征哥——」

向園下意識脫口而出，晚了，對面人臉色一變，她忙咳了聲，「還比如你這種。」

徐燕時把書一丟，靠在椅背上，冷笑了下：「少來，妳見我對誰溫柔？說陸懷征就說陸懷征，不用象徵性地提妳老公。」

「……」

「今晚的月亮有點圓欸，老公。」

「那是隔壁老大爺曬的內褲。今晚沒月亮。」

「欸，是嗎？」向園撓撓腦袋。

徐燕時冷淡：「是就可以岔開話題了？」

向園頭埋進胸口，認命地：「沒岔。哪敢。唉。」

救命。

（二）真空西裝

兩人第一個去的國家是泰國。晚上準備去沙灘，泰國很熱，向園帶的衣服布料都很少，出門正試換衣服的時候，向園索性裡面穿了件比基尼，外面套了件大大的襯衫。準備往沙灘去。

「走啊。」向園扶著墨鏡。

徐燕時沒動。

這裡到沙灘還有一段路。

「妳確定妳要穿這樣。」

「不穿這樣我等等怎麼下海。」

「下什麼海，海水很髒，建議妳不要下。」徐燕時倚著門框說。

「不下海，我去什麼沙灘。」

徐燕時看著她，半晌後，點點頭，「行，妳等等我，我換身衣服。」

徐燕時這人有多不要臉就在這時候體現出來了。

他居然穿真空西裝，裡面什麼都沒穿，你乾脆打個赤膊過去我都不覺得你性感。

真空西裝——這他媽也太性感了。

（三）懷孕

兩人旅遊回來沒多久，向園就發現自己懷孕了。照日子推算，應該是在旅遊的途中懷上的，但那幾天他們去了太多國家，心裡也猜不太到。向園只是大概猜了下。傳訊息給徐燕時。

向園：『我覺得就是梵蒂岡那次，那晚，你特別那什麼。那天我就有預感。』

梵蒂岡那天，他們去了教堂，向園戴著勝雪的薄頭紗，站在教堂外的草坪上，跟他比十字、比心，跟他說她很愛他。很浪漫，晚上兩人都喝了點酒，做得過了點，當晚向園就覺得有些不太對勁，徐燕時比她還興奮，難得看他這樣，於是那晚，她也有點沒把持住，好像沒來得及戴套。

徐燕時當時在研究所，面前站著兩個教授，正在討論水下航行器的深度問題，他穿著白大褂，戴了副眼鏡，五官看著極為精緻和冷淡，一邊同教授們說話，一邊輕描淡寫地回訊息。

xys：『梵蒂岡那晚我帶套了。』

向園：『……哪次沒帶。』

xys：『除了梵蒂岡都沒戴。』

向園：『……』

（四）汪

後來向園懷孕的時候，養了隻小金毛，每到吃飯的時候，小金毛就蹲在餐桌邊討食。

向園一把奪過徐燕時碗裡的骨頭，丟到小金毛的盆裡，一時嘴瓢，說快了，「這是我從其他狗碗裡搶來的，你快吃。」

說完才意識不對。

徐燕時盯著她：「其他狗？」

向園笑趴，「對不起，嘴瓢了。」

五分鐘後，向園問徐燕時：「吃飽了嗎？」

徐燕時：「汪。」

向園再次笑趴。

（五）健身

許鳶找了個男朋友，好巧不巧，就是徐燕時高中時的那個跳級男同學。年紀比他們小，小奶狗長得好，又帥，還會撒嬌，許鳶以迅雷不及掩耳之勢墜入愛河。向園也加了這位小男友的好友，這位小男友特別愛在社群上曬腹肌，向園對徐燕時產生了小意見。放下手機，咳了聲，似是提醒地開口：「老公，你很久沒健身了哦。」

徐燕時靠在沙發上看球賽，旁邊坐著老慶，兩人正聊著，徐燕時沒有什麼反應，老慶倒是順著向園的話，從上到下打量著徐燕時說道，似恍然驚覺，「這麼說著也是，老徐，你最近是不是胖了點？」

說實話，男人還是很帥，即使稍微長了點肉，那也是英俊的。看起來更溫柔了。

不過人還是很欠扁的，徐燕時手裡握著遙控器，靠在沙發上，是這麼回的，漫不經心且拽不拉幾問向園：「帥嗎？」

向園：「帥。」

徐燕時嗯了聲，「帥就行。」

老慶：「……」

這個男人真是三十五了還沒變。

（六）論模仿能力

八個月後，元宵節。向園生下第一個兒子，取名小湯圓。

最近小湯圓喜歡看《粉紅豬小妹》，這讓隔壁不讓陸意禮看《粉紅豬小妹》的陸懷征很震驚啊。

於是兩個男人就《粉紅豬小妹》這個事情展開了嚴肅的討論。

不過徐燕時一句話就終結了話題。

「陸意禮模仿能力強還是別看好，我怕以後你分不清是小豬佩奇在叫你爸爸還是陸意禮在叫你爸爸。」

陸懷征：「……」

（七）數學

小湯圓像向園，從小數學不太好，向園自己也是個困難戶，於是補課這個事就落到了徐燕時頭上。

然而徐燕時天天欺負兒子。

「這麼簡單都不會？你跟你媽一樣笨。」

小湯圓兩眼一瞪，「媽，爸爸說妳笨。」

徐燕時：「你聽錯了，我說這題選Ｃ。」

（八）癩蛤蟆

第三年，向園生下個女兒，取名小年糕。

小年糕是個吃貨。這點從小就得以論證。

向園最害怕的事情就是幫小年糕輔導作業了，本來想說兒子的成績她管不上，那女兒的成績她得好好管管，不能老讓徐燕時一個人累。

她第一天提出要幫小年糕輔導作業的時候，徐燕時是拒絕的。

向園不信，躍躍欲試，徐燕時隨她去，那晚在書房就沒管她們。

於是，那晚就時不時聽見隔壁房間傳出來向園崩潰的聲音。

「年糕跟著我念，天寒地凍，冰天雪地⋯⋯」

小年糕糯糯：「媽媽，我想吃冰淇淋。」

「……」

「年糕，媽媽跟妳舉個例子啊。」

「媽媽，我想吃栗子了。」

「年糕，妳聽媽媽說。」

「媽媽，我想吃年糕了。」喪心病狂。

「……」

向園不管不顧繼續說：「年糕，這個是天鵝……」

「媽媽，天鵝能吃嗎？」

吐了口氣，向園收起作業本：「別說了，我也餓了。讓妳爸爸做飯吧。」

徐燕時：「……」

第二天，向園聽到徐燕時幫小年糕輔導作業。

小年糕：「爸爸我能吃顆糖嗎？」

徐燕時靠在椅子上，檢查她的作業，頭也沒抬，直接沒收：「不能。」

「那這個題目怎麼寫，我不會。」

徐燕時居然瞥了一眼說，我不會。

小年糕不高興寫作業了，瞪著雙眼睛看他，反正就不寫。

徐燕時氣定神閒地翹了翹椅子：「以後還逗妳媽嗎？」

「……不逗了。」

「幫你輔導作業就乖乖聽著，別扯東扯西的，還想吃天鵝肉？我養了隻癩蛤蟆？」

（九）小湯圓賣房記

小湯圓五歲的時候，對徐燕時這個帥爸爸特別敬畏，也不算是敬畏。就是覺得跟他在一起超有安全感，不論上哪，尤其被徐燕時單手抱在懷裡的時候，他覺得爸爸是全世界最堅硬和偉大的一堵牆，能為他遮風擋雨的，他想，他長大也要成為這樣的人。他真的好愛爸爸哦，只要爸爸不懟他的時候，爸爸永遠賽高！

這天，幼稚園放學，小湯圓從人堆裡一眼認出高高帥帥的徐燕時。很好找，爸爸很高，他站得地方身邊阿姨都特別多，他吧嗒吧嗒地蹦著兩條小短腿跑過去，「爸爸，媽媽呢？」

徐燕時拎過小湯圓的書包，推著他的後腦勺，往停車場走，按了下車鑰匙說：「在公司。」

小湯圓打開車門，熟門熟路地坐進後座，晃著兩條小腿，說：「媽媽好忙哦。」

徐燕時靠著車門懶洋洋地對他說：「接下來去我研究所也很忙。」

小湯圓很自覺的：「是沒人接我了嗎？」

徐燕時抱著手臂，睨了他一眼，「嗯。你媽媽安排了司機。」

然而，小湯圓萬萬沒想到，爸爸帶著媽媽出國旅遊去了。第二天，向園跟徐燕時上了飛機，良心不安，「小湯圓沒發現吧。」

「就算發現了，他頂多哭兩天。」

然而，他們萬萬沒想到，一週後，發現不對勁的小湯圓，鎮定自若地找出了房產證明書。

當天下午，戶政事務所歪歪扭扭走進一個小男孩，小男孩五歲模樣，長得真漂亮，濃密的睫毛，大大澄亮的眼睛，忽閃忽閃地站在大廳中央四處張望，工作人員瞧見了，忙親切地上前問候：「小朋友，你找誰？」

小湯圓嫩生嫩氣地說，「我賣房子。」

工作人員：「我們這是戶政事務所。」

小湯圓：「戶政事務所是幹什麼的？」

工作人員笑：「是大人登記結婚和離婚用的，你的爸爸媽媽呢？」

小湯圓：「哦，我賣房子。」

工作人員看著他手上的文件，「為什麼要賣房子呢？」

小湯圓：「因為我家都沒人回來住的，那房子空著也是空著。」

工作人員：「……」

小湯圓戴上墨鏡：「哦，阿姨，妳這不賣房子的話，幫我爸媽辦個離婚也行。」被隨後趕來的老爺子一把拎回車裡，「你胡說八道什麼，小心你媽回來揍你。」

小湯圓哼唧一聲，梗著脖子看著窗外。

老爺子發現房產證明書丟了，急得一腦門子汗，一邊囑咐司機開車，一邊只能舒了口氣，再次安撫道，「我說寶貝啊，爸爸媽媽只是出去過個二人世界，又沒說不要你了。再說小年糕比你小，都沒說什麼呢。」

小湯圓性子像徐燕時，尤其生氣的時候，那股冷淡和嗆人的模樣，跟徐燕時是同一個模子刻出來的，尖酸刻薄也是一個樣，直接戳破：「那是因為年糕還不會說話！」

「哼。」

司徒老爺子顫顫巍巍地打開視訊：「吶吶吶，讓你媽跟你說。」

手機視訊裡是向園的臉，試探性地叫他名字：『湯圓？』

小湯圓心裡其實還是怕徐燕時的，但一看，徐燕時沒在，又開始翻白眼，跟向園耍脾氣。無論向園怎麼哄，小湯圓就是強著一張嘴，哼哼幾聲，一句話都不肯同她多說，反正這次實在真的氣他們，那傲嬌的性子，簡直跟徐燕時一模一樣。

向園沒耐心了，聲音也冷下來，突然對旁邊道：『徐燕時，你兒子冷暴力我。』

男人沒出鏡，顯然也是坐在一旁的，聲音冷淡又磁性，『徐言程。』

「欸，媽媽，今天玩得開心嗎？」小湯圓立刻說。

（十）宅鬥日常

母親節，小湯圓畫了一幅畫給向園，但是這畫一年不如一年，向園對此頗有微詞，跟徐燕時哭訴告狀：「小男孩叛逆我也能理解，你能跟他說一下，麻煩他下次別照著王八畫我行嗎？」

於是，今年徐燕時決定找小湯圓談話。

一本正經地拎了張椅子在兒子面前坐下，翹著腳，閒散地問：「湯圓，你這幾年對媽媽有什麼意見？」

湯圓憋著嘴，「沒有。」

「有。」

「沒有。」死不承認。

「因為你妹妹？」

湯圓終於憋不住了，「你們這幾年總關心妹妹，也沒人關心我過得好不好，我為什麼還要畫畫送給媽媽！」

徐燕時挑眉，腳微交疊：「吃你妹妹的醋？」

「誰吃醋？」

「男子漢大丈夫，吃醋有什麼不好承認的，非常不好意思，我還要通知你一下，你媽媽又懷孕了。」

「……我要離家出走。」

「出門右轉，別讓你媽知道，不然我還得花時間哄她。」

小湯圓：「……」

這天，一家四口在肯德基，向園當著徐燕時的面被人搭訕，某人全程冷淡臉一言不發。回家的車上，徐燕時開車，向園坐在副駕駛座，惴惴不安地安撫：「那是大學時候的學弟，追，追過我……」

「哦。」

「你吃醋了？」

車子在紅燈路口緩緩停下，徐燕時慢慢踩下剎車，人鬆懈地靠在座椅上，一隻手撐著窗沿，低哼一聲，「沒有。」

這時，後座傳來小湯圓擲地有聲的童音：「男子漢大丈夫，吃醋有什麼不好承認的？」

「……」

徐燕時冷淡道：「離家出走的小孩在我們家沒有發言權。」

「……」

（十一）xy's xys

向園覺得保持戀愛的新鮮感很重要，所以儘管結婚這麼多年，她其實跟徐燕時並沒有那麼坦誠相見，大多時候她還是會在他面前保持一些女生的小神祕，不過徐燕時也都懂她，他大多時候看破不說破。

直到這天，向園發現自己對著鏡子，發現臉上長了一條小皺紋，正欲哭無淚。男人進來了，一邊若無其事地拿起洗手檯上的牙刷，一邊慢悠悠地低頭擠著牙膏，看也沒看她，說道：「聽過一句話嗎？」

向園沒注意聽，仔細看了看鏡子，後來發現也不是皺紋，只是笑紋，眼睛大的人，笑起來都會有，她正不擠眉弄眼的時候，乾乾淨淨一根也沒有，還行，還能挽救，上次聽人說那個去假紋的一萬多眼霜，她等一下下班去買回來。

徐燕時見她不理他，站她身後，勾她的脖子，一邊刷牙一邊猜到她想幹什麼，出聲道：「說一句，我不是心疼錢，是那東西沒什麼用，張毅老婆做過成分分析，裡頭的成分跟張毅用的那大寶沒什麼區別，只是噱頭，妳晚上睡覺貼黃瓜片的效果可能都比它好。」

向園：「真的？」

徐燕時：「嗯。」吐掉泡沫，漱口。

向園：「你什麼時候研究這個了？」

徐燕時滾著漱口水，懶洋洋地斜眼看她，不動聲色地吐掉，又喝了口，沒說話，也沒正面回答，只拿手捋了捋她的頭髮，「忘了，反正不是心疼錢，去上班了，妳要是想買，圖個心理安慰，等一下地址傳給我，我下班過去買。」

徐燕時沒穿上衣，只有一件西裝褲，皮帶還沒繫，露著腰腹的 xy's 紋身，性感的要命。

向園靠著洗手檯，有一下沒一下地用指甲刮著腰腹的紋身，「你是不是又去補過了。」

「嗯。」他沒多說。

向園生完孩子第二年，自己也在腰腹上紋了一個，xys，就是他的名字縮寫。

向園一直害怕，他們在一起久了，感覺被沖淡，她總是刻意維持著神祕和新鮮感，時時刻刻勾著他。然而她從來沒想到，徐燕時這個男人，從結婚至現在的每個時刻，他都沒有刻意保持什麼新鮮感，他真實、坦蕩、從不掩飾，對她永遠忠誠，也永遠愛她。

時間沒有沖淡一切，時間只是將他的愛，凝固，化成風裡的種子，頑強而堅韌。

她對他永遠心動，就好像年少時，肆意的心動，明烈而熾熱，乾淨又持久。

就好像，螢火蟲的春天，隨便跟到哪裡，野草地就永無荒涼。

謝謝你呀，我終於如願以償。

——《三分野》番外完——

——《三分野》全文完——

高寶書版集團
gobooKs.com.tw

YH 116
三分野（下）
作　　者　耳東兔子
責任編輯　吳培禎
封面設計　陳采瑩
內頁排版　賴姵均
企　　劃　何嘉雯

發 行 人　朱凱蕾
出　　版　英屬維京群島商高寶國際有限公司台灣分公司
　　　　　Global Group Holdings, Ltd.
地　　址　台北市內湖區洲子街88號3樓
網　　址　gobooks.com.tw
電　　話　(02) 27992788
電　　郵　readers@gobooks.com.tw（讀者服務部）
傳　　真　出版部(02) 27990909　行銷部 (02) 27993088
郵政劃撥　19394552
戶　　名　英屬維京群島商高寶國際有限公司台灣分公司
發　　行　英屬維京群島商高寶國際有限公司台灣分公司
初　　版　2022年11月

本著作物《三分野》，作者：耳東兔子，由北京晉江原創網絡科技有限公司授權出版。

國家圖書館出版品預行編目(CIP)資料

三分野/耳東兔子著. -- 初版. -- 臺北市：英屬維京群島商高寶國際有限公司臺灣分公司, 2022.11
冊；　公分. --

ISBN 978-986-506-590-4(上冊：平裝). --
ISBN 978-986-506-591-1(中冊：平裝). --
ISBN 978-986-506-592-8(下冊：平裝). --
ISBN 978-986-506-593-5(全套：平裝)

857.7　　111018635